Volker Pesch • Der letzte Grund

Volker Pesch wurde 1966 am Niederrhein geboren und studierte Politikwissenschaft, Geschichte und Philosophie in Köln. Mitte der 1990er-Jahre ging er als Mitarbeiter an die Universität Greifswald, wo er promovierte. Nach verschiedenen beruflichen Stationen arbeitet er heute freiberuflich als Texter, Journalist und Schriftsteller. Volker Pesch lebt gemeinsam mit seiner Frau im ländlichen Vorpommern.

Volker Pesch

Der letzte Grund

PENDRAGON

1

Die frische Brise aus Südost schob das Schiff in schneller Fahrt vor sich her. Es trug Vollzeug, sogar die Toppsegel waren gesetzt, die Segel für leichten Wind. Sommersegel. So dicht unter Land war die See nur mäßig bewegt, der Bug tauchte sanft ein und zerteilte das Wasser. Zu jeder Seite warf sich eine schäumende Welle auf. Knochen im Maul, dachte er, das sieht aus wie ein Knochen im Maul eines Hundes. Am Horizont zeichneten sich die Speicher und Kräne des Hafens ab, auch ein Kraftwerk mit seinem weißen Schweif aus Wasserdampf war in Sicht. Nicht mehr lang hin, dann mussten sie die Segel bergen oder unter vollen Segeln in die Hafeneinfahrt kreuzen. Das konnte an diesem Nachmittag vielleicht sogar gelingen.

Er roch den Muschelkalk vom Strand und das Harz der Kiefern hinter den Dünen. Eine neugierige Möwe drehte ihre Runden um die Flagge am Besanmast. Sein Blick folgte ihr kurz und kehrte mit einer anderen Möwe zurück an Bord. Für eine stille Sekunde schloss er die Augen und nahm das rauschende Kielwasser wahr, das Ächzen und Knarren des alten Holzes, die Spannung im ganzen Schiff. Irgendeine der zahllosen Leinen schlug im Takt der Bewegung an den Mast. Es war dieses Geräusch der entspannten Minuten, der Minuten am Ende eines langen Törns, dieses Geräusch, das er so liebte. Wenn alle Gäste zufrieden waren und nicht mehr viel schiefgehen konnte. Er genoss es. Zugleich atmete er tief den Duft von Leinöl und Pech ein, der von den ergrauten Planken aufstieg. Das war jetzt sein Leben. Und er stand mit beiden Beinen fest an Deck. Seine rissigen Hände fassten das Steuerrad, er fühlte sich gut, stark, voller Energie, unbändig, wie verwachsen mit dem Schiff und den Elementen, und er hielt sicher den Kurs. Nur sein linker Fuß war kalt.

Dann waren da plötzlich Menschen an Bord, viele Menschen. Überall waren diese Menschen. Frauen in Jack-Wolfskin-Allwetterjacken und Männer in orthopädischen Sandalen saßen auf der Reling und dem Kajütaufbau. Am Bug stand eine Gruppe Senioren ohne Zähne, Kinder lärmten, kreischten mit ihren schrillen Stimmen, vor lauter Lärm und Gekreische hörte er weder die Möwen noch das Kielwasser. Vor ihm, neben ihm, hinter ihm, über und unter Deck waren Menschen. Und alle starrten ihn an. Was wollten die von ihm? Machte er etwas falsch? Was warfen sie ihm vor? Er zog den Kopf ein, spannte die Muskeln an, von den Schultern über Rumpf und Gesäß bis tief in die Beine, sein Puls wurde schneller, der Atem flacher, die Blase drückte. Aus der Kombüse stieg der Geruch von Erbsensuppe und Bockwurst auf. Wieso kochen die schon wieder?, fragte er sich, als hätten die keine anderen Probleme als immer nur essen. Es hat doch eben erst Suppe gegeben! Sein Mund wurde trocken. Plötzlich griff jemand nach dem Steuer, er wollte ihn abweisen, wollte um das Steuer kämpfen, aber der Mann war kräftig und entschlossen. Dann war auch der Schipper da, ganz kurz fühlte er so etwas wie Erleichterung, aber statt ihm zur Seite zu stehen, forderte der ihn in hartem Befehlston auf: „Lass den Mann ran! Der kann das besser als du!"

Erschrocken trat er zur Seite, verletzt wegen dieser Ungerechtigkeit, wieso traute der ihm auf einmal das Steuern nicht mehr zu? Das Schiff schlingerte, er taumelte, stieß an irgendetwas an, etwas Festes, etwas, das dort nicht hingehörte. Das waren Dosen, blecherne Dosen, Dutzende, eine ganze Pyramide aus leeren Erbsensuppendosen. Jetzt nur nicht auffallen, sagte er sich. Seine Hände zitterten. Wenn er diese Dosen umstieß, dann gab es kein Entkommen, das war ihm glasklar. Er versuchte, sich irgendwo abzustützen, griff aber ins Leere, nirgends war ein fester Halt. Der Mann stand immer noch am Steuer, lachte, drehte beherzt am Rad. „Pass doch auf!", rief er ihm zu. „Wir müssen wenden!" Er wollte eingreifen, rannte, kam nicht von der Stelle, strauchelte, die ersten Dosen fielen scheppernd um, er versuchte, das zu verhindern und die Dosen festzuhalten, aber er griff nur ins Leere, eine nach der anderen schepperten die Dosen über das Deck, er konnte es nicht abwenden und nicht stoppen, er stieß einen verzweifelten Schrei aus, schrie laut: „Nein!"

Davon schreckte er hoch und riss schwer atmend die Augen auf. Sein Herz pochte mit schnellen Schlägen. Um ihn herum war es stockdunkel. Er brauchte ein paar Sekunden. Meine Koje, dachte er dann, das ist meine Koje! Nur ein Traum. Er sackte erleichtert zurück auf die Matratze. Aber sein Fuß blieb kalt, er zog ihn unter die Decke und wollte ihn mit der Hand anfassen und wärmen. Dann holte ihn der Traum wieder ein.

Der Wind frischte auf. Eine heftige Welle spritzte über die Reling und spülte das Deck. Das Wasser umspielte die Aufbauten und lief gurgelnd ab. Der Mann drehte am Steuerrad, drehte und drehte und drehte. Immer noch wortlos und lachend. Er fragte den Kerl: „Wer bist du?" Der antwortete nicht. „Gleich sind wir vor dem Wind!", warnte er noch, er kannte die Gefahr schließlich genau. Wenn das Schiff nicht Kurs hielt und der Wind plötzlich von der anderen Seite ins Segel greifen würde, geriete alles außer Kontrolle. Das hatten sie ihm vom ersten Tag an eingetrichtert: Wer vor dem Wind segelt, muss höllisch aufpassen! Immer nach oben auf die Flagge schauen und rechtzeitig Gegenruder legen! Aber dieser Idiot drehte einfach nur, der hatte doch keine Ahnung! Er wollte wieder schreien, warnen, aber er brachte keinen Ton mehr heraus. Der Schipper stand neben ihm und lachte, der Mann lachte, all diese Menschen an Bord lachten plötzlich, sie lachten über ihn, lachten ihn aus. Das war so ungerecht! Er sah die Katastrophe kommen, wollte nicht tatenlos sein, wollte irgendwas tun. Aber er musste wie gelähmt zusehen, wie das Großsegel mit dem schweren hölzernen Baum von einer Seite zur anderen rauschte. Er hörte den lauten Schlag und das Geräusch von berstendem Holz, ein Teil des Mastes stürzte an Deck, Menschen kreischten und schrien, stürzten, eine Frau ging über Bord, der Mann am Ruder lachte noch lauter, sein Gelächter übertönte das brachiale Krachen, als das Schiff die steinerne Mole rammte und sich der Klüverbaum in das historische Leuchtfeuer bohrte. Wir sind verloren, dachte er nur, das Schiff ist verloren! Er hatte es kommen sehen. Der Schipper schaute ihn von oben herab an, ganz ruhig, überheblich grinsend, schüttelte langsam den Kopf und sagte: „Dir darf man auch wirklich keine Aufgabe anvertrauen!"

Er wollte laufen, irgendwie von Bord kommen, egal wie und egal wohin, Hauptsache laufen. Es ging nicht. Er bewegte die Beine, rannte, aber kam nicht von der Stelle. Irgendwer rief: „Clemens!" Dann viele im Chor: „Cleeeee-mens! Hosen-scheißer!" Er war plötzlich im Pausenhof seiner Grundschule. Die Jungs bauten sich vor ihm auf, breit grinsend. Er versuchte nach rechts auszuweichen, aber da standen noch mehr von ihnen, auch nach links war kein Entkommen. „Ho-sen-schei-ßer, Ho-sen-schei-ßer!" Da hinten war die Lehrerin, die Aufsicht, er sah sie auf den Eingangsstufen vor dem Hauptgebäude stehen, mit verschränkten Armen. Die musste doch sehen, was hier passierte! Wieso sah die das nicht?

Er zog den Kopf tief zwischen die Schultern, hielt schützend beide Arme darüber und erwartete einen Schlag. Oliver würde als Erster schlagen. Das war der Stärkste von allen, der machte immer den Anfang. Dann Stefan und Markus und Axel, die immer mit Oliver liefen. Seine Adjutanten. Er wusste, was kommt, kannte das aus leidvoller Erfahrung, spürte die Schläge schon im Voraus, die Schmerzen. „Ho-sen-schei-ßer!“ Die Lehrerin schaute zu ihm herüber, ihre Blicke trafen sich, seiner flehend und voller Tränen, ihrer kalt und gleichgültig. Wieso hilft die mir nicht?, dachte er verzweifelt.

Er schämte sich für seine Schwäche, für die Tränen, sah Oliver sich vor ihm aufbauen, bekam kaum noch Luft, ging tief in Deckung, sein ganzer Rücken verkrampfte sich. Ein Schlag traf seinen Kopf, er hob schützend die Arme darüber, ein zweiter Schlag ging in den Magen. Dann stand sein Vater neben ihm und sagte kopfschüttelnd: „Ein Indianer kennt keinen Schmerz!“ Er hatte ihn enttäuscht. Mal wieder enttäuscht. Er spürte, wie es in seinem Schritt warm und feucht wurde. „Ho-sen-schei-ßer!“, höhnten alle im Chor. „Pisser!“ Auch sein Vater und die Lehrerin stimmten ein. „Ho-sen-schei-ßer-Pis-ser-Pis-ser!“ Von irgendwoher hörte er eine vertraute Frauenstimme: „Du hast überhaupt keine Vorstellung davon, was wir auf der Flucht alles durchmachen mussten!“ Wer war das? Er kannte diese Stimme. Mutter? Bist du das? Stefan riss ihn zu Boden, Markus trat zu, Oliver lachte.

Nass von Schweiß wachte er auf, keuchend und mit Herzrasen. Seine gesamte Muskulatur war bretthart verspannt und schmerzte. Mit dem Handrücken wischte er sich über die Stirn. Das Bettzeug, sein Kissen, das Laken, alles war nass. Aber auch kalt, eiskalt. Erst nach einigen Sekunden wurde ihm klar, dass es wieder nur ein Traum gewesen war. Einer dieser Träume. Er atmete erleichtert aus und langsam wieder ein, sein Puls wurde etwas ruhiger. Er richtete sich in der Koje auf, um nicht wieder einzuschlafen. Nur nicht wieder einschlafen!, dachte er und versuchte, sich auf das Wachbleiben zu konzentrieren. So hatte er es gelernt für diese Fälle. Einatmen, ausatmen, ein, aus. Nicht wieder einschlafen und nicht in Panik verfallen.

Eine Beruhigungstechnik fiel ihm ein, die hatte eine Schwester ihm gezeigt, in einer der schlimmeren Nächte in der Klinik. Seitdem übte er die gelegentlich, das half ihm zurechtzukommen. Nenne fünf Dinge, die du sehen kannst!, forderte er sich selbst auf. Aber in der dunklen Kammer fiel ihm die Technik schwer, sein Herz klopfte nur noch schneller, weil er nichts sehen konnte und es ihm nicht auf Anhieb gelang, sich fünf Dinge vorzustellen. Dann nenne erst einmal fünf Dinge, die du hören kannst! Auch das war schwierig. Konnte er fünf Dinge riechen?

Er roch nichts. Oder fühlen? Er bekam keine Luft. Das war Nummer eins, immerhin. Nummer zwei: Die nasse Decke. Drei: Schweiß im Gesicht. Und der Fuß fühlte sich kalt an. Okay, sagte er sich, bleib ruhig, es geht doch, also noch mal von vorn. Nenne Dinge, die du sehen kannst, oder sehen könntest, wenn Licht wäre. Konzentrier dich! Er stellte sich vor: die Bettdecke, das Bullauge, sein Ölzeug, die Leuchtziffern seiner Armbanduhr. Die konnte er tatsächlich sehen, es war kurz nach drei.

Die Zeit war auf seiner Seite. Auch diese Attacke würde nicht ewig dauern, das wusste er. Irgendwann würde er aufstehen, an Deck gehen, durchatmen, vielleicht bis zum Morgen durch die Straßen laufen. Jedenfalls nicht wieder einschlafen. Der neue Tag macht die Nacht vergessen, so viel hatte er in all den Monaten gelernt, er musste nur bis zum Hellwerden durchhalten. Bis zu den Straßenreinigern und Zeitungsausträgern. Er atmete aus. Erschöpft streckte er die Arme von sich, seine linke Hand glitt neben die Matratze.

Da war Wasser.

Er brauchte eine Sekunde, um das zu begreifen: Wasser. Da war Wasser im Schiff! Das war wirklich, kein Traum, und das Wasser stand schon fast bis zur Höhe seiner Matratze. Schlagartig wurde er hellwach, drehte sich aus der Koje und stand auf, dabei tauchte er fast bis zur Hüfte ein. Daher der kalte Fuß, dachte er und wunderte sich für den Bruchteil einer Sekunde selbst darüber, dass er in dieser Situation so sachlich denken konnte. Aber dann drängte ein anderer Gedanke vor: Das Schiff sinkt, du musst hier raus!

Er watete zur Tür, öffnete sie und machte einen vorsichtigen ersten Schritt in den Gang. Mein Koffer!, schoss es ihm durch den Kopf. Er hastete zurück zu seiner Koje und ertastete seinen Koffer, zog ihn an sich. Sein Koffer war bei ihm, das war gut, das beruhigte ihn, da war alles drin. Jetzt musste er nur noch raus aus dem Schiff.

Der nächste Niedergang mit dem Ausstiegsluk war mittschiffs, im Salon, da musste er hin. Er tastete sich an der Wand entlang durch den Gang, der seine Kammer im Heck des Schiffes mit dem Salon verband. Um nicht mit dem Kopf irgendwo anzustoßen, hielt er die linke Hand nach vorn. Eine offene Tür ließ ihn ins Leere fassen und verunsicherte ihn kurz. War das eine der Gästekammern oder schon das Klo? Er ging vorsichtig tastend einen Schritt hinein, das Klo war es nicht, also musste es eine der Kammern sein. Wahrscheinlich die erste, die Störtebeker-Kammer, dann kam Lord Nelson, dann das Klo, zuletzt die Sindbad-Kammer. Wie lächerlich diese Namen sind, dachte er zu seiner eigenen Überraschung, als sei das momentan sein Problem. Alles nur Kitsch für Touristen! Dass dieses Schiff jetzt gerade im Begriff war, fest vertäut am Liegeplatz auf Grund zu gehen, machte es noch lächerlicher.

Er gelangte ans Ende des Gangs, dort führten zwei Stufen hinunter in den Salon, den größten Raum, zugleich Kombüse und Aufenthaltsraum. Mit dem Fuß fühlte er vor, vorsichtig, eins, zwei. Unten angekommen fehlte ihm eine Wand als Geländer. Er watete in die Richtung, die er für die Mitte hielt, geriet zu weit nach rechts und stieß sich am Tisch schmerzhaft den Oberschenkel. Also korrigierte er die Richtung, tastete sich an der großen Tischplatte entlang, hielt zum Schutz den Koffer vor sich, obwohl ihm der Arm schnell lahm wurde. Das Wasser reichte ihm jetzt bis zur Hüfte. Steigt das so schnell, fragte er sich, oder macht das nur der niedrigere Fußboden? Der Mast war mittig durch die Kajüte geführt, den wollte er ertasten, von dort würde er den Niedergang finden. Tatsächlich gelang ihm das, erleichtert drückte er mit der Linken den Koffer vor die Brust, stieg die steile Treppe hinauf und griff mit der Rechten nach dem Schiebeluk. Es bewegte sich keinen Millimeter. Er zog, riss, ruckelte, soweit das einhändig möglich war. Er wollte beide Hände nehmen, wollte den Koffer irgendwo abstellen, aber überall war Wasser. Also presste er den Koffer mit seinem Bauch an die Stufen und versuchte, beidhändig das Luk zu öffnen. Es rührte sich nicht. Er spürte seinen Herzschlag, hängte sich mit dem gesamten Gewicht hinein und rüttelte, dabei rutschte der Koffer ab und fiel ins Wasser. Er schrie: „Geh auf! Geh endlich auf, du Scheißding!“ Es nutzte nichts. Hat das etwa einer abgeschlossen? Das wurde doch niemals abgeschlossen!

Er begann zu zittern. Von innen heraus zu beben. Jeder Herzschlag erschütterte seinen ganzen Körper. Ganz ruhig, ermahnte er sich, bleib ruhig! Tatsächlich schaffte er es noch, einen klaren Gedanken zu fassen: Das Luk klemmt, du musst zum Notausstieg im Vorschiff! Aber erst den Koffer finden. Er drehte sich auf der Treppe, rutschte dabei ab, konnte sich nirgends halten und stürzte ins Wasser. Mit einem gequälten Schrei tauchte er wieder auf. Halb kniend griff er blind nach rechts und links, ohne den Koffer zu finden. Voller Verzweiflung ertastete er den Mast, richtete sich daran auf und hielt ihn umfangen wie einen geliebten Menschen. Dann gab er sich einen Ruck, wischte sich mit dem Arm das Wasser aus dem Gesicht. Zum Notausstieg, dachte er und ließ den Sicherheit gebenden Mast los. Kurz wusste er nicht mehr, in welcher Richtung das Vorschiff lag, aber irgendwie fand er die richtige Tür und dahinter wieder eine Wand zum Entlanghangeln.

In diesem Moment fiel ihm Sami ein. Der Syrer musste noch an Bord sein! In der Sindbad-Kammer. Konnte der schon raus sein? Aber wie sollte er rausgefunden haben? Er kannte das Schiff nicht, hätte sich im Dunkeln nicht orientieren können. Nein, sagte er sich, der ist bestimmt noch in der Kammer! Eine Sekunde dachte er daran, ihn zu suchen. Aber sein Hals schnürte sich zu, er atmete flach und keuchend. Du musst endlich hier raus, sagte er sich, gleich sackt der Kahn ab, dann hast du keine Chance mehr. Er kämpfte sich weiter durch den Gang, stieß sich heftig den Kopf an einem Deckbalken, das warf ihn zurück, sein Schädel dröhnte, er bekam keine Luft, fasste dann aber endlich eine der Leitersprossen und stieg hoch zum rettenden Ausgang. Die Tür klemmte, er rappelte an der Klinke. Das kann nicht wahr sein, dachte er noch und warf sich verzweifelt mit der Schulter und seinem ganzen Körpergewicht dagegen, soweit das aus seiner Position möglich war. Die Tür brach aus den Angeln und stürzte mit ihm auf das Deck.

Dort blieb er liegen. Sein Atem war schnell und flach. Er zitterte am ganzen Körper. Mit weit aufgerissenen Augen starrte er ins Leere. Er begriff nicht, dass er es geschafft hatte, dass er aus dem sinkenden Schiff entkommen war, lebend und soweit unversehrt. Stattdessen spürte er einen Adrenalinschauer nach dem anderen durch seinen Körper jagen und sein Herz stolpern und aussetzen. Eine Panikattacke, dachte er, das wird zur Panikattacke. Nur das nicht! Mit diesem Gedanken begann sein Herz erst recht zu rasen, wurde schneller und schneller, klopfte und hämmerte in seinem Brustkorb. Wie innere Detonationen fühlte sich das an. Die Angst vor der Attacke erfasste ihn vollständig. Er konnte nicht mehr klar denken und war außerstande, aufzustehen und wegzulaufen.

Plötzlich gab es einen lauten Knall, zugleich ging ein Stoß durch das Schiff. Eine der vier Festmacherleinen war unter Hochspannung gerissen und wie eine Peitsche über das Deck geschnellt. Er wusste, was das bedeutete: Das Schiff hing in den Leinen. Es sank oder kippte zur Seite. Auch die anderen Festmacher mussten längst wie Bogensehnen gedehnt sein und würden nicht mehr lange halten. Da lasteten Tonnen an Zug drauf. Wenn die rissen, konnte alles passieren. Er musste weg hier, sofort raus aus der Gefahr, das war ihm klar. Aber er war nicht in der Lage zu handeln. Die gespannten Leinen erzeugten Töne wie Saiten eines Kontrabasses beim Stimmen. Zitternd und schweißgebadet lag er auf der ausgebrochenen Tür und horchte wie paralysiert auf das Geräusch.

Dann griff endlich der nackte Überlebensinstinkt. Du musst hier weg, sagte eine innere Stimme, laut und glasklar. Er überwand die Lähmung, sprang auf, machte drei übergroße Schritte über das Deck und einen gewaltigen Satz über die Reling auf die Kaikante. Dort strauchelte er und schlug heftig mit dem Knie auf, fing sich ab, spürte dabei nicht, wie sich ein scharfer Stein in seine Handfläche bohrte, rannte los, ohne sich umzuschauen, erst ein Stück am Wasser entlang, dann quer über den Platz, vorbei an einigen Schaustellerwagen, auf die noch leere Straße, er kreuzte den Grünstreifen, folgte ein Stück der Fahrspur und brachte auf dem Gehweg beinahe eine frühe Radfahrerin zum Sturz. Er nahm das alles nicht wahr. Er rannte nur. Er hörte nicht den Aufschrei der Frau und auch nicht das Jaulen des Hundes, als sie die Leine an sich riss, erschrocken über den halbnackten Mann mit Blut an Knie und Hand.

Vom Wasser dröhnten in kurzer Folge drei laute Donnerschläge herüber. Die restlichen Festmacher waren gerissen. Er hörte das nicht. Während die *Sansibar* auf den Grund des Hafenbeckens sank, rannte er nur noch um sein Leben.

2

Das Orange war unter einer Schicht aus schmierigem Staub kaum zu erahnen. Von dem unförmigen Fahrzeug ging ein infernalischer Lärm aus, der in krassem Missverhältnis zu seiner Größe stand. Doro Weskamp hatte das schon aus der Ferne wahrgenommen, bevor sie die Straße überquert und das Hafenareal betreten hatte, allerdings ohne es einer konkreten Quelle zuschreiben zu können. Ein Stadtgeräusch eben, wie es diese und wahrscheinlich jede andere Großstadt bei Anbruch des Tages prägte. Sie empfand solche Geräusche eigentlich als Zeichen des Lebens, des Lebens dieser Stadt und ihres eigenen. Aber jetzt kreuzte das Ding direkt ihren Weg.

Sie blieb stehen, und für den Bruchteil einer Sekunde traf sich ihr Blick mit dem des Fahrers. Er trug Gehörschützer, sein Ausdruck erschien ihr traurig und teilnahmslos. Sie nickte ihm leicht zu, er reagierte nicht. Während er vorüberfuhr, hielt sie sich die Ohren zu und vergrub den Kopf tief zwischen die Schultern. Der Lärm bereitete ihr Schmerzen. Aus fast zusammengekniffenen Augen sah sie, wie die schwarzen Bürsten Pappbecher und anderen Müll unter das Fahrzeug fegten, wo der Lärmerzeuger alles aufsaugte. Gequält schaute sie dem Ding noch einen Moment nach, bevor sie ihren Weg über den weiten Platz fortsetzte. Vom Coffee to go blieben nur wässrige Spuren auf dem Asphalt.

Sie war zu Fuß von ihrer Wohnung in der Altstadt gekommen. Als die Häuserflucht den Blick über die Fläche freigegeben hatte, war sie zuerst verwundert, keine parkenden Autos darauf zu sehen. An den meisten Tagen des Jahres war das schließlich nichts als ein großer Parkplatz, ein Parkplatz mit weitem Blick über Hafen und Fluss. Aber wo sich sonst Blech an Blech reihte, standen an diesem Montagmorgen nur vereinzelt Fahrzeuge. Dann war ihr eingefallen, dass die *Hanse Sail* bevorstand, die große Seglerparade, vier Tage Ausnahmezustand für die ganze Stadt. Zweimal im Jahr, zum Weihnachtsmarkt und eben zu diesem Volksfest, wurde der Parkplatz geräumt. Als Dauerparkerin hatte sie sogar eine Benachrichtigung bekommen, verbunden mit der Aufforderung, ihren Wagen rechtzeitig zu entfernen. Unter Androhung von Bußgeld und mit korrekter Rechtsmittelbelehrung, offensichtlich hatten die Kollegen keinen Anfänger daran gesetzt.

Während sie das noch dachte, war ihr Blick auf einen Abschleppwagen gefallen, und sofort war ihr der Schreck in die Glieder gefahren: Hatte ihr Golf nicht genau dort gestanden? Manchmal stand er wochenlang unbewegt an einer Stelle, weil sie die Wege in der Stadt lieber zu Fuß oder mit einem Dienstwagen zurücklegte. War er bereits abgeschleppt? Das wäre ärgerlich und teuer, hatte sie gedacht, denn die Zeiten, in denen sie als Kommissarin mit einem Augenzwinkern statt Strafzahlung davonkam, waren lange vorbei. Aber dann war ihr eingefallen, dass sie gestern an der Kriminalpolizeiinspektion geparkt hatte. Der Wagen stand noch auf dem Parkplatz der KPI, unversehrt, wenn ihn in der Nacht nicht einer dieser Schwachköpfe von rechts oder links in Brand gesetzt hatte.

Sie ging zwischen den Schaustellerfahrzeugen hindurch. Ein Mann wies einen gewaltigen Sattelschlepper ein, wie ein Lotse auf dem Flughafen. Sie erkannte Teile eines Fahrgeschäftes, vielleicht war es das Riesenrad. Andere rangierten Anhänger mit bunten Aufschriften auf deren künftige Stellplätze. Sie fühlte sich an die Wanderzirkusse ihrer Kindheit erinnert. Die ersten Schausteller mussten in aller Frühe hier gewesen sein, vielleicht schon über Nacht.

Offensichtlich durften die ab heute aufbauen. Die könnten also was gehört oder gesehen haben, dachte sie. Das war doch schon eine Aufgabe für den neuen Kollegen, diesen Hauptmeister Kowalek.

Sie lief erst ein gutes Stück auf zwei große Hafenkräne zu, wandte sich dann nach rechts und folgte dem Weg in Richtung der alten Backsteinspeicher, die noch an die wirtschaftliche Blütezeit des Hafens erinnerten. Einmal atmete sie tief ein und nahm dabei die Morgenstimmung über der Warnow bewusst wahr. Aber nicht lange genug, sie auch wirklich innerlich zu spüren. Aus dem kleinen mecklenburgischen Rinnsal war hier schon ein mächtiger Strom geworden, stellenweise an die 500 Meter breit und tief genug für große Frachtschiffe. Auch wenn die schon lange nicht mehr so weit flussaufwärts fuhren, sondern im Überseehafen an der Mündung festmachten. Der Himmel war verhangen, in den Wolken zeichnete sich eine leichte Röte ab und die Luft roch nach brackigem Wasser. Doro nahm sich vor, bald wieder einmal am Ufer entlang zu joggen. Das hatte sie schon länger nicht mehr getan.

„Es ist bei dem historischen Kran“, hatte der Kollege vom Kriminaldauerdienst am Telefon gesagt, „den kennen Sie doch, oder? Das ist dieses Holzding.“ Jedenfalls glaubte sie, sich erinnern zu können, dass er das gesagt hatte, es war mitten in einer späten REM-Phase, und sie war sich nach Ende des Telefonats nicht hundertprozentig sicher gewesen, das nicht geträumt zu haben. Sie hatte noch kurz wach gelegen und sich über die Frage am Schluss geärgert. Immerhin tat sie seit Jahren Dienst in Rostock und kannte die Stadt wahrscheinlich besser als die meisten Kollegen. Ob sie für alle Zeiten eine „Zugereiste" bleiben würde? Noch dazu „die aus dem Westen"? Der Idiot soll mal im Atlas nachschauen, wo Kiel liegt, hatte sie gedacht, von wegen Westen!

Schließlich hatte sie beherzt die Decke zur Seite geschlagen und noch auf der Bettkante ihre schulterlangen Haare zu einem kurzen Zopf gebunden. Zum Duschen war keine Zeit gewesen. Während des Zähneputzens war ihr Blick ungewollt auf ihr Spiegelbild gefallen. Auf eine blasse Haut und leichte Ränder unter den Augen. Ich möchte einmal abends so müde sein wie morgens!, hatte sie dabei gedacht. Das fiel ihr jetzt wieder ein, und kurz musste sie über sich selbst lachen, in einer Mischung aus Ironie und Fatalismus. Wenn sie morgens erst einmal in Gang gekommen war, ging es immer, dann stand sie den Tag durch. Solange der nicht zu ruhig verlief. Ruhe war nichts für sie, die hielt sie schwer aus. Sie hatte sich ein T-Shirt herausgesucht, war in eine Jeans gestiegen, hatte ihr Schulterholster angelegt und eine Kapuzenjacke übergezogen. Das war gewissermaßen ihre Dienstkleidung, die hätte sie gestern Nacht gar nicht ausziehen müssen. Gefühlt hatten die Klamotten noch Körpertemperatur. Zuletzt hatte sie ihre Dienstwaffe aus dem kleinen Safe neben ihrer Wohnungstür genommen und in das Holster gesteckt. Und jetzt war sie mitten im Hafen.

Schon von Weitem sah sie die Spiegelung eines Blaulichts an der hölzernen Wand des Krans. Mehrere Einsatzfahrzeuge waren bis dorthin vorgefahren. Beim Näherkommen erkannte sie ihren Lieblingskollegen, von dem niemand mehr zu sagen wusste, ob Fabio sein Vorname oder Nachname war. Nur wenige Männer trugen heute einen derart beeindruckenden Backenbart, der beidseitig einige Zentimeter lang und auch von hinten gut zu sehen war. Ein Caspar David Friedrich wäre darauf neidisch gewesen. Wie immer trug Fabio seine graue Wolljacke. Doro konnte sich nicht erinnern, ihn jemals anders gekleidet gesehen zu haben. Er stand in einer Gruppe von Uniformierten an der Kaikante und schaute hinab aufs Wasser wie ein Angler auf seinen dicken Hecht am Haken.

Sie gesellte sich von hinten kommend still dazu und schaute ebenfalls hinab.

„Na, was gefangen?“, fragte sie anstelle einer Begrüßung.

Fabio schreckte kurz auf und lachte sie dann an, die anderen blickten ziemlich verständnislos.

„Morgen, Doro!“, grüßte er, und ehe er das verhindern konnte, nahm sie ihm geschickt den Becher einer Thermosflasche aus der Hand. Er ließ es zu.

„Schwarz mit Zucker, wie du ihn magst“, sagte er noch.

Jetzt lächelte sie zum ersten Mal an diesem Tag.

„Bist ein Schatz!"

Der Kaffee tat ihr gut. Er war sogar noch fast heiß, und sie spürte, wie er langsam die Speiseröhre hinunter bis in den Magen rann. Diese Sekunde gehörte ihr.

Dann scannte sie die Situation. Zwei Masten ragten leicht schräg aus dem Wasser, außerdem die Oberkante einer Kajüte und vorn die Spitze eines Klüverbaums. Ihr Blick ging von vorn nach hinten und von unten nach oben. Die Nationalflagge flatterte an einem der Masten im Schein des Blaulichts. Sie schaute an einer der unzähligen Leinen entlang, bis die unter der Oberfläche des Wassers verschwand. Ihr war sofort klar, dass es eines der vielen alten Schiffe sein musste, die hier oft festmachten. Für dich fällt die *Hanse Sail* dieses Jahr aus, dachte sie. Von einem Schlauchboot aus zogen zwei Feuerwehrmänner eine Kette aus gelben, länglichen Schwimmkörpern um das gesunkene Schiff.

„Ölsperre", sagte Fabio.

„Schon klar."

„Prophylaktisch, noch tritt kein Öl aus."

„Und", fragte sie nach ein paar Sekunden, ohne den Blick vom Schiff abzuwenden, „was ist das hier?"

„Traditionsschiff *Sansibar*", erklärte Fabio, „ist heute früh auf Grund gegangen. Der Hafen ist ziemlich verschlammt, hat in diesem Bereich nur noch ungefähr vier Meter. Deswegen guckt noch so viel von dem Kahn raus. Die Ursache ist bis jetzt unklar."

„Okay, ein Schiffsuntergang. Und was machen wir dann hier? Das ist doch eher was für die Entenpolizei, oder?“

Das war ihr unbedacht rausgerutscht. Fabio zuckte zusammen und knuffte sie warnend in die Seite. Bevor sie den Wink verstanden hatte, trat ein uniformierter Polizist an sie heran. „Wenn Sie uns damit meinen, dann gebe ich Ihnen recht.“

Der Mann war klein, etwas untersetzt und sorgfältig rasiert. Doro erinnerte er an ihren Physiklehrer. Aber die vier goldenen Streifen auf der Schulterklappe wiesen ihn als Hauptkommissar aus.

„Eichbaum“, stellte er sich vor, „Wasserschutzpolizei Rostock.“

„Weskamp“, sagte Doro, „äh ... Hauptkommissarin Weskamp, Mordkommission. Tschuldigung, tut mir leid mit der Entenpolizei, ich wollte Sie nicht beleidigen.“

„Schon gut. Für Ihre Truppe gibt es ja ebenfalls ganz nette Bezeichnungen. Aber ich hatte mich auch schon gefragt, was die Mordkommission hier macht.“

Jetzt schauten beide fragend Fabio an.

„Wahrscheinlich ist da noch einer drin“, erklärte er, „der Bootsmann. Das vermutet jedenfalls der Skipper. Oder ‚Schipper‘, so nennen die sich auf den alten Schiffen selbst.“ Er deutete mit einer Kopfbewegung auf einen Mann, der mit dem Rücken am Kran lehnend auf dem Boden kauerte. Sein Gesicht wurde im Takt des Blaulichts angestrahlt. Er sah verzweifelt aus.

„Kann mal einer dieses Blaulicht abschalten?", rief Doro den Polizisten zu, die am nächsten beim Streifenwagen standen. „Das macht einen ja verrückt." Dann wandte sie sich wieder an Fabio. „Es tut mir ja wirklich leid für den Bootsmann, armer Kerl, aber noch mal: Was soll ich hier?"

„Das wissen wir noch nicht. Es sieht so aus, als sei der Ausgang von außen verkeilt worden", sagte Fabio und deutete auf ein Schiebeluk knapp über der Wasseroberfläche, „siehst du das? Da wollte wohl jemand verhindern, dass der da noch lebend rauskommt."

Doro schaute hinunter, konnte es aber nicht genau erkennen. Ein Bootshaken schien zwischen dem Luk und irgendetwas unter Wasser zu klemmen.

„Von allein kann das nicht passiert sein?", fragte sie Fabio.

„Kann schon. Ist aber unwahrscheinlich."

In diesem Moment stiegen neben dem Schiff blubbernd Luftblasen auf. Doro schaute verwundert erst Fabio, dann Eichbaum an.

„Da ist einer von unseren Tauchern unten", erklärte er, „der Rumpf muss erst einmal von außen begutachtet werden. Das ist Vorschrift, zur Sicherheit, bevor ins Innere getaucht wird, um die Leiche zu suchen."

Doro stellte sich vor, wie das sein würde, in so ein enges und dunkles Wrack zu tauchen. Schon der Gedanke daran nahm ihr die Luft.

„Wo ist eigentlich der Kowalek?“, fragte sie Fabio.

Er zuckte mit den Schultern. „Schläft wahrscheinlich noch.“

„Wenn er irgendwann aufgewacht sein sollte, soll er hier alle Schausteller befragen. Das Übliche halt. Haben die was gesehen oder gehört und so weiter? Egal was, alles kann wichtig sein.“

Sie ging zu dem am Boden kauernden Schipper und hockte sich vor ihn hin. Das war zwar unbequem, aber auf Augenhöhe. Fabio folgte ihr und blieb hinter ihr stehen.

„Ich bin Dorothea Weskamp, ich leite die Ermittlungen. Meinen Kollegen Fabio kennen Sie ja bereits.“

Der Mann schaute nicht auf.

„Und Sie sind?“

Er rührte sich nicht.

„Herr …“, sagte sie und blickte sich fragend zu Fabio um.

„… Christopher Darr“, ergänzte der.

„Herr Darr …“, hob Doro an, aber plötzlich fing der Mann von sich aus an zu reden. Er klang traurig und erschüttert. „Das kann alles nicht sein“, sagte er leise, „das geht doch nicht einfach so unter.“

Doro wiegte zweifelnd den Kopf, sparte sich aber eine entsprechende Bemerkung.

„Das ist massive Eiche! Und wir waren gerade noch auf der Werft, die *Sansibar* ist top in Schuss!“

Wirklich überzeugend fand sie das nicht. Immerhin war das Schiff keine zwanzig Meter entfernt auf den Grund des Hafens gesackt. Aus ihrer Sicht war das nicht gerade ein Indiz für „top in Schuss". Aber sie wollte den Mann nicht kränken, und genau genommen konnte sie es auch nicht beurteilen. Also fragte sie lieber, wann sie hier eingelaufen waren.

„Vorgestern am Nachmittag", antwortete er, „wir haben noch aufgeklart und kurz zusammengesessen, ein Anlegerbier getrunken. Also ich hab eins getrunken, Klemme trinkt ja nichts."

„Klemme, ist das der Name des Bootsmannes?"

„Ja. Eigentlich Clemens, aber wir nennen ihn meist Klemme. Ich bin dann zu meiner Freundin, die wohnt hier in Rostock. Klemme ist an Bord geblieben, da gab's genug zu tun, nach der Fahrt ist vor der Fahrt. Außerdem hat der ja nichts anderes."

„Wie meinen Sie das?"

„Er hat nur uns und die *Sansibar*."

„Das heißt, er wohnt auch an Bord?"

„Ja. Während der Saison. Ich weiß gar nicht, wo der sonst gelebt hat. Also vorher. Er ist erst seit diesem Jahr an Bord. Mir ist das sehr recht, dass immer einer da ist, es gibt so viele Arschlöcher, die einem die Leinen zerschneiden oder einbrechen. Aber so was …"

„Hatten Sie schon häufiger solchen Ärger?"

„Hin und wieder. Früher bin ich selbst oft an Bord geblieben. Und im Winter räumen wir alles raus, was nicht niet- und nagelfest ist. Aber jetzt war ja Klemme da. Der wollte auch im Winter an Bord bleiben."

Von hinten näherte sich das Reinigungsfahrzeug.

Doro hörte den ansteigenden Lärm schon seit einigen Sekunden.

„Nun warten Sie erst mal ab", versuchte sie ihn zu beruhigen, „wir wissen noch gar nicht, ob Ihr Bootsmann überhaupt an Bord war. Und ob er tatsächlich da unten drin ist."

Der Mann schaute sie an und versuchte ein Lächeln, ganz kurz sah er dankbar aus. Aber dann fielen seine Züge wieder zusammen. „Wo sollte der sonst sein?"

Armer Teufel, dachte Doro und wusste selbst nicht genau, ob sie den Schipper oder seinen vermeintlich toten Bootsmann meinte. Das Fahrzeug war jetzt auf ihrer Höhe, sie hielt sich die Ohren zu und wandte den Kopf ab.

„Wie hieß Clemens denn mit Nachnamen?", fragte sie, als der Lärm vorüber war.

„Muss ich nachsehen", sagte er. Doro schaute ihn verwundert an. „Nachnamen sind auf so 'nem Schiff nicht üblich", erklärte er entschuldigend, „das war einfach der Klemme."

„Okay. Wo und wann können Sie das nachsehen?", fragte sie.

„Im Bordbuch."

„Das ist da unten drin, stimmt's?"

Er nickte. Sie schaute ihn mit hochgezogenen Brauen an. Im Moment wusste sie nicht mehr, was sie den Mann noch fragen sollte. Sie richtete sich auf und spürte einen Schmerz im unteren Rücken.

Ischias. Während sie zurück an die Kaikante ging, dehnte und streckte sie sich nachdenklich. Sie hatte also erst einmal nichts als einen Vornamen. Allerdings hatte sie auch noch keine Leiche, insofern war ein Vorname schon viel.

Sie schaute nachdenklich auf das Schiff hinab und überlegte gerade abzubrechen und sich in die KPI fahren zu lassen, als ihr jemand von schräg hinten zuraunte: „War doch nur eine Frage der Zeit."

Doro wandte sich um. Der Mann war klein und ziemlich korpulent, vielleicht Mitte oder Ende sechzig, sein hochrotes Gesicht zeugte von beachtlichem Bluthochdruck und ließ den beeindruckenden weißen Bart noch weißer wirken. Das Wort *Seebär* schoss Doro in den Kopf. Er trug eine blaue Hose und ein weißes Hemd mit reich verzierten Schulterstücken, außerdem eine blauweiße Kapitänsmütze. Sie musste nur zwei Sekunden auf das Arrangement von goldenen Ankern und Sternen auf seinen Schultern schauen, um zu erkennen, dass es keine amtlichen Insignien waren. Das war eine Fantasieuniform.

„Was war eine Frage der Zeit?"

„Das mit dem Schiff", sagte er.

„Aha. Und wer sind Sie?", fragte sie verhältnismäßig grob. Sie mochte den Mann auf Anhieb nicht.

„Ich bin Kapitän Jürgen Auerich."

„Soso, Kapitän", sagte Doro nur und stellte sich ebenfalls vor, „Weskamp, ich leite hier die Ermittlungen."

„Ermittlungen der Kripo?“, fragte er neugierig. „Bei einem Schiffsuntergang?“

„Nee, bei einem Toten.“ Sofort ärgerte sie sich über sich selbst, das ging diesen Möchtegernkapitän gar nichts an.

„Ein Toter?!“ Sein Ausruf wirkte, als würde er sich darüber freuen.

„Das scheint Sie ja fröhlich zu stimmen“, stellte Doro fest.

„Nein, natürlich nicht, also nicht ein Toter als solcher. Aber in der Sache wäre das durchaus hilfreich. Wissen Sie, das mag zynisch klingen, aber bis jetzt sind die immer irgendwie davongekommen.“

„Wer sind ‚die‘?“

„Die Typen mit diesen sogenannten Traditionsschiffen. Haben nicht einmal richtige Patente, aber nehmen uns mit ihren alten Eimern die Gäste weg. Eigentlich sind das alles Fahrgastschiffe. Aber die haben Ende der Neunziger eine eigene Sicherheitsrichtlinie bekommen. Die müssen ein paar hochrangige Freunde im Verkehrsministerium gehabt haben.“

Bevor der Mann sich weiter in Rage reden konnte, fragte Doro dazwischen: „Ich nehme an, Sie selbst haben ein Fahrgastschiff?“

„Oh ja, die *MS Alte Liebe*!“, antwortete er stolz.

Doro kannte das Schiff. „Das ist dieser kleine Ausflugsdampfer, der manchmal von hier nach Gehlsdorf rüber schippert, oder?“

Sein Blick sagte ihr, dass diese Beschreibung sich

in keiner Weise mit seinem Selbstverständnis deckte. Er schwieg für einen langen Augenblick.

Auch Doro schaute ihn nur abwartend an. Sie hatte zwar nicht lange über ihre Wortwahl nachgedacht, aber im Nachhinein gefiel sie ihr gut.

„Fahrgastschiff", sagte er und machte eine bedeutsame Pause, „die *Alte Liebe* ist ein richtiges Fahrgastschiff."

Doro hob die Augenbrauen an. Ja und?, sollte das heißen.

„Immer mal ist einer dieser Kähne auf Grund gegangen", fuhr er schließlich fort, „es gab auch Kollisionen und Havarien, aber die haben die nie wirklich drangekriegt. Einen richtig schweren Seeunfall hat es bis heute nicht gegeben." Jetzt klang er beinahe traurig. Aber zuletzt hellte sich seine Miene sichtlich auf: „Ein Toter würde das natürlich ändern."

„Das klingt in der Tat zynisch", sagte Doro abschätzig und gab sich keine Mühe, ihre Verachtung zu verbergen, „um nicht zu sagen ziemlich krank. Wenn bisher nix passiert ist, gab's doch auch keinen Grund, die dranzukriegen, wie Sie das nennen. Oder liege ich da falsch?"

„Sie verstehen das nicht", erwiderte er mit weit aufgerissenen Augen und einer ausholenden Bewegung beider Arme, „das ist ja auch eine Frage des Prinzips! Unsere Fahrgastschiffe müssen die modernen Sicherheitsbestimmungen einhalten, mit teurer Ausrüstung und permanenten Kontrollen, und die mogeln sich einfach so durch. Das ist auch der Berufsgenossenschaft als zuständige Behörde schon lange ein Dorn im Auge."

Doro schaute ihn eindringlich an. Wenn sie Begriffe wie ‚zuständige Behörde' oder ‚eine Frage des Prinzips' hörte, überkam sie immer ein leichter Brechreiz. „Dann wünsch ich Ihnen von Herzen einen Toten da unten im Schiff", sagte sie spitz und machte eine kurze Pause. „Ich persönlich würde mich aber freuen, wenn sich das Ganze hier als falscher Alarm erweisen würde. Ich bin zwar bei der Mordkommission, aber mir ist jede Leiche eine Leiche zu viel."

Er wollte noch irgendwas erklären, aber Doro wandte sich ab und ließ ihn einfach stehen. Was für eine Dumpfbacke, dachte sie. In diesem Moment stiegen starke Luftblasen aus dem gesunkenen Schiff auf, und kurz darauf kletterte ein Taucher aus dem offenen Niedergang. Mit der Sauerstoffflasche auf dem Rücken passte er kaum hindurch. Alle starrten ihn gespannt an. Dann zeigte er den gehobenen Daumen.

„Was heißt das jetzt?", fragte Doro Fabio, der neben ihr stand. „Heißt Daumen hoch so viel wie: Ich habe eine Leiche gefunden? Oder heißt es: Alles gut, keine Leiche im Schiff?"

Fabio zuckte mit den Schultern. „Was heißt das?", rief er laut dem Taucher zu.

Der nahm mit einer Hand das Mundstück heraus,

spuckte Wasser aus und antwortete erschöpft und außer Atem: „Männliche Leiche achtern."

„Scheiße", entfuhr es Doro. Sie wandte ihren Blick dem Schipper zu. Der war kreidebleich geworden, stand reglos und mit offenem Mund am Kran.

„Okay", sagte Fabio, „dann ist es also unser Fall."

„Sieht ganz so aus."

Wie weiter, fragte sich Doro, was konnten sie jetzt tun? Bis der Taucher die Leiche bergen konnte, würde es noch dauern. Da mussten sie nicht hier herumstehen.

„Was machen wir jetzt, Fabio?", fragte sie. „Leiche und Fundort können wir uns bis auf Weiteres nicht anschauen, das hatte ich auch noch nie."

Fabio schien ratlos.

„Was denken Sie?", fragte sie Eichbaum, der wieder neben sie getreten war, „wie lange wird das dauern, bis sie den da unten rausgeholt haben?"

„Lange. Ein Taucher schafft das nicht alleine, der zweite wird gerade erst angefordert."

Sie atmete schwer aus. „Gut", sagte sie wieder an Fabio gewandt, „lass uns hier erst mal einpacken und in die KPI fahren. Entweder ich komme später noch mal her, oder die Leiche soll direkt in die Rechtsmedizin. Wenn sie die durchs ganze Schiff gezerrt haben, sind da ohnehin keine Spuren mehr dran. Dann muss ich mir die nicht mehr unbedingt vor Ort anschauen, auch wenn ich das eigentlich gerne tun würde."

„Das kannst du ja später entscheiden“, sagte Fabio. „Übrigens haben wir gleich einen Termin“, fügte er grinsend hinzu.

Sie schaute ihn fragend an.

„Um 10 Uhr beginnt doch dieses Seminar, daran sollte ich dich unbedingt erinnern.“

„Welches Seminar?“

„Ethik für Polizisten.“

Jetzt erinnerte sie sich. „Ach ja, das hätte ich fast vergessen.“

Fabio grinste weiterhin. Das hättest du wohl gern vergessen, dachte er dabei.

„Übrigens hast du eine Ausrede“, sagte sie dann und kostete seine Überraschung ein paar Sekunden lang aus, „du fängst nämlich mit dem Bericht an.“

Jetzt grinste sie.

Den letzten Halbsatz hatte sie lauter sagen müssen, weil der Reinigungswagen hörbar zurückkam. Als er auf ihrer Höhe war und sie sich zum dritten Mal an diesem Morgen die Ohren zuhielt, traf ihr Blick wieder auf den des Fahrers. Diesmal nickte er ihr zu. Sie lächelte und nahm das als Zeichen der Anerkennung.

3

Sie riss zuerst alle Fenster auf. Der Gestank der Auslegeware war penetrant. „Das legt sich", hatten die Teppichleger behauptet, aber auch nach zwei Wochen roch es noch nicht danach. Ihr bereitete das ein flaues Gefühl im Magen, und in den letzten Tagen hatte sie hin und wieder leichte Kopfschmerzen gespürt. Die konnten allerdings auch andere Ursachen haben. Schlafmangel. Überarbeitung. Zu viel Kaffee und Rotwein, zu wenig Wasser. An der Mangelernährung änderten auch die Salatblätter im Döner nichts. Sie schob es lieber auf den Teppich, auch wenn ein blauer Umweltengel die Verpackung der Rolle geziert hatte und die Erneuerung sämtlicher Bodenbeläge der Kriminalpolizeiinspektion mit der Schadstoffbelastung der alten begründet worden war. Doro legte eine Kapsel *Espresso Fortissimo* in die Kaffeemaschine und startete das Gerät.

Sie setzte sich an ihren Schreibtisch und wartete darauf, dass der Computer seinen Startvorgang abschließen würde. Erst schaute sie gedankenverloren auf das kreiselnde Symbol, dann auf ihren Wandkalender. Anfang August. Das Monatsbild zeigte einen blauweiß gestreiften Strandkorb in den Dünen. Nicht zum ersten Mal nahm sie sich vor, für das kommende Jahr einen Kalender nach ihrem Geschmack zu kaufen. Diese Geschenkartikel von Apotheke oder Polizeigewerkschaft sahen doch alle gleich aus. Blumen, Strände, Sonnenuntergänge. Überhaupt wollte sie gerne ihr Büro neu gestalten, freundlicher, lebendiger, wärmer als diese ganze lichtgraue Laminatmöblierung aus den frühen Neunzigern. Vielleicht in Kirsche oder Nussbaum? Der Antrag lag schon seit Monaten beim Chef, einen Bescheid hatte sie bis heute nicht bekommen. Gelegentlich rief sie in der Beschaffungsstelle an, um zu fragen, ob dort endlich die Bewilligung eingetroffen war.

Das Zischen vom Beistellschrank sagte ihr, dass der Kaffee fertig war. Und der Blick auf die Uhr, dass sie ihn schnell trinken musste. Sie stand auf, nahm die Tasse und ging damit zurück an den Schreibtisch. Unterdessen hatte sich auch das E-Mail-Programm geöffnet. Es waren einige Mails eingegangen, aber zumindest der flüchtigen Durchsicht zufolge war keine wichtige darunter. Über einen guten Grund, dieses Seminar zu schwänzen, wäre sie nicht traurig gewesen. Aber es schien keinen zu geben. „Na dann los“, sagte sie halblaut vor sich hin, stürzte den Kaffee hinunter und schickte ihren Rechner in den Ruhezustand.

Ganz pünktlich war sie dennoch nicht. Als sie den Beratungsraum im zweiten Stock betrat, schien sie für die Anwesenden schon eine willkommene Abwechslung zu sein. Jedenfalls drehten sich alle zu ihr um und schauten sie an. Doro ärgerte sich, sie war gern fünf Minuten vor der Zeit da. Alle, das waren in diesem Fall nur ein knappes Dutzend Kollegen, wie sie sofort erfasste, mindestens drei Viertel der Stühle waren unbesetzt. Die meisten schienen also eine Ausrede gefunden zu haben.

Sie hatte sich das schon gedacht, als Gerold Terberger, seines Zeichens Leiter des Ersten Fachkommissariats Kapitaldelikte und ziemlich stolz auf diese Stufe der Karriereleiter, diese Weiterbildung für alle angekündigt hatte. Ethik für Polizisten, das klang nicht gerade unterhaltsam. Ein wenig hatte sie es auch als Kritik oder Angriff aufgefasst. Wenn der Gerold uns Nachhilfe in Ethik aufzwingt, hatte sie gedacht, dann sieht der wohl offensichtlich Defizite. Soll mal besser vor der eigenen Tür kehren! Und dann auch noch mit einem Pfarrer als Dozenten. Ihr letzter Besuch eines Gottesdienstes lag lange zurück, und der Anlass war kein schöner gewesen. Sie hatten damals einen guten Kollegen zu Grabe getragen. Was sollte ihr ein Pfarrer erzählen können?

Der Typ am Pult wirkte allerdings gar nicht wie ein Pfarrer. „Kommen Sie doch rein", rief er freundlich und wies auf die leeren Stühle in den ersten Reihen, „Platz ist in der kleinsten Hütte!" Während sie der Aufforderung folgte, machte sie sich einen ersten Eindruck. Sie war überrascht. Der Mann da vorn in Cordhose und knittrigem Hemd war ihr auf Anhieb sympathisch. Sein Jackett war reine Arbeitskleidung, das sah sie sofort, so etwas trug man nicht freiwillig. Er war allenfalls unwesentlich größer als sie selbst und alles andere als ein Adonis. Und er lehnte lässig am Pult, ein Bein über das andere gekreuzt.

„Viel haben Sie nicht verpasst, ich war gerade dabei, mich vorzustellen."

Er wartete, bis sie einen Platz eingenommen hatte. Dabei nahm er seine runde Brille ab und wischte mit einem Taschentuch daran herum. Er hielt sie mit ausgestreckten Armen vor sich, um das Ergebnis zu prüfen, dann setzte er die Brille behutsam wieder auf, indem er die Federbügel vorsichtig hinter die Ohren führte. „Noch mal die Kurzfassung", fuhr er dann fort, „mein Name ist Tom Schroeder und ich bin Polizeiseelsorger des Landes Mecklenburg-Vorpommern. Außerdem unterrichte ich an der Polizeischule und biete Seminare wie dieses hier an."

Während er sprach, schaute er ihr direkt in die Augen. Sie wich erst aus und blickte auf den Tisch vor sich, als hätte er sie bei etwas Verbotenem ertappt. Dann erwiderte sie den Blick doch. Schöne Augen, fand sie, aber auch irgendwie traurig.

„Bevor ich kurz skizziere, worum es in den nächsten Stunden gehen soll, bitte ich Sie, sich ebenfalls kurz vorzustellen. Mögen Sie anfangen?", fragte er Doro. „Und bitte sagen Sie auch kurz, was Sie von mir und dem Seminar erwarten."

Sie stellte sich mit Nachnamen und Dienstgrad vor: „Weskamp, Hauptkommissarin." Sogleich ärgerte sie sich über sich selbst. Das Polizistendeutsch empfand sie diesem Tom Schroeder gegenüber als unpassend. Aus irgendeinem Grund, den sie selbst nicht hätte benennen können, hätte sie viel lieber gesagt: „Ich bin Doro." Und dann stammelte sie auch noch irgendwas wie „ich finde das Thema … also Ethik … irgendwie … spannend". Jedenfalls war sie froh, als Schroeder freundlich nickte und sein fragender Blick zum Nächsten ging. Ganz offensichtlich hatte keiner der Anwesenden eine konkrete Erwartung, abgesehen von der, ein paar Stunden Dienstzeit im Seminarraum statt hinter dem Bildschirm zu verbringen. Die Frage wurde jedenfalls mehrheitlich mit Verlegenheitsworten wie „Ähm" oder „Ja, was erwarte ich eigentlich?" beantwortet. Doros Antwort war da noch relativ konkret. Aber dieser Schroeder ließ sich davon nicht irritieren, wahrscheinlich ging es ihm in jeder Polizeiinspektion und in jedem seiner Seminare so.

„Ich möchte einleitend versuchen zu erklären, warum Ethik besonders für Polizisten …", hob er gerade an, als ihn plötzlich schrille Pieptöne unterbrachen. Mehrere Kollegen zogen ihre Pieper aus der Tasche und stellten den Ton ab. Mit mehr oder weniger entschuldigenden Gesten stand einer nach dem anderen auf, nahm seine Jacke und was er sonst noch bei sich hatte und verließ den Raum.

„Ja, der Mensch ist zur Arbeit geboren wie der Vogel zum Fliegen", zitierte Schroeder mit einem schelmischen Grinsen. „Martin Luther." Doro schmunzelte.

Er wollte gerade mit seiner Einführung fortfahren, als ein tiefes Nebelhorn erklang, gefolgt von der Erkennungsmelodie der Serie *Polizeiruf 110.* Zwei Beamte holten ihre Smartphones hervor und schauten auf die Displays. Sozialismus und Bockwurst, dachte Doro und lachte still in sich hinein, wie jedes Mal, wenn sie die beiden Kollegen Ritschler und Schmitt sah. Ritschler war einer der wenigen, die in der DDR in den Polizeidienst gekommen und immer noch dabei waren. „Im Sozialismus hätte es das nicht gegeben!“, war eines seiner häufigen Statements, das hatte ihm den Spitznamen eingebracht. Dass der auf den *Polizeiruf* hörte und nicht auf den *Tatort*, fand Doro nur konsequent. Und Bockwurst? Schmitts Spitzname war selbsterklärend, schon optisch, und das Nebelhorn passte irgendwie zum Resonanzkörper. Die beiden verließen zügig und ohne Erklärung den Raum.

Nur Doro blieb sitzen. Bei ihr hatte es weder gepiept noch geklingelt. Schroeder schaute sie fragend an. „Sind Sie so unwichtig, Frau Hauptkommissarin?“

Sie zuckte mit den Schultern. „Handy und Pieper liegen im Büro“, sagte sie fröhlich, „wenn's wirklich so wichtig ist, werden die mich schon finden.“

Sie schwiegen eine ganze Weile. Schroeder hatte sich unterdessen auf einen Tisch gesetzt und ließ die Beine baumeln, Doro betrachtete erst interessiert ihre Fingernägel und räkelte sich dann mit einem wohligen Laut. Sie schaute ihn an.

„Und jetzt?“, fragte sie.

„Weiß ich auch nicht. Haben Sie eine Idee, ob die überhaupt noch mal wiederkommen?“

„Nee, wie sollte ich. Ich weiß ja nicht einmal, wo die hin sind.“

Schroeder wirkte ratlos. Dann griff er in die Tasche seines Jacketts und holte ein Päckchen Tabak heraus. *Javaanse Jongens mild,* erkannte Doro sofort an der Verpackung, den hatte sie früher selbst geraucht. Sie schaute ihm zu, wie er ein Papierblättchen entnahm und geschickt einen kleinen Filter einklebte. Das tat er ohne besondere Konzentration. Ganz offensichtlich drehte er seine Zigaretten mit höchster Routine. Doro schaute wehmütig oder schmachtend zu. Oder beides.

Schroeder bemerkte das. „Auch eine?“, fragte er.

„Nein danke.“

„Nichtraucherin, ja?“

„Seit der Schwangerschaft.“

„Wie vernünftig! Und fällt es Ihnen noch schwer?“

„Meine Tochter ist neunundzwanzig.“

Schroeder lachte kurz auf, dann rupfte er zwischen Daumen und Zeigefinger die passende Menge Tabak aus dem Päckchen, verteilte sie auf dem Blättchen und rollte das mit zwei oder drei geschickten Handgriffen ein. Während er die Gummierung anleckte, sah er wieder ihren Blick.

„Sie möchten wirklich nicht?“

Warum eigentlich nicht?, dachte Doro. Hast jetzt

so lange durchgehalten, da kannst du ruhig mal eine rauchen. Die wird dich nicht umbringen.

„Ich nehme doch eine", sagte sie schneller, als sie ihren Gedanken überprüfen konnte, „wenn es Ihnen nichts ausmacht."

Schroeder grinste und drehte eine zweite Zigarette. „Wo darf man denn hier rauchen?", fragte er dann.

„Mir nach!"

Sie verließen den Raum und stiegen wortlos die Treppen hinunter. Gelegentlich zeigte Doro eine Richtung an, in die sie gehen mussten, um ins Erdgeschoss und in den Innenhof zu gelangen. Schließlich fanden sie sich in dem bushaltestellenartigen Glashäuschen ein, das als Wetterschutz für die letzten verbliebenen Raucher errichtet worden war. Dort standen sie dann allerdings wie am Pranger, von allen Fenstern der KPI aus zu sehen. Wer hier stand, musste immer damit rechnen, von seinen Vorgesetzten beobachtet zu werden. Und die rangniederen Kolleginnen und Kollegen waren gut beraten, sich für ihre Zigarettenpausen korrekt an der Stechuhr abzumelden.

Schroeder reichte Doro die Zigarette und gab ihr Feuer. Dann entzündete er seine eigene. Sie zog den Rauch ein, als hätte es keine neunundzwanzig rauchfreien Jahre gegeben. Zuerst kratzte es im Rachen und schmeckte teerig. Außerdem wurde ihr ganz kurz ein wenig schwindlig. Aber dann war es beinahe wie früher.

Sie spürte, wie Schroeder sie musterte, auch wenn er sich bemühte, das zu verbergen. „Sie sind nicht von hier, oder?", fragte er.

Sie schaute ihn überrascht an. „Wie meinen Sie das?"

„Ich meine: Sind Sie hier geboren?"

„Wie hier? In der KPI? In Rostock? Im Osten?"

„Heikles Thema?", fragte er. „Ich nehme die Frage zurück."

„Nein, ist schon okay. Und nein – ich bin nicht hier geboren, ich komme aus Kiel. Aber sieht man mir das an? Und ist es nicht heute völlig egal?"

„Doch, natürlich", sagte Schroeder schnell, beinahe entschuldigend, „ich wollte auch gar nicht auf Ossi oder Wessi hinaus. Mich interessiert einfach nur, wie Sie, Frau Weskamp, nach Rostock gekommen sind."

Sie nahm einen tiefen Zug und blies langsam und nachdenklich den Rauch aus.

„Ganz blöd, wie Frauen das so machen", sagte sie dann. „Ich bin meinem Mann gefolgt. Der ist Anfang der Neunziger hergekommen, Aufbau Ost und so weiter."

„Lassen Sie mich raten – als Verwaltungsbeamter?"

„Falsch! Als Steuerberater. Jedenfalls war ich hochschwanger, hab' mein Studium an der Polizeihochschule unterbrochen und bin treudoof mit. Das hatte ich schließlich so gelernt, das wurde von mir erwartet als Frau. Irgendwann saß ich dann mit Kleinkind und praktischer Kurzhaarfrisur in unserer Eigentumswohnung und hab' ihm die Stullen geschmiert."

„Verstehe", sagte Schroeder schmunzelnd. „Aber dann ist ja doch noch was aus Ihnen geworden. Und die Haare sind auch nachgewachsen."

Sie lächelte. Heute konnte sie nicht mehr verstehen, warum sie das damals unhinterfragt mitgemacht hatte. „Ich habe mich irgendwann von ihm getrennt. Er ist zurück in den Westen, ich habe mein Studium beendet und bin hier in den Polizeidienst gegangen."

„Es gibt schlechtere Orte."

„Oh ja, ganz bestimmt", sagte sie und drückte energisch ihre Zigarette in den Sand des Aschenbechers. „Ist aber ohnehin egal, wo ich bin, ich habe mich ja immer dabei."

Er sah sie verblüfft an, als würde er diese Haltung kennen. Seine Zigarette war noch nicht am Ende.

„Und Sie?", fragte Doro. „Wie sind Sie hierhergekommen?"

„Bei mir war es umgekehrt: Ich habe mich erst von meiner Frau getrennt und bin dann hergekommen. Ich brauchte frische Luft."

„Deswegen die Selbstgedrehten", sagte Doro.

Schroeder lachte.

„Wo war denn die Luft so schlecht?"

„In Brandenburg. Da war ich Pastor, Gemeindepfarrer. Mit Pfarrhaus und Kirche und Pipapo. Polizeiseelsorger bin ich erst hier geworden."

„Und haben Sie Kinder?"

„Nein. Und Sie? Nur die eine Tochter?“

„Nur ist gut, die eine reicht mir. Die hat mich ganz schön auf Trab gehalten. Alleine erziehen ist ja immer schwer, aber als Polizistin mit ungeregelten Arbeitszeiten …“

„Hut ab!“

„Danke. Im Moment ist sie in Australien. Das sollte eine Auszeit werden. Aber jetzt hat sie angeblich die Liebe ihres Lebens kennengelernt und überlegt dazubleiben.“

„Nicht einfach für Sie, oder?“

„Nee, wirklich nicht einfach. Meine Tochter ist der wichtigste Mensch in meinem Leben. Kein schöner Gedanke, dass sie auf der anderen Seite des Globus leben könnte. Das wäre für mich … aber warum erzähle ich Ihnen das eigentlich?“

„Vielleicht weil es einfach mal raus musste?“

„Wahrscheinlich“, sagte sie nachdenklich. Tatsächlich hatte sie noch nie mit jemandem darüber geredet. Mit wem auch? „Außerdem sind Sie ja Seelsorger“, schob sie schmunzelnd nach, „wahrscheinlich provozieren Sie so was.“

Schroeder lachte kurz auf. „Stimmt. Aber bitte reduzieren Sie mich nicht darauf.“

Sie schauten sich in die Augen, vielleicht eine Sekunde länger als für einander Unbekannte üblich.

Dann sah sie, wie Fabio aus dem Gebäude in den Hof und auf sie zugelaufen kam. Er sah aufgeregt aus, sein Gesicht war gerötet und verschwitzt. „Ach, hier bist du“, rief er aus einigen Metern Entfernung, „wir suchen dich schon überall!“

„Was gibt's denn?“

„Hast du's noch nicht gehört? Der Chef hat zigmal versucht, dich anzurufen.“

„Hab' mein Handy im Büro liegen lassen. Was soll ich gehört haben?“

„Sie haben den Klaus verhaftet!“

„Hä? Welchen Klaus?“

„Klaus Müller vom dritten Kommissariat.“

„Du meinst: Klaus hat jemanden verhaftet?“

„Nein, eben nicht! Klaus ist verhaftet worden! Heute früh, von einem SEK in seinem Haus, das ganz große Besteck. Genaues wissen wir noch nicht, aber er soll einer Terrorgruppe angehören.“

Schroeder und Doro waren gleichermaßen sprachlos.

„Die haben jede Menge Waffen bei ihm gefunden, heißt es, teilweise von der Bundeswehr, teilweise von uns. Er war ja bis vor ein paar Jahren bei irgend so einer Elitetruppe.“

„So viel zum Thema Ethik für Polizisten“, sagte Doro kopfschüttelnd zu Schroeder. „Dann muss ich wohl mal los. Hat mich sehr gefreut, Sie kennenzulernen!“

„Ganz meinerseits!“

Während sie zu dritt in Richtung der Eingangstür gingen, sagte Fabio: „Es gibt übrigens auch Neuigkeiten von unserem Bootsmann.“

Doro blieb abrupt stehen. „Haben sie den etwa schon geborgen?"

„Nein, noch nicht, soviel ich weiß. Aber wir kennen jetzt den Nachnamen, die Freundin des Schippers wusste den. Er heißt Kasten."

„Clemens Kasten", sagte Doro halblaut.

„Wer ist das?", erkundigte sich Schroeder neugierig.

„Der Bootsmann eines Traditionsschiffs, das heute früh gesunken ist", erklärte Doro.

„Ist er tot?"

„Vielleicht. Es gibt eine Leiche im Schiff, aber die ist noch nicht identifiziert." Doro wandte sich wieder Fabio zu. „Ist Kowalek mit seiner Befragung der Schausteller durch?"

Fabio verzog das Gesicht. Keine Ahnung, sollte das heißen.

„Dann gib den Namen mal Bockwurst und Sozialismus, die sollen die einschlägigen Dateien checken, vielleicht ist der Mann ja aktenkundig."

Schroeder schaute sie verwundert an. Doro brauchte eine Sekunde ,um zu verstehen, warum.

„Ah", erklärte sie dann lachend, „ich meine natürlich Ritschler und Schmitt, zwei geschätzte Kollegen. Sie haben die eben schon kennengelernt, *Polizeiruf* und Nebelhorn." Schroeder schmunzelte. Doro wandte sich wieder an Fabio: „Oder er hat wenigstens eine Meldeadresse, oder Angehörige, denen wir die traurige Nachricht überbringen müssen."

„Dabei kann ich Sie unterstützen", bot Schroeder an.

„Danke. Erst mal abwarten, ob es denn eine Nachricht geben wird."

Doro überlegte, was sie nun machen sollte. Wenn sie jetzt zu Terberger ginge und sich in diese Geschichte mit dem verhafteten Kollegen einspannen ließe, wäre der Tag gelaufen. Mindestens. Wahrscheinlich waren längst die von der Internen Ermittlung da und würden nach und nach mit allen sprechen wollen. Sie konnte dazu ohnehin nichts sagen, kannte Müller nur flüchtig, wie man die Kollegen der anderen Kommissionen halt so kennt. Mal auf dem Gang getroffen, mal in der Kantine, mal eine Akte ausgetauscht. Er war ihr nie besonders aufgefallen, weder positiv noch negativ, ein ganz normaler Kollege. Sollte der wirklich ein Terrorist sein? Doro war lange genug Polizistin, um so etwas nicht auszuschließen. Die Täter waren schon zu oft die netten Nachbarn gewesen.

„Ich gehe noch mal zum Hafen", sagte sie zu Fabio, der sie erstaunt anschaute. „Wenn der Chef nach mir fragt, sagst du einfach, ich hätte einen wichtigen Termin im *Hanse Sail*-Büro. Außerdem will ich doch gern dabei sein, wenn die Leiche geborgen wird. Vielleicht fällt mir etwas auf, bevor die Pathologen daran rumgeschnippelt haben."

Fabio sah den Ärger auf sie zukommen und wollte etwas gegen ihren Plan einwenden, aber Doro hatte sich schon abgewandt. „Kommen Sie mit?“, fragte sie Schroeder. „Das Seminar dürfte ja wohl ausfallen. Und vielleicht kann ich Ihre Hilfe tatsächlich brauchen.“

4

Während sie nebeneinander auf dem Gehsteig zum Hafen gingen, betrachtete Doro Tom Schroeder aus den Augenwinkeln. Er war tatsächlich kaum größer als sie selbst, und er ging leicht gebeugt, mit hängenden Schultern. Das ließ ihn kleiner wirken, als er war. Eine Hand hielt er in der Hosentasche, die andere schaukelte im Takt seiner Schritte. Er blickte auf den Boden vor sich. Hin und wieder wichen sie entgegenkommenden Passanten aus, einmal blieben sie stehen und ließen eine alte Dame mit Rollator passieren. Der Verkehr in der Straße war stark, vor jeder Ampel kam es zu längeren Staus. Zwischen den Autos schlängelten sich Fahrradkuriere und Pizzaboten auf Motorrollern durch und sorgten für ein permanentes Hupkonzert. Die Stadt spielte an diesem Vormittag mal wieder Metropole. Schroeder sah nachdenklich aus.

„Woran denken Sie?“, fragte Doro irgendwann.

Er antwortete erst nicht, dachte aber sichtbar über eine Antwort nach. Sie wartete ab.

„Ich denke an Ihren Satz von vorhin", antworte er schließlich.

Doro schaute ihn fragend an, sie wusste auf Anhieb nicht, was er meinte.

„Ihre Aussage, dass es egal ist, wo Sie gerade sind, weil Sie sich ja doch immer dabeihaben. Sinngemäß."

„Ach das", winkte sie ab, „das ist doch so. Nicht zu ändern."

„Ich kenne das Gefühl", sagte Schroeder und blickte ihr dabei in die Augen, „ich kenne das ganz genau."

Sie hielt dem Blick stand, war irritiert, aber auch dankbar, verstanden zu werden.

„Muss aber nicht unbedingt schlecht sein, sich selbst bei sich zu haben", fügte er noch an.

Sie zeigte den Anflug eines Lächelns, war aber zugleich dankbar für den lärmenden Verkehr um sie herum. Der nahm dem Gespräch die Intimität.

Als sie den Hafen erreichten, war der Aufbau des Marktes in vollem Gange. Weitere Schausteller waren eingetroffen und rangierten ihre Anhänger und Buden kreuz und quer über den Platz. Dazwischen wuselten geschäftig die Einweiser des Veranstalters umher und versuchten, den Überblick zu bewahren und Ordnung in das scheinbare Chaos zu bringen. Den Sound dazu lieferten Hupen, Rufe und das schrille Piepen rückwärtsfahrender Sattelschlepper.

Doro hielt sich schützend die Hände vor ihre Ohren. Eine Schießbude versperrte den Weg, „Manni's Wild West". Sie warteten einen Moment, bis das lange Gefährt rückwärts an die richtige Position zwischen „Silvi's leckere Pilzpfanne" und einen Toilettenwagen bugsiert worden war.

Auf der Kaikante vor dem gesunkenen Schiff saßen zwei Taucher in voller Montur. Die schweren Schwimmflossen baumelten über dem Wasser, lediglich die Kapuzen ihrer schwarzen Neoprenanzüge hatten die Männer abgestreift. Über ihren Schultern hingen die Luftschläuche und Mundstücke der Sauerstoffflaschen. Auf dem Boden neben ihnen standen Thermosflaschen und Brotdosen. Beide kauten mit dicken Wangen und grüßten daher nur nickend, als Doro und Schroeder an sie herantraten.

„Ist die Leiche schon geborgen?", fragte Doro.

Sie hatte den einen der beiden als den Taucher von heute früh wiedererkannt. Der brummte und signalisierte mit einer Handbewegung, dass er erst zu Ende kauen musste, dann antworten wollte. „Eins nach dem anderen, Frau Kommissarin", sagte er schließlich.

„Guten Morgen auch", grüßte der andere spitz.

„Guten Morgen", erwiderte Doro. Schroeder nickte beiden zu.

„Wir gehen gleich wieder runter", erklärte der erste Taucher, „aber jetzt ist erst mal Frühstückspause. Mein Kollege ist gerade erst angekommen und hat sich einen Überblick verschafft."

„Ich wollte auch gar nicht drängeln“, beschwichtigte Doro.

„Aber was ich nach meinem ersten Tauchgang schon sagen kann“, fuhr er fort, „ist, dass da jemand nachgeholfen hat. Da war nicht nur das Luk verkeilt, das haben Sie ja selbst gesehen. Sondern auch ein Seeventil an der Maschine geöffnet und der Schlauch abgelöst. Danach schauen wir immer als Erstes, routinemäßig. Hier fehlt die Schlauchschelle, jedenfalls habe ich sie nicht ertasten können. Man sieht ja nichts da unten.“

„Können Sie das bitte mal für Polizistinnen erklären?“, bat Doro mit fragendem Blick.

Bevor der Mann antworten konnte, mischte Schroeder sich ein: „Seeventile heißen die Durchlässe durch den Schiffsrumpf. Also die Stellen, wo zum Beispiel das Kühlwasser für die Maschine angesaugt wird. Oder das Abwasser vom Klo rausgeht.“

„Oh, ein Fachmann?“, staunte Doro.

Schroeder wiegte den Kopf. „Na ja, ich habe selbst ein kleines Segelboot. Ist aber in diesem Jahr nicht mal im Wasser, ich hatte bis jetzt keine Zeit.“ Das schien ihn traurig zu machen. „Jedenfalls sind diese Seeventile natürlich Schwachstellen“, überspielte er das sofort, „besonders die unterhalb der Wasserlinie. Wenn die nicht halten, zum Beispiel weil die Schelle fehlt, strömt Wasser ins Schiff. Und das verstößt gegen die erste und wichtigste Grundregel des Segelns …“ Er machte eine abwartende Pause, Doro und die Taucher schauten ihn gespannt an. „Keep the ocean out“, löste er das Rätsel schmunzelnd.

„Besser hätte ich das nicht erklären können“, stimmte der Taucher zu. „Übrigens habe ich den Eigner schon danach gefragt. Er beteuert, dass das Ventil gut gewartet war und nach jedem Törn sorgfältig geschlossen wurde. Na ja, was soll er auch anderes sagen, schon wegen der Versicherung. Aber wenn's stimmt, ist die Sache ganz klar.“

„Wo ist der eigentlich?“, fragte Doro, sah ihn aber beinahe im gleichen Moment am Kran stehen, genau dort, wo sie ihn vor Stunden verlassen hatte. Neben ihm stand jetzt eine Frau, vielleicht Mitte vierzig, schätzte Doro. Sie trug eine enge Jeans und Gummiclogs. Ihre gelbliche Haut und die wulstigen Tränensäcke bezeugten den ausgiebigen Genuss von Alkohol und Zigaretten.

Doro ging zu den beiden hin und vergaß diesmal nicht zu grüßen.

„Wie geht es Ihnen jetzt?“, fragte sie den Schipper. Der wiegte nur den Kopf, wirkte aber etwas gefasster als am Morgen.

„Die Taucher glauben, dass jemand nachgeholfen hat“, sagte sie vorsichtig. „Können Sie sich das vorstellen?“

Er zog die Mundwinkel nach unten und zuckte mit den Schultern. „Keine Ahnung. Nein. Wer denn?“

„Vielleicht ein Kunde?“, fragte sie weiter. „Oder ein Konkurrent?“

Er bewegte langsam und nachdenklich den Kopf hin und her. „Nein, wirklich nicht."

„Bestimmt einer dieser Verrückten, die der Patient angeschleppt hat!", platzte plötzlich die Frau dazwischen, ihre rauchige Stimme überschlug sich fast dabei.

Doro schaute sie fragend an.

„Nu mach mal halblang!", sagte der Schipper verärgert. „Klemme liegt da unten drin, und du sprichst hier wilde Verdächtigungen aus."

Die Frau ließ sich nicht abbringen. „Ich hab ja gleich gesagt, der bringt nur Unglück", keifte sie.

„Hör jetzt auf!", fuhr sie der Schipper an.

Doro schaute von einem zum anderen und wieder zurück.

„Der Christopher hat nämlich so'n Samariter-Syndrom", wandte sich die Frau an Doro, „der holt sich immer so komische Bootsmänner, solche Psychos." Dann schaute sie wieder zum Schipper. „Hast du der Kommissarin gesagt, was er gestern zu dir gesagt hat?"

Er machte eine abwehrende Handbewegung.

„Hast du? Dass er dich beleidigt hat?"

„Das spielt doch hier überhaupt keine Rolle ..."

„Und ob das eine Rolle spielt!"

Doro hakte da ein. „Sie hatten Streit?", fragte sie.

„Na ja, Streit ... kleine Meinungsverschiedenheit, normal."

„Davon haben Sie heute früh aber nichts gesagt. Worum ging es denn?"

„Ach, irgendwas, hab' ich schon vergessen. So was kommt vor."

Die Frau mischte sich erneut ein. „Der Klemme war ein echter Psycho! Manchmal hat der mir richtig Angst gemacht …"

„Quatsch!", rief der Schipper dazwischen.

„… mit seinem rasierten Schädel. Und geredet hat der ja auch kein Wort mehr als unbedingt nötig. Alle haben den nur ‚Patient' genannt, der kam ja auch direkt aus dem Irrenhaus zu uns an Bord."

Er rollte mit den Augen und atmete schwer aus. „Psychiatrie!"

„Ihr Bootsmann war in der Psychiatrie?", fragte Doro nach.

„Ja und?", antwortete der Schipper ärgerlich. „Er war mal irgendwo in Behandlung. Da geht's den Menschen wie den Leuten. Und er hatte nicht Pest oder Lepra."

„Noch mal zurück zum Streit …"

„Das war kein Streit!", beharrte er. „Nur eine kleine Meinungsverschiedenheit. Und wie gesagt, die spielt keine Rolle. Ich kann mir sowieso nicht vorstellen, dass Klemme was mit dem Untergang zu tun hat. Dann wäre er ja wohl jetzt kaum da drin." Er deutete auf das gesunkene Schiff.

„Wir wissen noch nicht, wer der Tote ist", wandte Doro ein.

„Haben Sie eigentlich den Koffer gefunden?", fragte die Frau plötzlich dazwischen.

„Welchen Koffer?“

„Der Patient hatte immer so’n Koffer bei sich, keine Ahnung, was da drin war. Hat er gehütet wie seinen Augapfel. Dem durfte man nicht zu nahe kommen, sonst ist der total ausgeflippt. Wenn der Koffer da unten noch drin ist, ist der Patient auch da.“

Doro schaute den Schipper fragend an. Es war deutlich, dass sie den Worten der Frau weniger Bedeutung beimaß und lieber von ihm hören wollte, ob an der Aussage etwas dran war.

„Da hat sie recht“, sagte er leise, „dieser Koffer ist sein Ein und Alles.“

„In Ordnung, danke. Wir reden später weiter“, verabschiedete sich Doro und ging zurück zu den Tauchern. Die bereiteten sich gerade auf den nächsten Tauchgang vor. Schroeder stand etwas abseits.

„Suchen Sie bitte auch nach einem Koffer“, bat Doro, „und wenn Sie den finden, lassen Sie ihn sofort in mein Büro bringen, bitte ohne den Umweg über die KTU.“

Dann ging sie zu Schroeder. „Ich schau mal ins *Hanse Sail*-Büro“, sagte sie. „Wollen Sie mitkommen?“

Er überlegte kurz. „Nein“, erwiderte er schließlich, „ich nutze lieber die unverhoffte Freizeit und kümmere mich um mein Boot.“

Sie lächelte ihn an. Bis bald, hieß dieses Lächeln.

5

Hier ist ja die Hölle los, dachte Doro, als sie endlich in der Buchungszentrale im ersten Stock des *Hanse Sail*-Büros angekommen war. Es schien ihr, als ob hundert Telefone gleichzeitig klingelten, Mitarbeiter liefen hektisch von einem Büro ins nächste und wieder zurück, in der Luft lag eine penetrante Geruchsmischung aus warmgehaltenem Filterkaffee, feuchten Wänden und Achselschweiß. Zuvor war Doro an einer langen Warteschlange vorbei die Treppe hochgegangen. Sie hatte sich diverse Beschimpfungen und sogar aggressive Drohungen eingefangen, und als sich ein Mann breitschultrig vor ihr aufbaute, um sie am Weiterkommen zu hindern, hatte sie sicherheitshalber ihren Dienstausweis gezückt. Den hielt sie auch noch hoch, als sie das Büro mit der Aufschrift *Leiterin der Buchungszentrale* betrat.

„Wer auch immer das Last-Minute-Schnäppchen erfunden hat", sagte eine junge Frau anstelle einer Begrüßung und ohne von ihrem Bildschirm aufzuschauen, „der dürfte mir nicht in die Hände geraten." Sie tippte die Enter-Taste, wandte sich Doro zu und warf einen flüchtigen Blick auf den Ausweis. „Sie kommen wegen der *Sansibar*, vermute ich. Ich fürchte allerdings …" Sie brach den Satz ab, weil das Telefon klingelte, und griff nach dem Hörer.

„Buchungszentrale *Hanse Sail*, Sie sprechen mit Doreen Pliske.“

Doro schaute belustigt auf deren lange schwarze Fingernägel, die mit goldenen Sternchen gesprenkelt waren. Das musste lang gedauert haben im Nagelstudio. Unbeabsichtigt hörte sie dem Gespräch zu.

„Ja, gesunken – Näheres wissen wir noch nicht – machen Sie sich bitte keine Sorgen, wir finden ein Ersatzschiff – ich weiß selbst, dass es nur noch vier Tage bis zur Regatta sind! – seien Sie beruhigt, alles wird stattfinden wie geplant – wiederhör'n.“ Sie legte auf, vergrub mit aufgestützten Ellenbogen ihren Kopf in den Händen und atmete schwer aus. „So 'ne Scheiße“, entfuhr es ihr leise.

Doro schaute sie mit einer Mischung aus Mitleid und Neugierde an.

Die Frau blickte auf. „Das ist 'ne Katastrophe. Unser Hauptsponsor hat drei Schiffe für eine Regatta am Sonntag gebucht.“

„Und eins davon war die *Sansibar*, richtig?“

„Genau. Jetzt muss Ersatz her. Der Sponsor hat sämtliche Kunden und Partner eingeladen, wenn die Regatta platzt, platzt unser Vertrag gleich mit. Das ist hier der Worst Case, schlimmer wäre nur der Untergang der *Kruzenshtern* oder eines der anderen Großsegler.“

„Und ist es schwer, ein Ersatzschiff zu finden?“

„Absolut! Die meisten Traditionsschiffe sind ohnehin schon hier und gut gebucht. Es muss ja auch noch ein ähnliches Schiff sein, zumindest optisch. Also ein Zweimaster um die zwanzig Meter."

„Und aus Holz", ergänzte Doro.

„Ach, das ist eigentlich egal. Die meisten sehen den Unterschied ohnehin nicht. Hauptsache es sieht irgendwie historisch aus. Aber es gibt einfach nicht mehr so viele davon, in den vergangenen Jahren wurde den Betreibern das Leben schwer gemacht."

Doro hob die Augenbrauen und schaute sie an.

„Neue Sicherheitsrichtlinien für Traditionsschiffe, eine desinteressierte Politik und eine Berufsgenossenschaft außer Kontrolle. Viele Eigner haben ihre Schiffe entnervt aufgegeben, und neue sind kaum noch dazugekommen."

„Kann es da einen Zusammenhang mit dem Untergang geben?"

Doreen Pliske dachte kurz nach. „Sehe ich erst mal nicht", sagte sie dann, „nein, kann ich mir nicht vorstellen, beim besten Willen nicht. Die Berufsgenossenschaft muss ja nur abwarten, das Problem löst sich quasi von selbst. So wie jetzt bei der *Sansibar*. Wieder eins weniger, Häkchen dran." Sie klang sarkastisch.

„Wer ist eigentlich der Sponsor?", fragte Doro.

„Offshore Power", antwortete Doreen Pliske in einem Tonfall, der offensichtlich die Dimension des Problems noch deutlicher machen sollte. Doro sagte der Name nichts, sie schaute dementsprechend.

„Ein deutsch-dänisches Konsortium. Die bauen den Windpark draußen auf See vor Warnemünde."

Jetzt fiel es Doro wieder ein. Ein heftig umstrittenes Projekt, mehr als zwanzig Windkraftanlagen in Sichtweite des Molenkopfs mit riesigem Sperrgebiet für Schifffahrt und Wassersportler. Seit Monaten war das in den Medien, nicht nur lokal, es hatte dazu öffentliche Anhörungen und auch eine Demo von Gegnern gegeben. Ein Kollege war von einer Flasche am Kopf getroffen und verletzt worden, seitdem kochten die Emotionen hoch.

„Könnte da ein Zusammenhang …"

Das Klingeln des Telefons unterbrach die Frage. Doreen Pliske hob ab, hörte kurz zu und sagte dann: „Erbsensuppe oder Gulasch? Da verbinde ich Sie mal mit meiner Kollegin, die hat das bearbeitet."

Sie legte auf und rollte mit den Augen. Doro wollte ihre Frage fortsetzen, aber in diesem Moment flog die Tür auf und ein Mann stürmte ohne anzuklopfen ins Büro. Er nahm Doro nicht einmal wahr.

„Wir müssen für die was tun", sagte er schnell und mit kräftiger Bassstimme, „als *Hanse Sail*, wir müssen denen helfen. Vielleicht eine Tombola machen, so als Benefiz, oder nein: besser noch! Wir lassen das Schiff sofort bergen und stellen es gleich neben dem Liegeplatz an Land, mit Spendenaufruf …"

Doreen Pliske gab sich keine Mühe zu verbergen, was sie davon hielt, und lehnte sich weit in ihrem Stuhl zurück. „Du schon wieder", sagte sie ruhig. „Das Schiff bergen und einfach an Land stellen, mal eben so zwischendurch? Als hätten wir nicht genug am Hacken. Außerdem erklär das mal der Feuerwehr, wenn du ein Schiff in den Rettungsweg stellen willst."

Der Mann stutzte kurz. Doro hatte ihn während seines Wortschwalls gemustert. Er war recht groß und kräftig, trug Jeans und Jackett und schien mit seiner Präsenz den Raum einzunehmen. Kein Typ, der sich von so Nebensächlichkeiten wie Rettungswegen aufhalten ließ.

„Sag mir lieber, wo ich ein Ersatzschiff herkriegen soll", sagte Doreen Pliske, „das ist jetzt erst mal wichtiger. Übrigens das ist Frau … äh … Weskamp, richtig?"

Doro nickte.

„Von der Kripo. Sie untersucht den Fall. Darf ich vorstellen", wandte sie sich dann an Doro, „Klaas Baumgartner, unser Chef. The master of desaster."

Jetzt erst bemerkte Baumgartner sie. „Entschuldigung", sagte er sofort und wechselte in einen charmanten Tonfall, „es tut mir leid. Wir sind gerade alle etwas angespannt. Das ist drei Tage vor der *Sail* normal, und jetzt kommt auch noch das mit der *Sansibar* dazu."

„Kein Problem", beschwichtigte Doro, „kann ich verstehen."

„Wissen Sie denn schon mehr?", fragte Baumgartner. „Ist der Tote wirklich Klemme?"

„Wissen wir noch nicht. Sie kennen ihn?"

„Aber sicher! Die *Sansibar* kommt seit Jahren zur *Sail*, da kennt man sich. Klemme war zwar neu an

Bord, aber die waren im Frühjahr schon einmal hier, da habe ich mit der ganzen Mannschaft ein Anlegerbier getrunken."

„Und?"

„Nichts und."

„Haben Sie eine Idee, was passiert sein könnte?"

„Ich? Nein."

„Aber Sie können mir was zu dem Schiff sagen?"

Baumgartner schien nachzudenken. „Die *Sansibar* ist ein echtes Unglücksschiff", sagte er dann langsam. Aus seinem Mund klang das wie die Eröffnung eines Gruselmärchens.

„Wie meinen Sie das?"

„Nun", hob er vorsichtig an, „da jagt irgendwie eine Panne die andere."

Doro hörte gespannt zu.

„Erst kürzlich ist das Schiff vor Wismar auf Grund gelaufen, angeblich hatte jemand die Zeiteinstellung am GPS manipuliert."

Er konnte Doro ansehen, dass sie nicht verstand.

„GPS kennen Sie, oder? Satellitennavigation, hat Ihr Smartphone auch." Doro nickte. „Auf See ist das längst das wichtigste Navigationsmittel. Aber wenn das Gerät eine falsche Zeitzone eingestellt hat, stimmen die Positionsangaben nicht mehr. Dann ist man schnell ein paar Meter neben der Fahrrinne."

„Verstehe. Und das hat jemand manipuliert?"

„Man weiß es nicht", unterbrach Doreen Pliske, die der Theorie vom Unglücksschiff offensichtlich wenig abgewinnen konnte, „vielleicht hat auch einer von denen selbst daran rumgespielt und das versehentlich geändert. So was gibt man in der Seeunfalluntersuchung natürlich nicht gerne zu."

„Und den Brand im Maschinenraum", sagte Baumgartner etwas eingeschnappt, „den haben die auch selbst gelegt, oder was? Und was ist mit der gebrochenen Stenge? Das war ja wohl echt mysteriös. Da ist der oberste Teil vom Mast abgebrochen, einfach so", fügte er an Doro gewandt erklärend hinzu, „ein Wunder, dass niemand verletzt worden ist!"

Doreen Pliske zuckte nur mit den Schultern. „Mag sein", sollte das heißen, „aber ich halte das alles für Zufall und Pech."

„Sie meinen also", wandte sich Doro an Baumgartner, „dass da jemand der *Sansibar* schaden will?"

„Der *Sansibar* oder jemandem von der Crew. Aber ich meine eigentlich gar nichts", nahm sich Baumgartner dann zurück, weil Doreen Pliske zweifelnd den Kopf hin und her bewegte, „solche Spekulationen sind immer schnell bei der Hand. War es Sabotage durch einen Konkurrenten? Gibt es Feinde im Dachverband der Traditionsschiffe? Oder ist das Ganze nur ein schnöder Versicherungsbetrug?"

„Oder steckt doch die Rostocker Ausflugsdampfer-Mafia dahinter", warf Doreen Pliske in gespielt verschwörerischem Tonfall ein, „die geht schließlich auch über Leichen."

Alle drei lachten. In diesem Moment ging die Tür

auf, eine junge Frau steckte Kopf und Oberkörper schräg durch den Spalt und sagte: „Denkst du an meine Gruppenbuchung auf der *Greif*? Ich habe dem Kunden heute noch eine Antwort versprochen."

„Mach ich gleich fertig." Doreen Pliske atmete gestresst aus und deutete mit einer Kopfbewegung auf ihren Computer. „Ich muss jetzt hier auch mal weitermachen. Die Gruppe ist eine alte Marinekameradschaft, da muss alles zackzack gehen, sofort, unverzüglich, wenn Sie verstehen, was ich meine."

„Okay", sagte Doro schmunzelnd, „wenn noch was ist, melde ich mich." Ihre Nachfrage zum Sponsor hatte sie in dem Moment vergessen.

Baumgartner und sie verließen das Büro und stiegen neben der Menschenschlange die Stufen hinab.

„Der Bootsmann, also Klemme, stand bei der Geschichte mit dem GPS in Verdacht, seine Finger im Spiel zu haben. Ich persönlich glaube nicht, dass er das Gerät falsch bedient hat. Der Typ ist zwar etwas schräg, aber er weiß genau, was er tut."

„Was meinen Sie mit ‚schräg'?", fragte Doro, während er ihr die Eingangstüre aufhielt und sie hindurchging.

„Ein bisschen durchgeknallt, aber auch nicht mehr als andere in der Szene." Er schmunzelte, ihm war das offensichtlich sympathisch. Sie standen vor dem Bürogebäude und blickten über den Markt, der langsam Gestalt annahm. Doro bedeutete ihm, mehr zu erzählen.

„Auf diesen Schiffen sind viele bunte Hunde, Nonkonformisten, Aussteiger, Träumer. Angefangen hat das im Westen in den siebziger Jahren, als die kleine Fischerei zugrunde ging und die Kutter billig zu haben waren. Viele hatten damals die Idee, auf See schwer erziehbare Jugendliche zu therapieren. Einer der Gründungsväter hat das später mal ‚Sozialverklappung' genannt. Hier im Osten gab es nur eine Handvoll alter Schiffe, kein Wunder, man durfte damit ja kaum rausfahren. Heute sind viele Teilzeitaussteiger darunter, wie der Christopher von der *Sansibar*. Auch viele Träumer und Idealisten, die abwechselnd im Mittelmeer Flüchtlinge retten und auf der Ostsee das Klima."

„Für mich klingt das sehr sympathisch."

„Ja, das sind die meisten auch. Auf manchen Schiffen ist allerdings auch die gute alte Zeit eingefroren, da lassen alte Herren noch einmal ihre Kadettenzeit aufleben, so wie diese Marinekameraden."

„Auweia", sagte Doro nur. „Aber das dürfte sich ja so nach und nach erledigen, ich meine rein biologisch."

„Täuschen Sie sich nicht! Diese alten Kameraden haben Kinder und Enkel, die ihre Traditionen lebendig halten. Manchmal lebendiger, als wir uns das ausmalen können."

Doro lachte herzhaft auf. „Ich kann es mir jedenfalls lebhaft vorstellen. Aber was ist dieser Bootsmann für einer? Ja sicher kein Ehemaliger."

„Nee, das sicher nicht. Klemme gehört eher zu den Idealisten. Er ist so Mitte, Ende vierzig, Anfang fünfzig. Schwer zu sagen, vielleicht auch älter. Aber viel kann ich über ihn nicht berichten, so gut kenne ich ihn ja nicht. Trockener Alkoholiker, das hat er mir erzählt, weil er mein Bier abgelehnt und sich ein alkoholfreies geholt hat. Ich fand ihn ansonsten ziemlich verschlossen, in sich gekehrt, vielleicht sogar etwas depressiv. Aber nicht unsympathisch. Ich weiß aber, dass andere ihn irgendwie gruselig fanden."

„Gruselig?"

„Einer unserer Schiffsbetreuer kam damit gar nicht klar. Klemme hat wohl ab und zu irgendwelche Anfälle, nimmt auch Medikamente. Und er rasiert sich den Schädel jeden zweiten Tag, und zwar mit einem Nassrasierer. Dabei schneidet er sich immer mal und hat dann so blutige Schnittwunden. Es gab sogar schon Beschwerden in der Buchungszentrale."

„Verstehe", sagte Doro sarkastisch, „da schmeckt einem gleich die Erbsensuppe nicht mehr."

„Und der Prosecco auch nicht. Übrigens fällt mir noch ein, dass Klemme mal in Gehlsdorf im Klinikum war – oder sogar noch ist."

„Gehlsdorf?", fragte Doro. „Ist das nicht die Psychiatrie?"

„Auch. Wenn ich mich richtig erinnere, war Klemme da in der Tagesklinik, aber genau weiß ich es nicht. Vielleicht fragen Sie dort einfach mal nach, die wissen sicher mehr."

„Das werde ich tun, danke für den Hinweis."

Sie verabschiedeten sich.

Sie wandte sich kurz um und nickte ihm freundlich zu. Die werden mir kaum was erzählen in Gehlsdorf, dachte sie, während sie zum dritten Mal an diesem Tag über den Platz Richtung Kai ging, das dürfen die schließlich nicht. Ärztliche Schweigepflicht. Aber eine innere Stimme riet ihr, es wenigstens zu versuchen. Sie nahm sich das für die nächsten Tage vor.

Schon von Weitem sah sie, dass ein lebloser Körper von dem gesunkenen Schiff nach oben über die Kaikante gehievt wurde. Von der Wasserseite her drückten und hoben die beiden Taucher, von Land zogen drei Polizisten. Doro erschrak. Sind die bescheuert, das ohne Absperrung und Sichtschutz zu machen? Es hatte sich schon eine beachtliche Zahl von Schaulustigen eingefunden, die das Geschehen aus kaum zehn Meter Entfernung verfolgten. Doro bahnte sich einen Weg und trat an die Kante vor. Der Körper lag jetzt auf dem Pflaster, die Polizisten schnauften schwer, einer drückte sich beide Hände in die Hüften, ein anderer saß in der Hocke.

Doro beugte sich über die Leiche. „Haben Sie ein paar Handschuhe für mich?", fragte sie einen der Polizisten. Er zog seine aus und reichte sie ihr, sie streifte die blauen Gummihandschuhe über. Dann betastete sie den Kopf, zog vorsichtig die Augenlider hoch, fuhr durch Haare und Bart, ohne irgendeine Spur äußerer Gewalt zu entdecken. Auch am restlichen Körper sah sie weder Läsionen noch Blut, jedenfalls nicht auf den ersten Blick. Näheres würde erst die Obduktion ergeben, und der Bericht dazu würde sicher noch ein paar Tage auf sich warten lassen. Aber eines war Doro schon jetzt klar, ohne jeden Zweifel: Vor ihr lag nicht der vermisste Bootsmann. Dieser Mann hier war deutlich jünger, und er hatte gepflegte schwarze Haare und einen sorgsam gestutzten Bart, keinen rasierten Schädel mit Schnittspuren. Wenn sie sich schon jetzt hätte festlegen müssen, hätte sie auf Araber getippt. Aber da war sie vorsichtig, ihr Zahnarzt sah auch sehr arabisch aus, stammte aber aus Bautzen und hatte keinerlei verwandtschaftliche Beziehungen in den Orient. Aber das war ohnehin nebensächlich. Die Leiche war nicht Clemens Kasten, und ohne genau zu wissen warum, spürte sie eine Art von Erleichterung und Freude.

Als würde sie den Bootsmann kennen.

Sie sah den Rechtsmediziner kommen und erhob sich schnell.

„Machen Sie mal wieder meine Arbeit, Frau Hauptkommissarin?“, fragte der unfreundlich. „Ich dachte, ich hätte mich beim letzten Mal klar ausgedrückt.“

„Ich habe ihn nicht angefasst“, log Doro, „und ich freue mich schon auf Ihren Bericht. Gerne zeitnah, Herr Kollege.“

Der Rechtsmediziner schaute sie grimmig an und beugte sich dann über die Leiche. Er hatte sie von Anfang an nicht leiden können, jedenfalls hatte Doro das so empfunden. Vielleicht war es dieses leidige Ost-West-Ding. Irgendwann hatte sie ihrerseits die Kommunikation auf das Wesentliche beschränkt. Das war sonst nicht ihre Art, eigentlich bemühte sie sich immer, mit ihren Kollegen gut auszukommen. Aber sie wollte sich auch nicht verbiegen. Ihr Blick fiel erneut auf die Schaulustigen, sie zog einen der Polizisten am Ärmel und wies ihn an, sofort für einen Sichtschutz zu sorgen. Der schien damit allerdings überfordert zu sein.

In diesem Moment traf ihr Blick auf den eines Mannes in der zweiten Reihe. Sie sah ihn nur für den Bruchteil einer Sekunde. Nur so lange, um ihn auf siebzig oder eher achtzig zu schätzen. Dann trat der Mann einen Schritt zur Seite und duckte sich hinter seinem Vordermann weg. Zugleich sah Doro den Schipper der *Sansibar* und war für einen Moment unschlüssig, was sie tun sollte. Sie entschied sich, erst mit dem Schipper zu sprechen und ging zu ihm hin. Währenddessen blickte sie aus den Augenwinkeln zu den Schaulustigen. Sie war sich sicher, dass der alte Mann sie beobachtete.

„Der Tote ist nicht Ihr Bootsmann, richtig?“, fragte sie den Schipper.

„Richtig.“ Er wirkte erleichtert.

„Und kennen Sie ihn?“

„Nein, nie gesehen.“

„Sicher?“

„Ganz sicher.“

Doro sah ihm fest in die Augen. Sie konnte darin nichts entdecken, was an der Aussage hätte zweifeln lassen. Und sie selbst hatte auch keine Zweifel. Also drehte sie sich abrupt um und ging zügig auf die Schaulustigen zu, direkt auf den alten Mann in der zweiten Reihe. Jetzt wollen wir doch mal sehen, was du für einer bist, dachte sie dabei. Aber der tauchte hinter den anderen ab. Sie machte ein paar schnelle Schritte, zog dabei ihren Dienstausweis aus der Tasche und hielt ihn am ausgestreckten Arm hin. Sofort bildete sich eine Gasse. Sie lief einige Meter hindurch und schaute suchend umher, konnte den Mann aber im Gewimmel aus Menschen und Fahrzeugen nicht mehr ausmachen. Er schien sich in Luft aufgelöst zu haben.

Mist, dachte Doro. Jetzt hatte sie einen unbekannten Toten mit unbekannter Todesursache, einen möglicherweise verschwundenen Bootsmann, der vielleicht etwas damit zu tun hatte, vielleicht auch nicht, ein paar mehr als spekulative Verdachtsmomente und einen verdächtigen alten Mann, der allerdings schneller verschwinden konnte, als sie laufen. Viel war das nicht.

6

Als Doro in aller Frühe in ihr Büro gekommen war, hatte sie mitten im Raum einen Müllsack vorgefunden, um den sich bereits ein ausgedehnter nasser Fleck gebildet hatte. Ihr war sofort klar gewesen, dass darin nur der Koffer vom Schiff sein konnte. Irgendein Witzbold musste den noch gestern Abend hier abgestellt haben, und offensichtlich war der blaue Sack nicht dicht.

Die Nässe schien den Gestank der Auslegeware noch zu verstärken, jedenfalls hatte Doro erst einmal beide Fenster aufgerissen, noch bevor sie die Kaffeemaschine in Gang gesetzt hatte. Ihr war flau im Magen, vielleicht war es wieder ein Glas Wein zu viel gewesen. Sie hatte dann einige Zeit untätig am Schreibtisch gesessen und ihren Kaffee schlürfend auf das triefende Ding geschaut.

Schließlich hatte sie den Sack geöffnet. Der Koffer war ein altes Modell, von mittlerer Größe, schwarz, mit braunen Kanten aus Kunstleder und blechernen Schutzecken. Doro hatte unwillkürlich an einen Heinz-Rühmann-Film denken müssen. Mit so einem Koffer reiste man durchs Wirtschaftswunderland. Dazu passten auch zwei verblichene Aufkleber, einer zeigte den roten Felsen von Helgoland, der andere das Wappen der Stadt Kempen. Wieso ausgerechnet

Kempen?, hatte sie sich kurz gefragt. Lag das nicht irgendwo am Niederrhein? Sie hatte den Koffer auf die Seite gelegt und die Schieber an den Schlössern betätigt. Der rechte Schnapper war sofort mit lautem Klacken aufgesprungen, beim linken hatte sie dagegen mit einem Brieföffner nachhelfen müssen. Dann hatte sie vorsichtig den Deckel angehoben. Zu ihrer Überraschung hatte oben ein Teddybär gelegen. Ein beige-braunes Plüschtier mit gläsernen Augen, oder vielmehr mit einem gläsernen Auge, denn das zweite fehlte. Aus der Höhle ragte nur ein abgerissener Faden. Dieser Bär hatte schon bessere Tage gesehen, und die mussten lange zurückliegen. Jetzt war er auch noch vollständig mit Wasser vollgesogen. Da waren außerdem Notizhefte, irgendwelche Papiere, eine Teleskop-Angelrute, Kleinkram. Und alles triefnass. Sie hatte deshalb den Koffer erst einmal wieder geschlossen und eine WhatsApp-Nachricht an Fabio geschrieben: *Bist du schon unterwegs? Besorge mir bitte 10 m Wäscheleine und Klammern. LGvD*

Kaum zwanzig Minuten später stand Fabio in der Tür, mit Leine und Klammern in der Hand und Fragen im Blick.

„Frag lieber nicht“, lachte Doro, „ist besser, wenn du nichts davon gewusst hast.“

„Muss ich mir Sorgen machen?“ Der Tonfall verriet, dass Fabio seine Frage nicht wirklich ernst meinte.

„Sorgen? Wieso?“ Doro brauchte eine Sekunde, um zu verstehen, was er meinen könnte. Dann prustete sie heraus. „Nee, ganz sicher nicht. Und wenn, hätte ich wohl um einen richtigen Strick gebeten. Für diese Plastikschnur bin ich deutlich zu schwer."

Sie verabredeten sich zu einer späteren Morgenbesprechung. Doro setzte sich an den Schreibtisch und warf einen Blick auf ihre Mails. Fabio war noch nicht ganz zur Tür hinaus, als Gerold Terberger hereinstürmte.

„Moin Chef", sagte Doro scheinbar fröhlich und gelassen. Aber innerlich wechselte sie sofort in eine Abwehrhaltung, zog sich zurück unter einen imaginären Panzer, der sie vorsorglich gegen Angriffe aller Art schützen sollte. Obwohl das nicht nötig war, denn Terberger hatte zwar seine Macken, aber er hatte ihr im Zweifel immer den Rücken frei gehalten.

Sein Blick blieb kurz an dem nassen Objekt auf dem Boden hängen, und Doro befürchtete eine kleine Standpauke über den achtlosen Umgang mit Wertgegenständen im Allgemeinen und ökologischer Auslegeware im Besonderen. Stattdessen fragte er, ohne ihren Gruß zu erwidern: „Wo warst du denn gestern? Die Internen wollten mit dir sprechen!" Er klang gereizt.

„Ich hatte zu tun", antwortete sie vorsichtig, „der Tote aus dem Hafen." Sie blieb erst mal in Deckung und beschränkte ihre Antwort auf das Nötigste.

„Der muss im Zweifel warten", sagte Terberger streng, „ich kann das nicht mehr länger deckeln. Ein rechtsextremer Polizist ist wirklich der Worst Case."

Doro kniff verlegen den Mund zusammen und nickte leicht.

„Spätestens morgen wird die Presse über uns herfallen."

Sie versuchte, verständnisvoll zu blicken. Sie war sich allerdings nicht sicher, ob ihr das gelang. „Das wäre natürlich nicht so schön", sagte sie, nur um irgendetwas zu sagen.

„Nicht so schön?", wiederholte er. „Das sind nicht gerade die Worte, die mir dazu einfallen."

„Okay, aber ich fürchte, ich kann dir da nicht helfen. Ich kenne den Kollegen Müller kaum, hatte nur zwei- oder dreimal am Rande mit ihm zu tun."

„Und?"

„Und was?"

„Ist dir was an ihm aufgefallen? Irgendwas, das uns weiterhelfen könnte? Bitte, denk nach!"

Doro dachte nach. Terberger klang jetzt eher flehend. Sie war sich sicher, dass er sie nicht angreifen würde. Im Gegenteil, er baute auf sie. Es war einfach eine schwierige Situation für ihren Chef, und sie hätte nicht in seiner Haut stecken wollen. Wenn sie schon nicht helfen konnte, wollte sie ihn aber wenigstens irgendwie aufmuntern. Ohne groß zu überlegen, sagte sie langsam und scheinbar ernst: „Wenn ich jetzt so darüber nachdenke, hatte der doch immer so ein T-Shirt an ..."

„Was für ein T-Shirt?", unterbrach er sie begierig nach Information.

„Na, mit so 'nem Schriftzug drauf."

„Was für ein Schriftzug?"

Doro musste sich sehr beherrschen, weiterhin ernst zu wirken. „Ich glaube, da stand so was wie *Gruppe der Polizisten im Combat 18* oder so."

Terberger stutzte. Er schaute Doro an, sein Unterkiefer sackte leicht ab, was ihn nicht eben intelligenter aussehen ließ. Dann endlich schien er zu begreifen. „Ich finde das nicht witzig, Doro, wirklich nicht!" Er schien ernsthaft verärgert.

Das war ziemlich danebengegangen. Sicherheitshalber kroch Doro sofort wieder unter ihren Panzer.

„Tut mir leid", sagte sie entschuldigend, „ich wollte dich nicht ärgern. Aber ich kann wirklich nix dazu sagen. Auf mich wirkte der Kollege immer ziemlich normal. Einer dieser ehemaligen Elitesoldaten eben. Ich glaube, der verbringt viel Zeit in der Muckibude, hat vielleicht ein Problem mit dem Älterwerden. Ich könnte nicht sagen, ob der rechts oder links oder geradeaus ist – echt nicht!"

Terberger atmete enttäuscht aus. „Dann ist das so", stellte er erstaunlich sachlich fest. „Aber halt dich trotzdem bereit für die Internen, falls die noch mal auf dich zukommen. Ich will nicht, dass es auch noch heißt, die Kollegen wollen nicht gegeneinander aussagen."

„Mache ich", versprach Doro. „Aber ich muss doch nicht hier rumsitzen und Däumchen drehen, während im Hafen ein Toter liegt, oder? Du weißt selbst, wie wichtig die ersten 48 Stunden sind. Die Internen sollen mich einfach anrufen, gib ihnen meine Nummer."

„Aber dann geh auch an dein Telefon!"

„Versprochen!"

Für ein paar Sekunden stand Terberger unschlüssig im Raum. Er schien nicht zu wissen, was er als Nächstes tun sollte. Beide schwiegen.

„Wissen wir eigentlich schon, wer der Tote ist?", fragte er.

„Nein. Er hatte keine Papiere bei sich, und die bisher Befragten kannten ihn anscheinend nicht."

„Sind die glaubwürdig?"

„Denke schon."

„Obduktion?"

„Läuft. Außerdem durchsuchen Ritschler und Schmitt unsere Datenbanken. Notfalls müssen wir mit dem Bild des Toten an die Öffentlichkeit gehen."

Er atmete schwer ein und aus und rollte die Augen. „Aber bitte nur, wenn's wirklich sein muss. Lass die Kollegen erst mal die Asylheime abklappern. Der Tote sah aus wie ein Ausländer, hat Fabio mir berichtet, vielleicht kennt ihn dort jemand."

Doro zuckte nur mit den Schultern.

Terbergers Blick fiel noch einmal auf den Koffer. „Was ist das da eigentlich?"

„Ein Koffer. Der war im Schiff."

Er schaute sie fragend an. „Und, was ist damit? Gehörte er dem Toten?"

„Das wissen wir noch nicht. Aber wahrscheinlich gehörte der Koffer nicht dem Toten, sondern dem Bootsmann des Schiffes."

„Also unserem Hauptverdächtigen, diesem – äh – Kasten?"

„Wieso Hauptverdächtiger? Hat Fabio das gesagt?" Doro machte eine abwiegelnde Bewegung mit beiden Handflächen. „Bis jetzt gibt es keinerlei Anhaltspunkte für einen Verdacht, gegen niemanden."

„Aber der Mann ist abgetaucht, oder nicht?"

„Bis jetzt ist nur dieser Koffer hier abgetaucht", sagte Doro. „Clemens Kasten war gestern früh nicht am Schiff, wir wissen nicht, wo er zum Zeitpunkt des Untergangs war, wir suchen ihn. Alles andere ist im Moment reine Kaffeesatzleserei."

Terberger war damit sichtlich unzufrieden. „Verdächtig ist der schon!", beharrte er. „Laut Fabio hätte er eigentlich an Bord sein sollen, als das Schiff sank. War er aber nicht. Und er hatte Streit mit dem Schipper. Außerdem wissen wir doch, dass er psychisch krank ist …"

„Eher psychisch labil", korrigierte Doro ihn.

„Krank oder labil, das ist doch ganz egal." Er ließ sich von ihrem missbilligenden Ausdruck nicht beirren. „Der Mann war regelmäßig in der Klapsmühle."

Doro schaute ihn ungläubig an. „Das hast du jetzt nicht wirklich gesagt, oder?", entfuhr es ihr.

Terberger hielt inne, sie schauten sich eine lange Sekunde in die Augen.

„Ja – nein – ach scheiße“, sagte er, „blöd von mir, entschuldige bitte. Das geht mir einfach gerade alles auf die Nerven. Die Sache mit dem Klaus Müller reicht mir eigentlich. Übermorgen beginnt die *Hanse Sail*, das ist ohnehin stressig genug für uns alle, und jetzt auch noch dieses gesunkene Schiff. Ein denkbar schlechter Auftakt für die größte Segelveranstaltung im Norden. Der Oberbürgermeister macht schon Druck.“

„Verstehe ich“, sagte Doro, „und ich möchte nicht in deiner Haut stecken. Aber mehr als intensiv an dem Fall arbeiten kann ich im Moment nicht.“

„Gut“, sagte er und atmete einmal schwer ein und aus, „also mach weiter, wie du denkst. Aber halt mich auf dem Laufenden!“

„Versprochen“, sagte Doro.

Als er den Raum verlassen hatte, öffnete sie die unterste Schublade und nahm einen Hammer und eine Blechdose mit Nägeln heraus. Die hatten schon darin gelegen, als sie den Schreibtisch vor Jahren übernommen hatte. Seit heute wusste sie endlich, wozu.

Sie erhob sich aus dem Stuhl und ging zur Garderobe neben der Zimmertür. Mit drei gezielten Schlägen trieb sie einen Nagel hinein. Dann ging sie quer durch den Raum zum Fenster, in dessen Rahmen sie einen zweiten Nagel einschlug. Kurz befürchtete sie, das Glas könne springen, aber es hielt stand. Vom Fenster aus schaute sie suchend umher, ihr Blick fiel auf den Aktenschrank. Sie ging hin und versuchte, einen dritten Nagel einzuschlagen. Beim ersten Schlag sprang der Nagel allerdings weg und flog in hohem Bogen davon, sie hatte nicht einmal sehen können, wo er gelandet war. Erst nach mehreren Versuchen gelang es ihr, einen Nagel durch die harte Kunststoffbeschichtung zu treiben, die dabei allerdings an den Kanten abplatzte, sodass die billige Spanplatte darunter sichtbar wurde. Sie nahm die Wäscheleine, knotete ein Ende an den ersten Nagel, spannte die Leine hinüber zum Fenster und weiter zum Aktenschrank, wo sie das andere Ende verknotete. Über sich selbst schmunzelnd betrachtete sie ihr Werk.

Nachdem sie Hammer und Nägel wieder zurück in die Schublade gelegt hatte, als wolle sie Beweismittel verschwinden lassen, steckte sie sich eine Handvoll Wäscheklammern in die Tasche und klappte den Koffer wieder auf. Als Erstes nahm sie den Teddy heraus und hängte ihn an den Ohren auf die Leine. Das fand sie aber irgendwie zu brutal, löste die Klammern wieder und fixierte ihn neu an den Tatzen. Auch nicht schön. Sie nahm den Bären von der Leine und setzte ihn auf die Fensterbank. Anschließend beugte sie sich über den Koffer und betrachtete neugierig den Inhalt.

Doros erster Blick fiel auf ein verschnürtes Bündel Briefe. Der Adressat war Clemens Kasten, wohnhaft in Rostock, geschrieben in einer krakeligen Kinderschrift. Also ist es wirklich sein Koffer, dachte sie, das wäre damit schon mal geklärt. Sie nahm das nasse Bündel vorsichtig in die Hand und drehte es um. Die Absenderin war eine gewisse Kiki, und abgesehen von diesem Kurznamen hatte sie noch ein paar Herzchen auf den roten Briefumschlag gemalt. Doro musste lächeln. Solche Briefe hatte sie auch verschickt, an einen Jungen namens Stefan, den sie im Sprachurlaub in England kennengelernt hatte. 1981 oder so. Sie versuchte, den Poststempel zu entziffern, aber das gelang ihr nicht. Auch ohne Datum war ihr klar, dass diese Briefe uralt sein mussten. Und sehr privat. Mit dem Untergang der *Sansibar* und dem Toten hatten die ganz sicher nichts zu tun. Sie schnürte das Bündel nicht auf, sondern hängte es als Ganzes an der Schnur zum Trocknen auf die Leine.

Als Nächstes nahm sie einige Zeitungsseiten aus dem Koffer, ausgerissene oder ausgeschnittene Artikel. Der erste war nur eine kurze Meldung. Leider nicht datiert, dachte sie, aber dem Papier nach nicht besonders alt. Noch nicht vergilbt. Wahrscheinlich aus dem lokalen Käseblatt ausgerissen. Die Meldung war überschrieben mit *Traditionsschiff auf Grund gelaufen.* Das war bestimmt die Geschichte, über die sie im *Hanse Sail*-Büro gesprochen hatten. Na gut, dachte sie, er war an Bord, als das passiert ist, da hat er die Meldung halt aufbewahrt. Kann alles und nichts bedeuten.

Sie nahm ein anderes Blatt und überflog den Artikel. Max Liebermanns *Zwei Reiter am Strand* … bei Sotheby's in London versteigert … gehörte ursprünglich jüdischem Zuckerfabrikanten aus Breslau … 1942 ermordet … Kunstsammlung verkauft … *Zwei Reiter* lange verschollen … jetzt Sammlung Cornelius Gurlitt … Raubkunst … dem Großneffen zurückgegeben … 2,6 Millionen Euro.

Doro entfuhr ein erstauntes Pfeifen. 2,6 Millionen! Nicht schlecht! Aber warum hatte er das aufgehoben? War dieser Kasten ein Kunstfreund?

Ein dritter Artikel gab ein Interview mit einem gewissen Dr. Kurt Flick wieder. Der wurde als Berliner Rechtsanwalt für Kunstrecht vorgestellt und fahndete offensichtlich im Auftrag verschiedener Erben in aller Welt nach Nazi-Raubkunst, anscheinend erfolgreich. Ein Infokasten enthielt eine Liste verschollener Bilder von Max Liebermann, denen dieser Anwalt aktuell nachspürte, und hinter dem Titel *Düne mit Kind (1906)* hatte jemand handschriftlich ein Ausrufezeichen gesetzt.

Der letzte Artikel war nur ein winziger Ausriss, den jemand auf ein weißes Blatt Papier geklebt hatte. Er zeigte ein Gemälde in Schwarz-Weiß. Darauf war mit Mühe eine geschwungene Landschaft zu erkennen, im Hintergrund Meer und Horizont, im Vordergrund eine kleine Figur mit einem Puppenwagen. Das könnte doch dieses *Düne mit Kind* sein, dachte Doro.

Sie nahm die Angelrute aus dem Koffer. Unwillkürlich legte sich ein Lächeln über ihr Gesicht. Genau so eine hatte sie als Kind auch gehabt! Ihr

Großvater hatte ihr die geschenkt, und er hatte ihr auch gezeigt, wie man damit umging. Am Schrebergarten der Großeltern gab es einen Teich, dorthin gingen sie zum Angeln. Auf Rotaugen war sie ziemlich erfolgreich, und manchmal hatte sie sogar einen kleinen Barsch am Haken. Sie hatte ihre Fänge immer behutsam vom Haken gelöst und zurück in die Freiheit gesetzt. Diese Rute in ihrer Hand ließ das alles auf einen Schlag wieder präsent werden. Der Teich, Großvater, Regentage unter dem Schirm. Nach so vielen Jahren, in denen sie nicht eine Sekunde an ihre kindlichen Angelabenteuer gedacht hatte. Vorsichtig zog sie ein Glied der Rute aus. Es knirschte. Die Rolle war sichtlich verrostet, die Schnur ohne Haken und Pose an einer Öse verknotet. Insgesamt sah es nicht so aus, als sei diese Angel noch im Einsatz. Wohl auch ein Erinnerungsstück.

Dann fiel ihr der Tag ein, an dem sie den großen Barsch gefangen hatte. Den ihr Großvater mit einem Holzknüppel erschlagen hatte, immer auf den Kopf, bis die Augen hervorgetreten waren und der Fisch endlich aufgehört hatte zu zappeln. Großvater hatte ihr richtig Angst gemacht in dem Moment. Jetzt, mit der Angel in der Hand, kam das plötzlich wieder hoch. Ihr war, als hörte sie dieses Geräusch, diesen klatschenden Ton des Holzknüppels auf dem glitschigen Fischkörper. Und als sehe sie ihren Großvater vor sich, wie er wieder und wieder und wieder auf diese Kreatur einschlug. Vielleicht stellvertretend für irgendwen?, fragte sich Doro jetzt. Am Ende hatte er ihr den toten Fisch auch noch unter die Nase gehalten. Sie hatte nie wieder geangelt und jahrelang keinen Fisch mehr gegessen.

Sie legte die Rute zur Seite auf den Müllsack. Genau wie ein Buddelschiff der *Gorch Fock*, ein Taschenmesser mit der Aufschrift *DGzRS* und einen großen Flummi, in dessen Mitte eine Pinguinfigur im Eis zu sehen war. Etwas übermütig warf sie den Flummi an die Wand, er prallte ab, flog quer durch den Raum und brach einen Zweig von der Zimmerlinde ab, die Doro ohnehin noch nie gemocht hatte. Sie legte den Flummi zu den anderen Sachen und nahm anschließend ein sehr alt aussehendes, schwarzes Heft in die Hand und blätterte es vorsichtig auf. Die Seiten waren dicht beschrieben, in einer klaren, etwas altertümlichen Handschrift. Ganz sicher die Handschrift eines Erwachsenen. Sie las ein Datum: *3. September 1943. Und die zugehörige Notiz:* F. *ist jetzt in der Stadt und wartet darauf, an Bord gehen zu können. Ich weiß nicht, ob er es dabei hat (gesehen habe ich es nicht). Wir müssen vorsichtig sein. Waschow könnte Verdacht geschöpft haben, hat sich nach* F. *erkundigt, irgendwie scheinheilig. Dem ist nicht zu trauen.* F. *hat große Angst. Wenn wir nur bald fahren können!* Die Schrift begann leicht zu verschwimmen. Scheiße!, dachte Doro erschrocken. Ist bestimmt Tinte oder Tusche, das muss erst einmal trocknen. Sie nahm eine Packung Papiertaschentücher aus dem

Schreibtisch und tupfte vorsichtig Seite für Seite ab. Dann hängte sie das Heft neben die Zeitungsartikel auf die Leine.

Im Koffer waren jetzt nur noch ein Beutel Einwegrasierer, eine Sprühflasche Rasierschaum und eine Blechdose. Die war nicht viel größer als ein Kartenspiel. Sie nahm die Dose heraus und versuchte, sie zu öffnen, wobei sie sich einen Fingernagel abknickte. Erst mithilfe des Taschenmessers gelang es ihr. In der Dose waren Fotos. Sie betrachtete die Menschen darauf, allesamt ihr unbekannt. Ganz normale Menschen in Alltagssituationen. Eine Frau mittleren Alters an einem Gartentisch, drei Jugendliche in Karnevalskostümen, ein junges Mädchen mit Löwenmähne und Kussmund. War das vielleicht diese Kiki? Und wenn schon. Nach Kleidung und Haarschnitten zu urteilen dürften die Fotos in den siebziger und frühen achtziger Jahren aufgenommen worden sein. Dafür sprachen auch die verwaschenen Farben und Konturen. Die frühen Farbfotos schienen sich langsam aufzulösen, als sollten diese Jahre nicht für die Nachwelt bewahrt werden. Doro hatte selbst so ein Fotoalbum, in dem von Mal zu Mal weniger Details zu erkennen waren.

Sie konnte mit den Bildern nichts anfangen. Und sie glaubte ohnehin nicht, dass die in irgendeinem Zusammenhang mit dem Untergang des Schiffes standen. Wenn sie eines nach dem anderen auf die Leine hängte, dann nur, um sie für ihren Besitzer zu retten.

Sie fühlte eine Verbundenheit, die sie nicht erklären konnte, und irgendwie fühlte sie sich in diesem Moment auch verantwortlich, verantwortlich für die Rettung des Kofferinhalts, der diesem Menschen und wahrscheinlich nur diesem einen Menschen so wichtig war, dass er ihn wie seinen Augapfel hütete. Und dem sie den Koffer gern wohlbehalten und getrocknet wieder übergeben wollte. Schon um zu erfahren, was in dieser Nacht dazu geführt hatte, dass er den Koffer auf dem sinkenden Schiff zurückgelassen hatte. Denn diese Frage stand ja durchaus im Raum.

Nur eines der Fotos war anders. Ein älteres Schwarz-Weiß-Bild, das schon wegen des gezahnten Rahmens auffiel. Es zeigte ein Hochzeitspaar, in der ganzen Strenge und biederen Ernsthaftigkeit, die solche Bilder oft verströmen. Als sei Heiraten reine Pflichterfüllung. Aber das Paar sah auch stolz aus und nicht so unglücklich wie viele andere Paare auf ihren Hochzeitsbildern. Wer mag das sein, fragte sich Doro, vielleicht seine Eltern? Nein, dazu schien das Bild zu alt. Sie drehte es um, und zu ihrer Überraschung war es beschriftet. *Eheleute Paul Kasten 1934.* Bestimmt die Großeltern, dachte sie.

In Gedanken versunken hatte sie nicht bemerkt, dass Tom Schroeder in ihr Büro gekommen war und jetzt hinter ihr stand.

„Ist heute Waschtag?“, fragte er mit Blick auf die Wäscheleine.

Sie erschrak, fing sich aber sofort.

„Ja, musste mal sein“, erwiderte sie schlagfertig, „hat alles schon streng gerochen.“

„Na denn ...“

„Der Koffer war auf dem gesunkenen Schiff“, erklärte sie, „der gehört dem Bootsmann, Clemens Kasten.“

„Dem Toten?“

„Nein. Wir wissen noch nicht viel, aber eines ist sicher: Der Tote ist nicht Kasten.“

Doro berichtete kurz, was sie bis jetzt über das Schiff und den Bootsmann erfahren hatte, und wies schmunzelnd auf die Fundstücke aus dem Koffer. Sie spekulierten gemeinsam über einzelne Gegenstände, lachten über den Flummi und tauschten Angelerfahrungen aus, bei Schroeder waren es die Elbe und der Vater als Lehrmeister.

„Ich würde ja jetzt nach Gehlsdorf fahren“, sagte Schroeder plötzlich und unvermittelt, „mal hören, was die so über ihren Patienten sagen.“

„Nix werden die sagen“, erwiderte Doro, „Patientengeheimnis und so.“

Schroeder wiegte zweifelnd den Kopf.

„Glauben Sie nicht?“, fragte Doro.

„Kommt drauf an, wer ihn behandelt. Die nehmen das nicht alle gleichermaßen ernst in Gehlsdorf.“

„Hört sich an, als würden Sie sich da auskennen.“

„Ich bin Polizeiseelsorger, Frau Weskamp, schon vergessen? Und was glauben Sie, wie viele Ihrer Kollegen ich da in der Tagesklinik besuche.“

Doro schaute ihn überrascht an.

„Die könnten da eine eigene Abteilung für Polizisten aufmachen!"

Sie dachte kurz nach. Sie hatte Fabio noch gestern in der Klinik anrufen und sich einen Termin geben lassen. Eine Ärztin, die den Bootsmann behandelt hatte, war tatsächlich bereit, mit ihr zu reden, natürlich nur allgemein und nicht über die Erkrankung des Mannes, diese Einschränkung hatte sie nachdrücklich gemacht.

„Kennen Sie da eine Frau Andres oder so ähnlich? Dr. Andres?"

„Eine der Oberärztinnen. Ist noch nicht lange dort, soll sehr gut sein. Aber ich kenne sie nicht persönlich."

„Dann fahre ich lieber allein hin", sagte Doro, „vielleicht kann ich ja doch was herausbekommen, so unter vier Augen und von Frau zu Frau." Sie zwinkerte vielsagend.

„Schade", sagte Schroeder, „ich hatte mich schon auf eine romantische Überfahrt mit der Fähre gefreut."

„Gern ein andermal, Herr Schroeder, dann aber mit Tanzmusik und Erdbeerbowle."

„Vorsicht, ich nehme Sie beim Wort!"

Nachdem Schroeder gegangen war, wollte sie den Koffer zum Austropfen umdrehen. Dabei fiel ihr Blick auf eine kleine Tasche im Futter des Deckels. Sie griff hinein und zog einen Notizblock und einen Kugelschreiber heraus. Beides offensichtlich neueren

Datums. Es war ein Kellnerblock mit Bierwerbung. Auf den einzelnen Blättern waren ziemlich unleserliche Notizen, kleine Zeichnungen, Namen und Adressen, auch einige Telefonnummern. In einer Karikatur glaubte sie die Frau des Schippers zu erkennen, gezeichnet mit ausgeleierten Strapsen und einer Flasche in der Hand. Gar nicht schlecht!, dachte Doro. Eine Miniatur zeigte offensichtlich die *Sansibar*, bei einer Möwe war der Schnabel misslungen und durchgestrichen, einige Blätter enthielten auch nur Positionsangaben nach Länge und Breite, wahrscheinlich Notizen zur Navigation. Sie blätterte vorsichtig durch, ohne die nassen Blätter zu zerreißen, und las, was sie ohne Weiteres lesen konnte. Plötzlich blieb sie an einem Namen hängen: *Waschow* stand da, neben einer Telefonnummer mit Rostocker Vorwahl. *Waschow?* War das nicht der gleiche Name wie in dem schwarzen Heft? Sie nahm das Heft noch einmal von der Leine, suchte vorsichtig den Eintrag und fand die Bestätigung. Ja, hier stand es: *Waschow könnte Verdacht geschöpft haben … Dem ist nicht zu trauen.* 1943. Und jetzt der gleiche Name mit heutiger Telefonnummer. War das Zufall? Sie rechnete kurz nach. Wenn dieser Waschow damals schon erwachsen war und heute noch lebt, dachte sie, dann muss er steinalt sein. Aber möglich wäre es.

Sie ging an ihren Schreibtisch, klickte den Rechner aus dem Ruhezustand und gab die Telefonnummer in die Suchmaske ein. Es war die Nummer eines christlichen Hospizes. Schau an, dachte sie, griff spontan zum Telefon und wählte die Nummer, ohne genau zu wissen, was sie eigentlich sagen und hören wollte. Um nicht ganz lächerlich zu wirken, meldete sie sich mit „Hauptkommissarin Weskamp, Mordkommission“, was sie sonst nie tat.

„Ich habe eine Frage“, sagte sie dann mit gewichtiger Stimme. „Wir sind in einer Mordermittlung auf den Namen Waschow und diese Telefonnummer gestoßen. Heißt so einer Ihrer Bewohner? Waschow, hinten mit o-w.“ Sie baute darauf, die junge Frau am anderen Ende der Leitung zu überrumpeln, bevor die sich an die neue Datenschutzgrundverordnung erinnern würde.

„Nee“, sagte die nur, „einen Bewohner Waschow haben wir nicht.“

Schade, dachte Doro und schwieg einen Moment, weil ihr auch nichts einfiel, was sie jetzt noch hätte fragen können.

„Aber wir hatten einen Pfleger Waschow“, fuhr die Frau überraschenderweise fort, „den Peter.“

Doro horchte auf. „Peter Waschow? Und was heißt ‚hatten‘? Ist der nicht mehr bei Ihnen?“

„Nee. Ist seit Kurzem nicht mehr da.“

„Wissen Sie warum?“

„Nee, keine Ahnung. Da müssen Sie die Chefin fragen, ich bin nur Azubi.“

„Das werde ich“, sagte Doro, „danke erst einmal.“

„Soll ich Sie verbinden?“

„Nein, danke, ich rufe später noch mal an, auf Wiederhören“, sagte Doro schnell und legte auf. Sie wollte sich erst überlegen, was sie die Chefin genau fragen wollte. Und vor allem, warum sie sich überhaupt für den Mann interessierte. Bis jetzt wusste sie das schließlich selbst nicht.

Sie griff noch einmal in die Tasche des Koffers und zog einen alten Personalausweis hervor. Ein Dokument aus der Zeit, als noch niemand den Siegeszug der Chipkarte erahnen konnte, sicher längst abgelaufen. Die graue Pappe war mehrfach gelocht, wie das früher auf den Ämtern zur Entwertung gemacht wurde. Sie klappte den Ausweis auf, das Passbild zeigte einen Mann um die zwanzig mit langem Haar. Es hätte auch ohne Weiteres auf ein polizeiliches Fahndungsplakat jener Zeit gepasst. Clemens Levi Kasten, las sie, geboren 10.11.1966 in Krefeld. Na bitte, dachte sie, das ist er also, unser Bootsmann. Noch mit Haaren. Und mein Jahrgang. Sie schaute auf die Leine, betrachtete noch einmal nachdenklich die Zeitungsartikel, das alte Heft, das Hochzeitsfoto und den Notizblock. Dann fiel ihr Blick auf die Angel und den Flummi am Boden und zuletzt auf den Bär am Fenster, unter dem sich ein Rinnsal gebildet hatte, das jetzt von der Fensterbank hinter der Heizung auf den Boden abtropfte.

Sie wusste nicht recht, was sie mit alldem anfangen sollte. „Hm. Ganz dicht scheinst du wirklich nicht zu sein, Clemens Levi“, sagte sie halblaut vor sich hin. „Aber wer ist das schon?“

7

Für ihre Verhältnisse überpünktlich stand Doro gegen 11 Uhr zusammen mit anderen Wartenden am Fähranleger und schaute über die Warnow auf ein kleines Fährschiff. Das kam von der anderen Seite des Stroms aus Gehlsdorf und näherte sich langsam, die schwarze Rauchfahne aus dem Schornstein wehte in Richtung Stadthafen. Ein paar Möwen stießen immer wieder ins Kielwasser hinab und zankten sich um den von der Schiffsschraube geschredderten Fisch.

Doro hätte sich nicht beeilen müssen, die Fähre pendelte tagsüber im 30-Minuten-Takt, und ihr Termin war erst um 13 Uhr. Eine verhangene Sonne tauchte die gesamte Situation in blasse, pastellige Farben, wie auf einer Postkarte aus den zwanziger Jahren. Ganz kurz genoss sie das kitschige Bild. Aber dann las sie den Namen *Alte Liebe* am Bug des Schiffes. Vor ihrem inneren Auge tauchte sofort Jürgen Auerich auf, der ihr gestern früh auf die Nerven gegangen war, und dann erkannte sie ihn auch schon hinter dem Steuerrad. Ihre ausgeglichene Stimmung drohte umzuschlagen. Sie überlegte kurz, ob sie zur KPI zurückgehen und das Auto nehmen sollte, aber dann wäre sie wohl nicht rechtzeitig in der Klinik angekommen.

Die *Alte Liebe* kam etwas zu schnell und ohne rechtzeitig aufzustoppen an die Pier. Es rumste beim

Anlegen ordentlich. Eine Frau undefinierbaren Alters mit leuchtend rot gefärbtem, aber bereits sichtlich gelichtetem Haar ließ sich davon nicht aus der Ruhe bringen und warf ebenso kunstvoll wie gelangweilt eine Leine über den Poller an Land. Auch Auerich schien sein Manöver nicht missfallen zu haben, er kam von der Brücke, als sei nichts gewesen und half der Frau beim Auslegen der Gangway. Anschließend öffnete er eine Absperrkette, erlaubte den Wartenden großzügig an Bord zu kommen und entwertete von Hand deren Karten. Doro hatte vorab keine gekauft.

„Einmal Gehlsdorf und zurück“, sagte sie mit gesenktem Blick, in der Hoffnung, nicht erkannt zu werden.

„Drei Euro“, sagte Auerich, und als Doro ihm zwei Münzen in die Hand gab, fügte er noch hinzu: „So schnell sieht man sich wieder, Frau Kommissarin.“

„Ach, Herr Schauerlich“, tat Doro überrascht, als habe sie ihn bis dahin nicht erkannt.

Er korrigierte sie nicht. „Was verschafft mir die Ehre?“, fragte er stattdessen. „Wollen Sie zu mir? Oder wollen Sie sich einfach mal ein echtes Passagierschiff anschauen?“

„Eigentlich will ich vor allem nach Gehlsdorf rüber. Mit Ihnen habe ich gar nicht gerechnet. Ich hätte auch nicht gedacht, dass Ihr Schiff noch im regulären Fährverkehr eingesetzt wird. Ist ja auch nicht mehr das jüngste.“ Diese Spitze hatte sie sich nicht verkneifen können.

„In der Tat nicht, Frau Kommissarin, die *Alte Liebe* wurde 1912 in Dienst gestellt", sagte Auerich etwas pikiert, aber auch sichtlich stolz. „Die neue Fähre ist mal wieder kaputt. Und immer, wenn die kaputt ist, übernehmen wir." Das schien ihm echte Genugtuung zu verschaffen. „Was wollen Sie denn in Gehlsdorf?", fragte er dann.

Doro irritierte die Frage. Was ging den das an? Ihr erster Impuls war es, genau das zu antworten. Aber dann sagte sie: „Shopping."

Er blickte sie überrascht an.

„Wussten Sie nicht", fuhr Doro fort, „dass man in Gehlsdorf ganz wunderbar shoppen kann?" Mit diesem neuen Wissen ließ sie ihn stehen, zumal andere Passagiere bereits drängelten und er sich mit dem Kartenverkauf beeilen musste, um den Fahrplan einzuhalten.

Sie stieg ein paar stählerne Gitterstufen hoch und setzte sich auf dem Oberdeck an einen Tisch. Darauf lag ein Zwiebelring, den die Möwen offensichtlich verschmähten, Doro schnippte ihn mit Zeigefinger und Daumen in Richtung Wasser. Sie verfolgte, wie er an der Reling abprallte und auf den Boden fiel. Dabei bemerkte sie, wie viel grüne und weiße Farbe hier eingesetzt worden war, um den blühenden Rost zu übertünchen. Stellenweise dürften das mehrere Millimeter sein. Es roch nach Diesel und Brackwasser. Eine stilisierte Tafel warb für Fischbrötchen mit Makrele, Butterfisch oder Matjes. Als die Dame mit dem roten Haar an ihren Tisch trat, war Doro kurz versucht, ein Brötchen mit Matjes und ein Bier zu bestellen. Aber dann entschied sie sich für eine Bratwurst mit Senf und einen Pott Kaffee. Sie wollte der Ärztin dann doch nicht mit einem Atem aus Matjes und Bier begegnen.

Unterdessen hatte die *Alte Liebe* genauso schwungvoll abgelegt, wie sie angelegt hatte, und tuckerte jetzt Richtung Gehlsdorfer Anleger. Die Bedienung brachte erstaunlich schnell das Bestellte. Wohl deswegen fiel Doro auf, dass kein anderer Fahrgast etwas zu essen geordert hatte. Kein gutes Zeichen, dachte sie. Mit zwiespältigem Gefühl biss sie in die Wurst. Aber die war überraschend würzig und lecker. Sie biss gerade ein zweites Mal ab, als eine Durchsage aus den historischen Lautsprechern plärrte. „Ich begrüße Sie an Bord ..."

Doro versuchte, nicht zuzuhören und sich auf das Essen zu konzentrieren. Wurst und Senf. Abbeißen, kauen, schmecken. Dabei schaute sie über den breiten Strom. Das löste wieder eine Erinnerung an ihren Großvater aus, zum zweiten Mal an diesem Tag. Als sie noch ein Kind war, hatte er sie oft mit an die Kieler Förde genommen. Sie waren am Ufer entlang spaziert, hatten Möwen gefüttert und den Segelbooten nachgeschaut. Großvater hatte immer eines haben wollen, aber dieser Traum ist ihm zeitlebens verwehrt gewesen. Ihr Vater hatte sich irgendwann ein kleines Boot gekauft, da war ihr Großvater aber schon im Altenheim und sie selbst nicht mehr zu Hause. Während sie kauend über das Wasser schaute, verfiel sie in eine seltsam melancholische Nachdenklichkeit, irgendwie berührt von den Erinnerungen an Vater und Großvater, aber auch ergriffen von einer inneren Unruhe, die sich nicht lokalisieren und an nichts festmachen ließ.

Die Unruhe konnte allerdings auch mit Auerichs blöden Durchsagen zu tun haben. „Zur Linken sehen Sie das ehemalige Werftgelände“, hörte sie, „den Ursprung der Neptunwerft, die Wiege des großen Rostocker Schiffbaus.“ Sie biss noch einmal in ihre Bratwurst und schaffte es nicht, wieder wegzuhören. „Tradition seit 1850! Heute sehen Sie dort leider nur noch Büros und Wohnhäuser.“ Verdutzt blickte Doro auf die neuen Gebäude an der frisch sanierten Promenade. Sie konnte sich noch gut an die hässlichen Ruinen erinnern, die dort bis vor Kurzem zu sehen waren. „Schauen Sie lieber zurück in unseren Stadthafen“, fuhr Auerich fort, „mit dem großen Brückenkran, diesem Meisterwerk deutscher Ingenieurskunst! Zu DDR-Zeiten war der noch täglich im Einsatz, heute rostet er vor sich hin. Eine Schande, wie die Politiker mit unserem Eigentum umgehen.“

Doro verging der Appetit. Was für ein Schwachkopf, dachte sie, schluckte und legte den Rest der Bratwurst auf dem Tisch ab. Sie schaute sich vorsichtig um, fühlte sich unbeobachtet und warf den Wurststummel über Bord. Sofort stürzten sich zwei

Möwen darauf. Dann schüttete sie den Inhalt zweier Zuckertütchen in ihren Kaffee und rührte um. Dabei fiel ihr die kurze Morgenbesprechung mit Fabio ein. Es hatte zwar noch keinen Obduktionsbericht gegeben, aber Fabio hatte dem Rechtsmediziner erste Hinweise entlocken können. Demnach waren an der Leiche keinerlei Zeichen äußerer Einwirkung erkennbar, also keine Druckspuren oder Hämatome. Der Mann war höchstwahrscheinlich in dem sinkenden Schiff ertrunken, hatte es nicht mehr hinausgeschafft. Ganz einfach so. Der Kaffee schmeckte abscheulich.

„Wenn Sie bitte nach backbord schauen, also nach links", hörte sie aus den Lautsprechern, „sehen Sie die *Seute Deern,* ein Segelschiff aus Finnland."

Doro schaute nach links. Tatsächlich sah sie dort ein größeres Schiff mit gesetzten Segeln über die Warnow gleiten. Was für ein großartiges Bild! Majestätisch, fiel ihr dazu ein. Sie beobachtete, wie nach und nach die Segel geborgen wurden. Wäre die Maschine der *Alten Liebe* nicht so laut, hätte sie sicher auch die zugehörigen Kommandos vom Segelschiff hören können. Stattdessen hörte sie wieder Auerich: „Die *Seute Deern* ist einer der vielen alten Pötte, die jedes Jahr zur *Hanse Sail* kommen. Immer wieder erstaunlich, dass die es überhaupt noch über die Ostsee schaffen. Erst gestern ist wieder eins davon gesunken."

Doro machte das richtig wütend, sie hätte gern laut widersprochen. Aber wie hätte sie gegen die drei strategisch günstig verteilten Lautsprecher ankommen sollen? Dieser Auerich hasst die Traditionsschiffe, dachte sie. Ist das vielleicht ein Motiv? Würde der ein Schiff versenken, um sich der Konkurrenz zu entledigen? Immerhin wüsste der, wie man das anstellen müsste, mit Schiffen dürfte er sich auskennen. Und dass er so früh am gesunkenen Schiff war, konnte Zufall sein – oder auch nicht. Ich werde den mal überprüfen lassen, dachte sie gereizt. Dieser Gedanke verschaffte ihr zwar eine gewisse Genugtuung, aber sie glaubte selbst nicht wirklich, dass es etwas bringen würde. Ihrem Bauchgefühl zufolge war Auerich ein Wichtigtuer, vielleicht auch ein Neider und Denunziant, aber eher kein Mörder.

„In wenigen Minuten erreichen wir Gehlsdorf", hörte sie in diesem Moment, „früher haben dort die stolzen Kapitäne und Reeder gewohnt. Heute ist hier unter anderem ein Klinikum der Universitätsmedizin. Aber Gehlsdorf ist auch bei den Damen sehr beliebt: Man kann hier hervorragend shoppen!"

Jetzt musste Doro doch innerlich lachen. Unter dem ganzen Schwachsinn fiel diese Fehlinformation auch nicht mehr auf. Wahrscheinlich würde der das jetzt immer erzählen, vierzehn Mal am Tag. Als die Fähre die Spundwand rammte, drückte es Doro nach vorn gegen den Tisch. Dabei stieß sie ihren Kaffeepott um. Sie stellte den Pott wieder auf, ließ die braune Brühe aber ungehindert über den Tisch laufen und auf den Boden tropfen. Ein kleiner Protest nur, aber es war gerade der einzig mögliche.

„Und kaufen Sie sich was Hübsches", sagte Auerich, als sie den ersten Fuß auf die Gangway gesetzt hatte. Sie ging erst wortlos weiter, blieb dann stehen, drehte sich noch einmal um und bahnte sich an anderen Fahrgästen vorbei den Weg zu Auerich zurück.

„Sie sollten mit Ihren Durchsagen mehr aufpassen", zischte sie, sodass niemand sonst es hören konnte. Er sah sie erstaunt an. „Sonst sind Sie irgendwann dran wegen übler Nachrede." Das klang nicht nur wie eine Drohung, das sollte auch eine sein.

Eine gute halbe Stunde später stand Doro etwas verschwitzt und außer Atem endlich vor dem Sekretariat der psychiatrischen Ambulanz. Der Weg vom Fähranleger bis zum Haupteingang war doch weiter gewesen, als sie ihn in Erinnerung gehabt hatte. Es dürfte Jahre her gewesen sein, dass sie zuletzt hier war, sie erinnerte sich nicht einmal daran, aus welchem Anlass. Wahrscheinlich ein Krankenbesuch. Weitere wertvolle Minuten waren verstrichen, bis sie sich auf dem weitläufigen Klinikgelände orientiert und den richtigen Weg eingeschlagen hatte. Zwischenzeitlich hatte sie schon befürchtet, unpünktlich zu sein, und sie war kurz davor gewesen, ihre Verspätung telefonisch anzukündigen. Aber dann hatte sie endlich über einem Eingang *Klinik für Psychosomatik und Psychotherapeutische Medizin* gelesen und nach kurzer Suche das Sekretariat gefunden.

Sie klopfte an und trat ein. „Guten Tag", sagte sie

zu einer jungen Frau mit sehr kurzem, wasserstoffblondem Haar, „mein Name ist Weskamp, ich habe einen Termin mit Dr. Andres." An allen Öffnungen ihres grünen Schwesternhemdes waren flächige Tattoos zu sehen.

„Sie sind die Kommissarin?"

„Genau."

„Dann schaue ich mal, wo die Oberärztin steckt."

Sie nahm ein Telefon und wählte eine Zahl. Nach kurzer Zeit sagte sie: „Uschi hier. Ist Martina bei euch? Nicht? Und weißt du, wo …? Dann versuch ich's mal da, danke!" Sie drückte die Taste zum Beenden, schaute Doro kurz wie entschuldigend an und wählte eine andere Zahl. „Uschi hier. Ist Martina … ist bei euch? Gut, sag ihr doch bitte, dass ihr Termin hier ist." Sie beendete auch dieses Gespräch und sagte zu Doro: „Sie kommt hierher. Bitte warten Sie draußen im Wartebereich, es wird bestimmt nicht lange dauern."

Doro ging zurück in den Flur. Sie schaute sich um, sah den Wartebereich, aber ihr Blick blieb an einem Schwarzen Brett hängen. Sie ging näher heran. Ein Organigramm zeigte die Struktur der Klinik mit den Behandlungsschwerpunkten aller Stationen. Sie suchte den Namen der Oberärztin und fand ihn unter Station 7. *Leitung: Dr. med. Martina Andres, Fachärztin für Psychiatrie und Psychotherapie.* Darunter waren die therapeutischen Schwerpunkte der Station beschrieben: *Depressionen, phobische und sonstige Angststörungen, Panikattacken, akute Belastungsreaktionen, Anpassungsstörungen nach belastenden Lebensereignissen oder Lebensveränderungen, dissoziative Störungen bzw. Konversionsstörungen, hypochondrische Störungen und Somatisierungsstörungen, Zwangsstörungen, neurasthenische Syndrome.*

Möchte man alles nicht haben, dachte Doro.

Sie wollte sich gerade hinsetzen, als eine Frau in weißem Kittel schwungvoll um die Ecke bog. Ihr war sofort klar, dass es die Ärztin sein musste, mit der sie verabredet war, zumal sie zielsicher auf Doro zusteuerte. Die Frau war vermutlich um die 50, wirkte aber jünger, vielleicht deswegen, weil ihre Statur eher klein und zierlich war. Das schmälerte aber in keiner Weise ihre natürliche Autorität. Ihr ganzes Auftreten war selbstsicher, ohne arrogant oder abweisend zu wirken. Im Gegenteil, sie wirkte freundlich und offen. Doro staunte über die mithilfe unzähliger Klammern hochgesteckten Haare. Die meisten waren noch kastanienbraun, aber es waren auch einige graue Strähnen darunter. Wenn es denn eine Frisur war, so war die entweder wirr und planlos, einfach am Morgen nach 36 Stunden Dauerdienst zusammengesteckt, oder es war hohe Kunst. Ein medusenhaftes Gesamtkunstwerk. Doro war von dieser Frau auf Anhieb beeindruckt.

„Wir gehen in mein Büro“, sagte Andres zur Begrüßung und machte schwungvoll kehrt.

Jede Widerrede wäre zwecklos, das war Doro sofort

klar. Sie folgte ihr und fühlte sich kurz wie eine teilnehmende Praktikantin bei der Chefarztvisite. Diese Frau war es gewohnt zu führen.

Gegen ihr Büro waren die Büros in der Polizeiinspektion geradezu gemütlich. Auf einer Art Linoleum oder Kunststoffboden standen lediglich ein moderner Schreibtisch mit Drehstuhl, eine Vitrine voller Medikamente und Gerätschaften, die Doro nicht kannte, außerdem eine Behandlungsliege und ein größeres medizinisches Gerät, das wohl zum Schreiben von EKGs diente. Es gab weder Zimmerpflanzen noch Deko-Objekte, abgesehen von zwei gerahmten Fotos an der Wand. Eines zeigte Andres vor einem Sportflugzeug, auf dem anderen streckte sie ihren erhobenen Daumen durch das geöffnete Fenster des Pilotensitzes dem Betrachter entgegen. Die einzigen Belege für ein Leben außerhalb der Klinik.

Andres bot Doro einen klapprig wirkenden grauen Polsterstuhl mit Chromgestell an und setzte sich gegenüber auf ein gleiches Exemplar. „Was kann ich für Sie tun?", fragte sie.

Doro wusste nicht genau, wie sie klugerweise anfangen sollte. Sie hatte sich das eigentlich auf der Fähre zurechtlegen wollen, war dann aber durch Bratwurst, Auerichs Gequatsche und ihre eigenen Erinnerungen davon abgehalten worden. Schließlich begann sie: „Es geht um einen Patienten von Ihnen …"

„Clemens Kasten", unterbrach sie die Ärztin, „das hatten Sie ja bereits angekündigt."

„Genau. Gestern Morgen ist im Stadthafen ein altes Segelschiff gesunken …"

„Das Schiff, auf dem er Bootsmann ist, vermute ich?"

„Richtig. Wir wissen noch nicht genau, was passiert ist, aber wie es aussieht, hat da jemand nachgeholfen, und …"

„Sie glauben, das war Herr Kasten?"

„Nein, wir glauben noch gar nichts", antwortete Doro, genervt von den ständigen Unterbrechungen. „Wir haben in dem gesunkenen Schiff eine Leiche gefunden."

Dr. Andres blickte erstaunt. Nicht erschrocken, fand Doro, oder betroffen, eher überrascht. „Eine Leiche?"

„Keine Sorge, es ist nicht Herr Kasten, so viel ist sicher. Wir wissen aber bis jetzt nicht, wer der Tote ist."

„Und was heißt nachgeholfen?", erkundigte sich Andres.

„Ein Seeventil war geöffnet und der Schlauch dahinter ab …"

Der Ärztin war deutlich anzusehen, dass sie das nicht verstand.

Doro freute sich über ihren kleinen Wissensvorsprung, ließ es sich aber nicht anmerken. „Das sind Öffnungen am Rumpf, für Kühlwasser und so weiter. Wenn die nicht dicht schließen, kann Wasser in ein Schiff eindringen."

„Ach so", sagte Andres. „Dann könnte es also auch einfach ein technischer Defekt gewesen sein."

„Ja, grundsätzlich schon", erwiderte Doro, „allerdings hat wohl jemand einen Ausgang des Schiffes verkeilt, sodass der Mann nicht aus dem sinkenden Schiff herauskonnte. Ein gleichzeitiger technischer Defekt wäre ein eigenartiger Zufall."

„Klingt ziemlich überlegt und planvoll", sagte Andres, „außerdem muss der Täter sich mit Schiffen auskennen."

„Da haben Sie wohl recht."

„Und was hat nun Herr Kasten damit zu tun, wenn Sie ihn nicht verdächtigen?"

„Erst einmal gar nichts, wie gesagt", wiegelte Doro noch einmal ab. „Es ist nur so, dass er eigentlich an Bord hätte sein sollen, sagt der Eigner des Schiffes. Herr Kasten hat wohl während der Saison auf dem Schiff gewohnt."

Andres nickte zustimmend.

„Und deswegen ist es eigenartig", fuhr Doro fort, „dass er nicht an Bord war. Und bis jetzt verschwunden ist."

„Das heißt, Sie verdächtigen ihn doch?"

„Nein, nicht direkt. Erst einmal suchen wir ihn nur als Zeugen."

„Soso, als Zeugen." Die Ärztin schaute Doro durchdringend an. Sie schien an dieser Aussage zu zweifeln. Schließlich wiederholte sie ihre Eingangsfrage: „Und was kann ich für Sie tun?"

„Ich hoffe, Sie können mir helfen, ihn zu finden."

Andres schwieg. Sie schaute Doro direkt an und schien nachzudenken. „Finden wollen Sie ihn also", sagte sie dann. „Und warum kommen Sie damit zu mir?"

„Nun", hob Doro vorsichtig an, „Sie wissen vielleicht, dass alle an Bord Herrn Kasten nur ‚den Patienten' nennen. Also nur, wenn er selbst nicht dabei ist, versteht sich."

„Ja, unsere Gesellschaft hat ein Problem mit Menschen, die anders sind als die glückliche Kleinfamilie aus der Fernsehwerbung für vegane Brotaufstriche."

Doro lachte auf. „Das stimmt wohl. Ich will das auch gar nicht bewerten. Aber es ist an Bord auch kein Geheimnis, dass Herr Kasten in psychiatrischer Behandlung ist."

„In psycho*therapeutischer* Behandlung", korrigierte Andres, „oder vielmehr in psychotherapeutischer *Begleitung*. Bei mir, um genau zu sein. Aber das ist ja an sich noch kein Mordmotiv, oder?"

„Nein, natürlich nicht." Doro ärgerte sich über sich selbst. Jetzt hatte sie im Grunde das Gleiche gemacht wie ihr Chef am Morgen. Sie hatte den Mann für suspekt erklärt, nur weil er möglicherweise psychische Probleme hatte. Jedenfalls hatte sich das für die Ärztin so anhören müssen.

„So eine Therapie könnte den meisten Menschen nicht schaden", sagte Andres, „gerade denen, die andere gerne stigmatisieren." Sie klang verärgert.

Doro zählte sich nicht zu dieser Gruppe und mochte auch nicht in diese Ecke gestellt werden. „Das tue ich nicht, Dr. Andres", sagte sie beschwichtigend, „wirklich nicht. Tut mir leid, wenn sich das so angehört hat. Mein Job ist es einfach, den Tod eines Menschen aufzuklären, und Clemens Kasten könnte ein wichtiger Zeuge sein oder sonst wie zur Aufklärung beitragen. Vielleicht kannte er den Toten oder kann erklären, was der an Bord gemacht hat. Deswegen möchte ich gerne mit ihm sprechen. Und da ich über Clemens Kasten bis jetzt nicht viel mehr weiß, als dass er hier in Behandlung ist, oder meinetwegen auch in *Begleitung*, habe ich gehofft, dass Sie mir helfen könnten, ihn zu finden. Hat er Freunde oder Familie? Wissen Sie vielleicht, wo er hingeht, wenn er nicht an Bord ist? Kennen Sie …"

„Clemens Kasten", unterbrach Andres sie abrupt und für ihre Verhältnisse laut, „ist nicht krank! Er ist ein hochintelligenter und gebildeter Mensch. Er ist Journalist, wussten Sie das? Sehr belesen und reflektiert, vielfältig interessiert. Dass er nicht arbeitsfähig ist, hat ganz andere Ursachen."

Doro war von dem Ausbruch überrascht. Es war deutlich, dass die Ärztin ihren Patienten mochte. Vielleicht würde sie sich deswegen hinreißen lassen, ihr etwas über ihn zu erzählen.

„Vielleicht hat das auch mehr mit unserer Gesellschaft zu tun als mit ihm", fuhr Andres fort, und in ihrem Ton klangen Verbitterung und Wut mit. „Wer definiert denn, wer als krank zu gelten hat und wer als gesund? Ab wann ist ein Mensch krank? Sind Sie ganz gesund, Frau Weskamp? Wir Ärzte und Therapeuten ziehen solche Linien nicht. Das machen Arbeitgeber. Behörden. Und natürlich Krankenkassen! Wir werden gezwungen, Etiketten auf unsere Patienten zu kleben, damit die ordentlich verwaltet werden können." Sie atmete hörbar ein und aus und hatte sichtlich Mühe, sich zu beherrschen.

Da habe ich ja einen wunden Punkt erwischt, dachte Doro. Sie wollte fragen, welches Etikett denn auf Clemens Kasten haftete, aber die Ärztin ließ sie nicht zu Wort kommen: „Wenn Sie Schmerzen wahrnehmen, Frau Weskamp, sind Sie dann krank, weil Sie Schmerzen haben? Oder sind Sie gesund, weil Sie diese Schmerzen wahrnehmen können? Genauso ist das mit Depressionen oder Anpassungsstörungen oder den körperlichen Symptomen, unter denen unsere Patienten leiden. Diese Menschen sind nicht unbedingt krank, eher im Gegenteil. In vielen Fällen wäre es geradezu krank, nicht darunter zu leiden. Nehmen Sie zum Beispiel ..."

„Und Herr Kasten", unterbrach Doro, „welche Symptome hat der?"

Aber die Ärztin ließ sich nicht so einfach überrumpeln. „Sie wissen, dass ich mit Ihnen nicht über meinen Patienten sprechen werde, Frau Weskamp. Aber vielleicht so viel: Ich kenne Clemens, also Herrn Kasten, jetzt seit fast drei Jahren. Und ich kann mir beim besten Willen nicht vorstellen, dass er was mit der Sache zu tun hat. Das Schiff ist sein Ein und Alles. Seine Aufgabe an Bord hat ihm neuen Halt und Stabilität gegeben. Seitdem er dort Bootsmann ist, hat er große Fortschritte in der Therapie gemacht. Aber damit habe ich jetzt schon mehr gesagt, als ich darf und will."

„Vielen Dank", sagte Doro. Aus irgendeinem Grund beruhigte sie die Aussage der Ärztin. „Nur noch eine Frage, damit ich mir ein Bild von ihm machen kann: Hat er irgendwelche Ausfälle? Oder Anfälle oder so was? Entschuldigen Sie bitte, dass ich die medizinisch korrekte Bezeichnung nicht kenne. Die Frau des Eigners hat von *Anfällen* gesprochen. Er soll den Gästen an Bord manchmal Angst gemacht haben. Stimmt das?"

„Angst hat sie gesagt?" Andres schaute Doro an und schüttelte langsam den Kopf. Die Menschen sind so blöd, schien dieser Ausdruck zu sagen. „Ja", fuhr sie dann fort, „mit Angst hat das alles viel zu tun. Aber weniger bei den Gästen."

Sie ließ die kryptische Bemerkung so stehen. Doro konnte das schlecht einschätzen. Es könnte ein versteckter Hinweis auf die Form seiner Erkrankung gewesen sein. Sie erinnerte sich an die Beschreibung der Schwerpunkte auf dem Organigramm der Klinik und hakte direkt und unvermittelt nach: „Hat Herr Kasten so was wie Angststörungen oder Panikattacken?"

Andres schaute sie mit völlig unbeweglicher Miene an. Es reicht jetzt!, sagte dieser Blick.

„Und woher kommt so was? Ich meine, ganz allgemein", fügte Doro sofort an, weil sie gemerkt hatte, dass ihre Frage zu weit ging, „das interessiert mich einfach, jetzt nicht nur in Bezug auf Herrn Kasten."

„Das lässt sich so allgemein nicht sagen. Es gibt viele Ursachen und sehr unterschiedliche Krankheitsverläufe. Ungefähr so viele, wie es Patienten gibt. Nein", korrigierte sie sich dann selbst, „noch weitaus mehr, denn es gibt unzählige Menschen, die damit leben, ohne es überhaupt zu begreifen." Dabei schaute sie Doro durchdringend an.

Es entstand eine lange, für beide unangenehme Pause. Andres hatte noch keinen belastbaren Hinweis auf Kastens Erkrankung gegeben.

„Noch mal zu Herrn Kasten …"

Andres atmete schwer aus, es klang aber mehr resigniert als genervt. Doro spürte, dass sie kurz davor war, gegen die ärztliche Schweigepflicht zu verstoßen. Die würde ihn gern in Schutz nehmen, dachte sie, und haderte nun mit sich, ob sie das tun sollte oder nicht.

„Geben Sie mir einen Hinweis, bitte!"

Andres blickte sie an. „Der Mann ist höchstwahrscheinlich ein Kriegsenkel", sagte sie dann überraschend und ließ das Wort für eine Sekunde im Raum stehen. „Mehr werde ich Ihnen aber wirklich nicht sagen. Sie können das ja mal googeln, darüber finden

Sie viel im Netz. Und dabei werden Sie bestimmt auch etwas über sich selbst lernen."

Andres stand abrupt auf, offensichtlich war die Visite beendet. Doro schaute sie noch einmal fragend an, aber es war deutlich, dass sie nichts mehr hinzufügen würde. Kriegsenkel, was mochte das bedeuten? Es hatte jetzt keinen Zweck mehr, weiter nachzubohren. Aber immerhin hatte sie mehr erfahren, als sie sich vorher hatte erhoffen können.

„Vielen Dank", sagte sie und erhob sich ebenfalls von ihrem Stuhl, „Sie haben mir geholfen." Sie drückte der Ärztin eine Visitenkarte in die Hand. „Hier ist meine Karte", sagte sie dabei. „Sollte Herr Kasten hier erscheinen, geben Sie ihm die bitte und sagen ihm, dass er sich umgehend bei mir melden soll."

Dr. Andres nahm die Karte und betrachtete sie nachdenklich. Schließlich hob sie den Kopf und schien zum ersten Mal ein wenig unsicher. „Er ist hier", sagte sie leise.

Doros Unterkiefer sackte ab. „Was sagen Sie?"

„Auf unserer Station."

Doro war sprachlos, damit hatte sie wirklich nicht gerechnet. Da hatten sie eine halbe Stunde um den heißen Brei geredet?

„Herr Kasten hatte vorgestern Nacht eine schwere Panikattacke", erklärte Andres etwas kleinlaut. „Er ist gegen vier Uhr früh hier angekommen, die genaue Zeit können Sie im Sekretariat erfragen. Er trug nur T-Shirt und Unterhose, und es sieht so aus, als sei er aus dem Stadthafen bis hierher gerannt. Seine Füße waren blutig, außerdem war er an Armen und Beinen verletzt. Viel mehr weiß ich selbst noch nicht. Wir haben ihm zur Beruhigung Tavor gegeben. Das hat ihn erst einmal schlafen lassen."

Andres wirkte irgendwie erleichtert, fand Doro. Offensichtlich war ihr die Situation die ganze Zeit unangenehm gewesen. Sie hätte sofort sagen sollen, dass er hier war. Aber besser spät als nie, dachte Doro, ein wenig konnte sie die Ärztin auch verstehen. So was war eine Zwickmühle. Dann stellte sie sich kurz vor, wie ein halbnackter Mann mit blutigen Armen und Beinen mitten in der Nacht zig Kilometer über Hauptverkehrsadern der Stadt rannte. War das überhaupt denkbar? Ja, war es, gab sie sich selbst die Antwort, sie hatte schon verrücktere Dinge erlebt und wunderte sich nicht mehr oft. Aber irgendwer wird ihn gesehen haben.

„Kann ich mit ihm reden?"

„Ja. Aber bitte versprechen Sie sich nicht zu viel davon. Ich weiß nicht, ob er schon wieder ganz klar ist. Wenn nicht, braucht er noch dringend Ruhe!"

„Und wo finde ich ihn? In welchem Zimmer?"

„Ich bringe Sie hin", sagte Andres. „Ich möchte ohnehin dabei sein, wenn Sie mit ihm reden."

Doro wollte widersprechen.

„Ansonsten werde ich als behandelnde Ärztin einer Vernehmung nicht zustimmen", fügte Andres sofort hinzu.

Der Tonfall ließ keinen Zweifel daran, dass sie ihr Hausrecht durchsetzen würde. Dann könnte es noch Tage dauern, bis Doro mit dem Mann würde reden können. Da erschien es ihr klüger einzulenken.

„Gut“, sagte sie, „also gehen wir gemeinsam. Aber die Fragen stelle ich!“

8

Andres schloss hinter sich die Bürotür ab und ging sofort wieder in Führung. Sie rauschte zielstrebig durch die langen Flure des Klinikgebäudes, Doro hatte Mühe, ihr zu folgen. Plötzlich blieb Andres stehen.

„Sie hatten doch eben nach den Ursachen psychischer Erkrankungen gefragt – sehen Sie dort die Frau am Fenster?“, fragte sie, und Doros Blick fiel auf eine Frau, die unbeweglich mit dem Rücken zum Gang stand und zum Fenster hinaus zu starren schien. „Mobbing und sexuelle Gewalt am Arbeitsplatz“, fuhr Andres fort, „ihr Teamleiter, ganz böse Geschichte. Dazu kommt die Scham. Sie hat sich erst dauerhaft krankschreiben lassen, mit kreativen Diagnosen ihrer Hausärztin, und ist eigentlich viel zu spät zu uns gekommen. Was meinen Sie, Frau

Weskamp: Ist diese Frau krank? Oder ist das krank, was ihr zugestoßen ist?“

Andres erwartete offensichtlich keine Antwort und ging weiter. Nach einigen Metern wandte sie sich im Gehen um. „Oder er dort drüben“, sagte sie und deutete auf einen Mann im Trainingsanzug, „Burnout. Klingt harmlos, oder? Und irgendwie hip. Burnout kriegen die Leistungsträger unserer Gesellschaft, denken viele, diejenigen, die sich für ihre Arbeit aufopfern. Brauchen dann mal sechs Wochen Urlaub und weiter geht's.“ Doro betrachtete den Mann, soweit das im rasanten Schritttempo möglich war, er war völlig verschwitzt und sein Kopf leuchtete hochrot. Andres blieb für einen Moment stehen. „Aber ein Burnout ist alles andere als harmlos, hinter der Modediagnose verbergen sich oft sehr ernsthafte Erkrankungen, mittelschwere oder auch schwere Depressionen mit sehr unterschiedlichen Symptomen. Das therapieren wir nicht in sechs Wochen, auch nicht in sechs Monaten. Zumal die eigentliche Ursache nicht die äußere Arbeitsüberlastung ist.“

„Sondern?“, fragte Doro.

„Das ist ein weites Feld. Es hat immer irgendwie mit Selbstüberlastung zu tun. Mit lebenslang eingeübten Verhaltensweisen und Denkmustern, insbesondere im Umgang mit Problemen. Und mit einer Fehleinschätzung oder sogar fehlender Wahrnehmung der eigenen Bedürfnisse. Die äußeren Belastungen kommen dann noch dazu. Man könnte auch sagen, dass

Menschen mit solchen Verhaltensweisen und Denkmustern dazu neigen, sich zu viel aufzulasten. Und das zehrt Energie, bis irgendwann keine mehr da ist. Also passen Sie auf sich auf, Frau Weskamp!"

Doro war überrascht. Wieso ich?, hätte sie gern gefragt. Warum meinte diese Ärztin, sie warnen zu müssen? Was glaubte die zu erkennen, in der kurzen Zeit, die sie bis jetzt miteinander gesprochen hatten? Aber bevor sie nachfragen konnte, las sie die Aufschrift *Station 7* an der Glastür, die Andres mit einem gezielten Schlag auf den elektrischen Türöffner in Bewegung gesetzt hatte. Wenige Meter weiter standen sie vor dem Patientenzimmer, Andres klopfte und trat ein, ohne eine Reaktion auf das Klopfen abzuwarten. Doro folgte ihr.

Es war ein typisches Krankenzimmer: zwei stählerne weiße Betten mit diversen Klappmechanismen und Halterungen für Urinale, zwei Nachttischwagen, zwei spindartige Schränke, zwei Fernsehbildschirme an einem Gerätehalter über den Betten, zwei Stühle mit Tisch, an der Wand darüber ein Kunstdruck von van Goghs *Sonnenblumen*. Ebenso trist wie funktional.

Eines der Betten war offensichtlich unbenutzt. In dem anderen lag ein Mann. Er hatte die Decke bis unters Kinn gezogen, um seinen Mund zeichnete sich ein Bartschatten ab und am rasierten Schädel fielen Doro sofort die verschorften Schnittwunden auf. Keine Frage, das war Clemens Kasten. Seine dunklen Augen lagen in tiefen Höhlen. Auf den ersten Blick konnte dieser Mann einem tatsächlich Angst machen, fand Doro, aber auf den zweiten wirkte er nicht unsympathisch. Sein rechtes Bein ragte seitlich unter der weißen Decke hervor, das Knie und der Fuß waren verbunden. Er blickte erst Doro und anschließend die Ärztin an. Dabei wirkte er verunsichert oder ängstlich, aber das konnte eine Folge der Medikamente oder des Erlebten sein.

Andres trat neben das Bett und nahm die Hand des Mannes. Zärtlich, fand Doro. „Das ist Frau Weskamp", stellte Andres sie vor, „sie ist Kommissarin und hat ein paar Fragen. Mach dir keine Sorgen, alles ist gut."

Doro registrierte, dass Andres ihn duzte. War das zwischen Therapeutin und Patient üblich? Wohl eher nicht. Vielleicht erklärte das auch, warum er allein in einem Doppelzimmer lag. Diese Kliniken waren doch üblicherweise immer voll belegt. Eine Sonderbehandlung?

Andres schien auch diesen Gedanken gelesen zu haben. „Doppelzimmer für Menschen mit psychischen Erkrankungen sind ein Unding", sagte sie.

Kasten schaute Doro an.

„Guten Tag, Herr Kasten", sagte sie und reichte ihm die Hand, er schlug zögernd ein. Sein Händedruck war schlaff. „Wissen Sie, warum ich hier bin?"

Er ließ keine Reaktion erkennen, seine Miene blieb unverändert und war für Doro kaum zu deuten.

„Es geht um die *Sansibar.*"

Doro glaubte, bei dem Wort ein leichtes Zucken um seine Augen zu bemerken.

„Ihr Schiff, Herr Kasten, die *Sansibar.* Jemand hat ein Seeventil manipuliert, das Schiff ist gesunken."

Andres nickte ihm ermunternd zu. Sprich ruhig mit ihr, sagte ihre ganze Mimik.

„Ist es auf die Seite gekippt?", fragte er plötzlich mit leiser, brüchiger Stimme. Er klang sehr müde und irgendwie weit entfernt, wirkte aber nicht erschrocken. Wahrscheinlich wusste er bereits vom Untergang des Schiffes. Doro verstand die Frage nicht.

„Ist das Schiff auf die Seite gekippt oder gerade auf den Kiel gesackt?"

Doro rief sich das Bild des gesunkenen Schiffes vor Augen. „Gerade auf den Kiel, denke ich."

„Das ist gut." Ein Anflug von Lächeln zeichnete sich auf seinem Gesicht ab. Er schien erleichtert.

„Warum ist das gut?", fragte Doro verwundert.

„Weil es sich dann leichter heben lässt."

„Ach, ist das so?"

„Ja. Wenn das Schiff auf dem Kiel im Schlick steht", erklärte Kasten mühsam, „können die Taucher einen Gurt um den Rumpf legen." Er schien sich etwas zu entspannen, wahrscheinlich deswegen, weil er sich bei dieser Frage auf sicherem Terrain bewegte. „Dann hebt man es mit einem Kran an, packt große Pumpen rein und lässt die laufen …"

Doro nickte, um zu signalisieren, dass sie das

verstand. Über dieses Thema, hoffte sie, würde sie Zugang zu ihm finden. Um dann auch über den Toten reden zu können.

„… das dauert ein, zwei Stunden, vielleicht auch drei, je nach der Leistung der Pumpen, aber dann schwimmt das Schiff wieder."

Plötzlich richtete sich Kasten ruckartig im Bett auf und sagte lauter und mit weit geöffneten Augen: „Vielleicht können wir das sogar noch vor der *Sail* schaffen! Wenn wir heute …"

Doro hatte kurz den Eindruck, er würde aus dem Bett springen. Aber Andres machte eine beruhigende Bewegung mit beiden Händen. „Wir werden heute gar nichts schaffen", sagte sie ruhig und irgendwie mütterlich, „du brauchst erst mal nur Ruhe." Sie lächelte ihn an, er ließ sich zurücksinken und atmete schwer aus, schien es aber einzusehen.

Doro war sich jetzt ganz sicher, dass die beiden mehr verband als die Bindung zwischen Therapeutin und Patient. Aber sie wusste mit dieser Erkenntnis erst einmal nichts anzufangen. Und wenn, dann war es deren Sache. Mit dem Fall hatte das aller Wahrscheinlichkeit nach nichts zu tun.

„Ich bin sicher", versuchte Doro ihn aufzumuntern, „dass der Schipper alles tun wird, um das Schiff zu heben."

„Ach, der Christopher", sagte Kasten, „das ist ein Guter. Aber von Schiffen versteht der leider nicht sehr viel."

Doro machte ein überraschtes Gesicht. „Ist das so? Ich habe übrigens mit dem *Hanse Sail*-Chef gesprochen, der will das auch unterstützen“, ergänzte sie.

Diese Information schien Kasten mehr zu beruhigen. Er schaute aus den Augenwinkeln zum Fenster hinaus und wirkte dabei immer noch müde, aber jetzt weniger verängstigt als vielmehr traurig und melancholisch. Vielleicht machen die Medikamente solche Schwankungen, dachte Doro.

„Herr Kasten, waren Sie an Bord, als das Schiff gesunken ist?“, fragte sie gerade heraus.

Er regt sich nicht.

„Waren Sie?“

Kasten nickte stumm, ohne sie anzuschauen.

„Und mögen Sie mir kurz erzählen, was genau da passiert ist?“

Er schwieg, schien nachzudenken. Schließlich drehte er ihr den Kopf zu, schaute sie an und begann langsam und angestrengt zu erzählen: „Ich weiß es nicht genau. Bin irgendwann in der Nacht aufgewacht, da stand das Wasser schon bis an meine Koje. Bin dann schnell raus.“

Doro dachte an den manipulierten Ausstieg. „Das ging so ohne Weiteres?“, fragte sie deswegen.

„Nein. Das Luk im Salon war irgendwie verklemmt. Aber am Vorschiff bin ich rausgekommen.“

„Und dann?“

„Weiß nicht. Dann bin ich gerannt.“ Er schaute Andres an, die drückte erneut seine Hand.

Aber was weiß er von dem Toten, dachte Doro, warum fragt er nicht nach ihm? Sie wollte sich das aber noch aufsparen und erst einmal die Umstände aufhellen. „Und", fragte sie stattdessen, „haben Sie eine Erklärung?"

Er zuckte nur mit den Schultern.

„Wer hätte ein Interesse daran, die *Sansibar* zu versenken?"

„Es ging nicht um die *Sansibar*", sagte Kasten leise, aber bestimmt.

Doro hob interessiert beide Augenbrauen.

„Es ging um mich!"

„Das müssen Sie mir erklären."

„Der wollte mich aus dem Weg räumen!"

Doro war überrascht. „Wer ist ‚der'?"

Kasten schwieg.

„Sie haben gesagt: Der wollte mich aus dem Weg räumen. Wen meinen Sie damit?"

Er schwieg.

„Herr Kasten, wer wollte Sie aus dem Weg räumen?", drängte Doro.

Ganz kurz sah es so aus, als wollte er antworten, aber dann ging Andres dazwischen: „Bitte, Frau Weskamp, bedrängen Sie ihn nicht!"

Doro war hin- und hergerissen. Sollte sie das glauben? Konnte die Tat tatsächlich dem Bootsmann gegolten haben? Bis jetzt hatten sie ihn entweder als Tatverdächtigen oder als Zeugen gesehen, aber nicht als Opfer. Allenfalls als Zufallsopfer. Dass es auch um ihn gegangen sein könnte, hatte noch niemand bedacht.

„Haben Sie einen konkreten Verdacht?“, fragte sie.

Aber Kasten hatte sich weggedreht, schaute wieder aus dem Fenster und schwieg.

Oder ist der Mann wirklich so krank, fragte sie sich, leidet er vielleicht unter Verfolgungswahn? Ist sicher auch eine Form der Angsterkrankung. Oder will der einfach nur von sich ablenken? Es war immer noch die einfachste Erklärung, dass er selbst das Schiff versenkt hatte und dann weggelaufen war. Aber warum? Wo war das Motiv? Und wieso sollte er das in Unterwäsche getan haben und anschließend hierher gerannt sein? Als Alibi taugte das schließlich nicht. Nein, das machte irgendwie keinen Sinn, es war nicht plausibel. Mit ihren bisherigen Erkenntnissen konnte sie sich nicht zufriedengeben. Allerdings fehlte ihr im Moment ein neuer Ansatz.

„Ich gehe mal kurz vor die Tür“, sagte sie deswegen. „Bitte entschuldigen Sie mich einen Moment, ich komme gleich zurück.“ Sie ließ Andres keine Gelegenheit, es abzulehnen.

Doro verließ das Zimmer, ging über den langen Flur bis zum Ende und blieb vor einem bodentiefen Fenster stehen. Sie überlegte, wie sie weitermachen wollte. Erst mal nahm sie ihr Telefon und wählte Fabios Nummer. „Gibt’s was Neues?“, fragte sie ohne weitere Begrüßung und in der Hoffnung auf eine Information, die ihr weiterhelfen konnte.

„Ja, gibt es tatsächlich!“, sagte Fabio, und in seiner Stimme klang ein wenig Stolz mit. „Die Zeugin, die bei den Kollegen vom Dauerdienst den Untergang gemeldet hat, die hat ihn gesehen.“

„Wen gesehen?“

„Den Bootsmann. Also wahrscheinlich jedenfalls. Sie war frühmorgens mit ihrem Hund am Hafen unterwegs und ist fast umgerannt worden, sagte sie. Ein Mann in T-Shirt und Unterhose, nass und blutverschmiert, soll total verstört gewirkt haben. Sie ist dann Richtung Kaikante gegangen und hat das Schiff noch sinken sehen. Oder jedenfalls die Luftblasen blubbern.“

„Und das haben uns die Kollegen nicht gesagt?“, rief Doro ärgerlich ins Telefon.

„Fanden sie wohl nicht wichtig. Oder die haben nicht geschnallt, dass es einen Zusammenhang gibt. Aber egal, wir suchen ihn jetzt auf Hochtouren, Ritschler und Schmitt klappern die Krankenhäuser und sozialen Einrichtungen ab. Ein halbnackter Mann mit Blut an Händen und Füßen könnte ja auch anderen aufgefallen sein.“

Doro schüttelte nur den Kopf. Das kann doch nicht wahr sein!, dachte sie. Sind die alle so blöd? So was müssen die doch sofort durchstellen! Sie atmete resigniert aus. „Du kannst die beiden zurückrufen“, sagte sie dann, „ich hab ihn schon gefunden. Clemens Kasten ist hier in Gehlsdorf, in der Klinik. Ich rede gerade mit ihm.“

Fabio schien sprachlos zu sein, Doro dachte nach. Soweit deckte sich das mit der Aussage von Kasten. Die Beschreibung klang jedenfalls nicht nach einer durchdachten Handlung. Der konnte ja schlecht erst ganz überlegt und planvoll das Seeventil öffnen und den Ausstieg verschließen und anschließend völlig verstört davonlaufen. Und wieso sollte er halbnackt, blutig und nass gewesen sein? Nein, dachte sie, Clemens Kasten hat das Schiff nicht versenkt. Aber galt dieser Anschlag wirklich ihm? Und wer war der Tote? Ein zweites Opfer? Oder der Täter?

„Schick mir doch bitte mal das Foto von dem Toten aufs Handy", bat sie Fabio und legte auf.

Sie drehte sich um und erschrak: Andres stand direkt hinter ihr, sie hatte sich völlig lautlos genähert. Doro ließ sich den Schreck nicht anmerken.

„Was halten Sie von seiner Aussage?", fragte sie stattdessen.

„Sie meinen die Idee, irgendwer könnte es auf ihn abgesehen haben?"

„Genau das. Ist das plausibel?"

„Fragen Sie mich das als Krimileserin oder als seine Ärztin und Therapeutin?"

Doro musste unwillkürlich schmunzeln.

„Als Krimileserin halte ich das für unglaubwürdig", fuhr Andres fort. „Warum sollte es jemand ausgerechnet auf Clemens Kasten abgesehen haben?"

„Also, hat er Ihnen gegenüber auch nie irgendwas geäußert, das in diesem Zusammenhang von Bedeutung sein könnte? Fühlte Herr Kasten sich vielleicht bedroht?"

„Nicht, dass ich wüsste."

„Hm. Und wenn ich Sie als Ärztin und Therapeutin frage? Könnte seine Vermutung, der Anschlag habe ihm gegolten, mit seiner Erkrankung zu tun haben? Anders gefragt: Leidet er vielleicht an einer Art Verfolgungswahn?"

Andres atmete hörbar aus. „Sie wissen doch …", begann sie.

„… dass Sie dazu nichts sagen dürfen, ja ja", vervollständigte Doro den Satz. „Aber kommen Sie, Dr. Andres, helfen Sie mir das zu verstehen, soweit es Ihre Schweigepflicht zulässt."

Die Ärztin schaute sie durchdringend an. „Also gut", gab sie schließlich nach, „so viel sage ich ganz allgemein: Patienten mit ähnlichen Diagnosen, wie sie Herr Kasten hat, sind in aller Regel voll zurechnungsfähig. Zwangsvorstellungen oder Wahnbilder sind da eher selten, gehören nicht zu den typischen Symptomen. Man muss eher mit somatoformen Störungen aller Art rechnen …"

„… das heißt mit körperlichen Beschwerden?", fragte Doro nach.

„Jein. Früher sagte man psychosomatisch und meinte körperliche Beschwerden mit psychischer Ursache. Mittlerweile haben wir endlich begriffen, dass diese Trennung von Körper und Geist der größte Irrweg der abendländischen Medizin ist. Jedenfalls haben wir Ärztinnen und Ärzte das begriffen. Die Krankenkassen brauchen dazu sicher noch ein paar Jahre."

„Und wie äußern sich diese … ähm … Störungen?"

„Sehr unterschiedlich. Das ist bei jedem Patienten anders. Oft sind es Schmerzen und Muskelprobleme. Oder Missempfindungen an den Gliedmaßen, Kälte, Kribbeln, so was. Manche Patienten beklagen auch Sehstörungen oder Benommenheit. Nicht selten kann es auch ein bunter Strauß aus alledem sein."

„Und wie ist das bei Herrn Kasten?" Doro wollte noch nicht aufgeben.

Aber Andres ließ sich immer noch nicht aus der Reserve locken. „Sie können es nicht lassen, Frau Weskamp", sagte sie tadelnd, grinste aber dabei. „Also noch mal: Ich werde Ihnen keine Auskunft über meine Diagnosen geben." Sie schaute Doro fest in die Augen. „Aber gehen Sie einfach davon aus, dass Herr Kasten keine Wahnvorstellungen hat. Schon rein statistisch gesehen."

Doro nahm das als Antwort und bedankte sich mit einem angedeuteten Kopfnicken.

„Dann glauben Sie also, dass es stimmt?", fragte sie weiter. „Ich meine, dass der Anschlag auf das Schiff ihm gegolten hat?"

„Nein! Das habe ich nicht gesagt", wehrte Andres ab. „Ich glaube gar nichts. Ich gebe aber noch zu bedenken, dass Herr Kasten innerhalb der letzten

48 Stunden sehr starke Medikamente bekommen hat. Tavor kann halluzinogene Wirkungen entfalten, gerade in der Phase des Abklingens der primär erwünschten, also der sedierenden Wirkung."

Aus dieser Frau war wirklich keine Aussage herauszukriegen. Eigentlich nein, aber vielleicht doch, so ließen sich die Antworten zusammenfassen. Einerseits wollte Andres den Mann nicht als psychisch krank darstellen, andererseits schien sie nicht zu glauben, dass der Anschlag ihm gegolten habe. Zumindest der Hinweis auf die Medikamente deutete in diese Richtung. Ganz kurz schoss Doro ein anderer Gedanke durch den Kopf: Oder will sie vielleicht, dass ich das nicht glaube? Will sie, dass ich Kastens Aussage als Ausdruck einer vorübergehenden Halluzination deute, quasi als Nebenwirkung dieses Medikaments? Welches Interesse könnte sie daran haben, dass ich diese Spur nicht verfolge? Die beiden waren irgendwie verbandelt, so viel war klar. Aber wie? Der Gedanke, dass Andres mehr war als nur seine behandelnde Ärztin und Therapeutin, drängte sich förmlich auf. Sie gab sich auch nicht wirklich Mühe, das zu verbergen. Und ganz sicher wusste sie weitaus mehr über den Mann, als sie preisgab. Das hatte sicher nicht nur mit der Schweigepflicht zu tun.

Der Signalton ihres Handys riss sie aus ihren Überlegungen. Fabio hatte das Foto des Toten geschickt. Das Foto des Ertrunkenen aus der Rechtsmedizin. Kein schöner Anblick, und eigentlich nicht für Dritte bestimmt. Aber Andres ist Ärztin, dachte Doro, und hielt ihr das Display vor die Nase. „Kennen Sie diesen Mann?“

Andres schaute sich das Bild kurz an. „Nein“, sagte sie dann, „kenne ich nicht. Woher auch.“ Das klang glaubhaft, fand Doro.

„Ich muss Herrn Kasten nach diesem Mann fragen“, sagte Doro, „ist das in Ordnung?“

„Er wird es aushalten“, antwortete Andres. „Aber tun Sie es bitte vorsichtig. Clemens ist zerbrechlicher, als es scheint. Zerbrechlicher auch, als er sich selbst eingestehen würde. Das ist Teil seines Problems.“ Dabei schaute sie Doro direkt in die Augen, und für einen kurzen Moment wirkte Andres selbst nicht weniger zerbrechlich.

Doro nickte nur stumm und ging vor zum Krankenzimmer. Sie klopfte, öffnete die Tür und trat ein, Andres folgte ihr. Kasten saß überraschenderweise aufrecht im Bett und wirkte wacher und gefasster als zuvor. „Kann ich noch etwas für Sie tun, Frau Kommissarin?“

„Wir haben im Schiff einen Toten gefunden“, sagte Doro direkt und ungeschminkt, „eine männliche Leiche, etwa 20 bis 30 Jahre alt.“ Vielleicht konnte sie ihn mit der harten Tour dazu bringen, irgendetwas von Bedeutung preiszugeben.

„Sami!“, rief Kasten erschrocken aus.

Doro war überrascht. „Sami?“, wiederholte sie. „Sie kannten den Mann?“

„*Kennen* wäre zu viel gesagt." Kasten wirkte traurig.

Doro hielt ihm das Display mit dem Foto hin. „Ist er das?"

Kasten nickte betreten.

„Was können Sie mir denn über den Mann sagen?"

„Nicht viel. Der Sami stammt aus Syrien", begann Kasten, „hat er jedenfalls gesagt. Hat an dem Abend an der Kaikante gestanden und mir beim Klarschiffmachen zugeschaut."

„Am Abend vor dem Untergang?", fragte Doro dazwischen.

„Ja. Er hat mich angesprochen. Das ist oft so, dass Leute an Land stehen und unser Schiff bestaunen. Man kommt sich manchmal vor wie im Zoo. Christopher hat sogar mal ein Schild gemalt und in die Wanten gehängt: *Bitte nicht füttern!* stand drauf. Na, jedenfalls habe ich den Sami an Bord eingeladen, der war mir irgendwie sympathisch."

„Und dann?"

„Dann haben wir uns lange unterhalten." Kasten machte eine Pause, er schien sich den Abend in Erinnerung zurückzurufen. „Eigentlich hat vor allem Sami geredet. Der schien echt froh zu sein, endlich seine Geschichte erzählen zu können, das ist richtig aus ihm rausgesprudelt. Ich fand das spannend, sein Leben, die Flucht, wie er heute damit umgeht. Was wir in den letzten 75 Jahren durchgemacht haben, steht denen alles noch bevor."

Doro wunderte sich über diesen Nachsatz. Wie meinte er das? Aber wichtiger war es ihr, erst einmal herauszufinden, wer der Tote war. „Und was ist das für eine Geschichte?"

„Vor dem Krieg war Sami Barbier gewesen, in ... Damaskus, glaube ich. Mit Frau und Kindern und Großfamilie. Die ganze Katastrophe, hat er das genannt und dabei herzhaft gelacht." Kasten lächelte bei dieser Erinnerung. „Bis der Horror kam, der IS, Vertreibung, Bombennächte. Auf der Flucht ist er von seiner Frau getrennt worden. Er weiß bis heute nicht, wo sie ist, ob sie überhaupt noch lebt, sie ist nicht erreichbar und ruft ihn auch nicht an. Der arme Kerl lässt sein Handy nicht aus den Augen, aber es bleibt stumm. Irgendwie ist er ausgerechnet hier in Rostock gelandet, hat einen Asylantrag gestellt und wohnt in einem Asylheim."

Dann wissen wir bald, wer das ist, dachte Doro, immerhin etwas. „Und wieso war er in der Nacht noch an Bord?"

„Es war spät geworden, da hab ich ihm eine Koje angeboten. Wir haben ja genug davon. Und im Heim hat niemand auf ihn gewartet."

Klingt plausibel, dachte Doro. Und als die beiden geschlafen haben, ist der Täter an Bord gekommen und hat das Seeventil manipuliert. Der muss sich aber an Bord sehr gut ausgekannt haben. Oder war vielleicht dieser Sami der Täter? War der vielleicht auf Kasten angesetzt? Von wem? Hatte der nur nicht begriffen, dass dieser Syrer nicht bloß zufällig an Bord gekommen war? Nein, beantwortete sie sich selbst diese Frage, Kasten war alles andere als blöd, der hätte so was gemerkt.

„Warum haben Sie den Sami nicht sofort erwähnt?“, wollte Doro noch wissen. Kasten schien nicht zu verstehen. „Ich meine, als Sie vorhin vom Untergang berichtet haben. Sie haben so was Ähnliches gesagt wie: Da war Wasser im Schiff und ich bin dann raus. Aber Sie haben nicht erwähnt, dass da noch ein zweiter Mensch im Schiff war.“

Kasten schaute betreten und schwieg.

„Herr Kasten?“, drängte Doro.

„Ich habe mich geschämt.“

„Geschämt? Warum das?“

„Weil ich ihn nicht gerettet habe.“ Kasten schwieg und starrte scheinbar an Doro vorbei ins Leere.

Andres sprang ihm zur Seite: „Frau Weskamp, bitte stellen Sie sich mal die Situation vor. Sie wachen in stockdunkler Nacht auf und das Wasser steht Ihnen buchstäblich bis zum Hals. Da denken Sie nicht lange darüber nach, ob noch andere Menschen im Schiff sind. Da erfasst Sie die nackte Panik …“

„Ich hätte das verhindern müssen“, unterbrach Kasten sie, „ich hätte die Ursache suchen müssen. Ein Seeventil, haben Sie gesagt? Nur ein blödes Seeventil? Ich hätte den Untergang verhindern können, und Sami könnte noch leben. Ich habe als Bootsmann versagt!“

Diese Selbstvorwürfe sind echt, dachte Doro, nicht gespielt. Etwas verwundert stellte sie fest, dass sie das sehr gut nachvollziehen konnte. Obwohl Kasten, wenn seine Geschichte denn stimmte, sicherlich nichts hätte tun können. Der Versuch, sich so schnell wie möglich aus dem sinkenden Schiff zu retten, war zweifellos das einzig Richtige. Aber sie kannte das. Dieses Gefühl, in einer Situation versagt zu haben, auch wenn alles dafürsprach, dass sie nichts hätte tun können. Das war ihr sehr vertraut. In diesem Moment fühlte sie sich Kasten wieder eigenartig nahe und verbunden.

Und ihr kam noch ein zweiter Gedanke: Kasten schien diesen Sami nicht zu verdächtigen. Obwohl es doch naheliegend wäre. Das deutete nicht unbedingt auf einen Verfolgungswahn hin. Es sprach eher dafür, dass Kasten tatsächlich einen anderen Verdacht hatte, wer die *Sansibar* versenkt hatte. Aber warum wollte er den nicht äußern? Wie auch immer, dachte sie, dieser Syrer scheint einfach nur zur falschen Zeit am falschen Ort gewesen zu sein. Wie absurd: Da flieht einer vor Krieg und Mord einmal um den halben Erdball, um dann hier mit einem Touristenschiff unterzugehen.

Sie musste sich weiter auf Kasten selbst konzentrieren. Irgendwie spürte sie, dass er nicht nur ein zufälliges Opfer war. Vielleicht hatte das Ganze ja tatsächlich ihm gegolten, und vielleicht würde er doch noch etwas dazu sagen. Allerdings konnte es nicht mehr lange dauern, bis Andres die Befragung für beendet erklären würde.

„Sie haben vorhin gesagt“, begann Doro, „dieser Sami war Kriegsflüchtling. Und dass denen das noch alles bevorstehe, was wir in den letzten 75 Jahren durchgemacht haben. Oder so ähnlich.“

Kasten nickte.

„Sie meinen: in den 75 Jahren seit Ende des Weltkriegs, oder? Das müssen Sie mir erklären.“

„Meine Familie“, setzte Kasten zu einer Erklärung an, „also vor allem mein Großvater …“

„Das würde jetzt zu weit führen“, unterbrach Andres. Zugleich hatte sie beinahe unmerklich den Kopf geschüttelt und ihn so zum Schweigen aufgefordert.

„War Ihr Großvater auch Flüchtling?“, hakte Doro nach.

Kasten schien zu überlegen, ob er weiter antworten wollte. „Nein“, sagte er dann, „er selbst nicht. Er hatte als Fischer ein eigenes Boot, galt als kriegswichtig, Versorgung der Bevölkerung in der Heimat und so weiter.“

„Hier in Rostock?“

„Warnemünde.“

Doro dachte an das schwarze Notizheft aus dem Koffer und folgte einer Eingebung, ohne zu wissen warum: „Ist das Notizheft in Ihrem Koffer von Ihrem Großvater?“

Er riss die Augen weit auf. „Sie haben meinen Koffer!?“

„Ja … die Kollegen … haben ihn aus dem Schiff geborgen“, stammelte sie. Es war ihr unangenehm.

„Und haben Sie ihn geöffnet?“

Doro nickte nur. Er sackte zurück ins Kissen und schaute sie an.

„Keine Sorge“, sagte Doro beschwichtigend, „Sie kriegen das alles unversehrt zurück. Ist natürlich nass geworden, ich hab es für Sie getrocknet.“

Kasten schwieg.

„Was sind das für Notizen?“, fragte Doro.

Er lag unbewegt da.

„Ist das eine Art Tagebuch?“

„Das geht Sie gar nichts an!“, brach es aus ihm heraus. „Das sind ganz persönliche Dinge!“ Seine Augen füllten sich mit Tränen.

Vielleicht ist ihm das auch peinlich, dachte Doro. Ein Mann über fünfzig mit Teddybär entsprach ja nicht gerade dem Männlichkeitsideal der Zeit. „Okay, okay“, versuchte sie ihn zu besänftigen. Sie wollte lieber noch etwas über die Zeitungsartikel erfahren. „Sie interessieren sich für Kunst?“, fragte sie deswegen.

„Was … wieso … was meinen Sie?“, stotterte Kasten.

„Da waren einige Artikel aus Kunstzeitschriften in Ihrem Koffer, die fand ich interessant …“

„Ich glaube, es reicht jetzt!“, unterbrach Andres bestimmt und endgültig. „Ich denke, Herr Kasten hat Ihnen wohl die wichtigen Fragen beantwortet, über Kunst können Sie ja ein andermal plaudern. Er braucht jetzt wirklich Ruhe."

„Es geht darin wohl um ein Bild von Max Liebermann ...", fuhr Doro unbeirrt fort.

Aber Andres ließ es nicht mehr zu: „Es reicht jetzt, Frau Weskamp, für heute ist die Befragung beendet!"

Doro lenkte notgedrungen ein. Hier würde sie nicht mehr weiterkommen. Das mit dem Bild schien eine Spur zu sein, und irgendwie wusste diese Ärztin auch davon. Warum sonst hätte sie bei dieser an sich unverfänglichen Frage derart abblocken sollen? Aber Doro konnte sich noch keinen Reim darauf machen. Sie verabschiedete sich von Kasten und wandte sich zur Tür. Aus den Augenwinkeln beobachtete sie noch, wie Andres dem Mann kurz und sanft über die Hand streichelte. Alles klar, dachte sie.

Andres folgte ihr und schloss hinter beiden die Tür. „Bitte entschuldigen Sie das abrupte Ende", sagte sie jetzt wieder freundlich, „aber wir dürfen Herrn Kasten noch nicht überfordern."

„Ich hatte nicht den Eindruck, dass er überfordert war."

„Da müssen Sie mir schon vertrauen."

Doro wiegte zweifelnd den Kopf.

„So eine menschliche Psyche ist komplex", erklärte Andres und schlüpfte damit wieder in die Rolle der leitenden Oberärztin, „vieles ist äußerlich nicht zu sehen. Schon gar nicht für Laien."

Doro war kurz versucht, sich zu rechtfertigen, wollte

etwas sagen wie „Das ist mir schon klar“ oder „Bitte halten Sie mich nicht für bescheuert“. Aber sie biss sich auf die Lippen. Sie überlegte kurz, Andres nach dem Bild zu fragen. Was wusste sie darüber? Dabei war ihr natürlich klar, dass es nichts bringen würde. Entweder war das Ganze eine falsche Fährte, oder sie lag mit ihrem Gefühl richtig, dann würde Andres es ihr ganz sicher nicht auf die Nase binden. Diese Frau war zu schlau und zu kontrolliert, um sich zu verplappern. Nein, Doro blieb nichts anderes übrig, als hier erst einmal die Segel zu streichen und vielleicht später noch einmal mit Kasten zu reden. Wenn Andres nicht dabei war.

„Komplex also, das glaube ich gern. Aber bitte erklären Sie es mir“, bat sie Andres. „Also natürlich nicht die menschliche Psyche im Allgemeinen“, schränkte sie sofort ein, „aber ich wüsste gern mehr über diese Kriegsenkel.“

Andres schaute sie an. Als würde sie prüfen, was von Kommissarin Doro Weskamp zu halten war. Sie versuchte, dem Blick standzuhalten, was ihr auch gelang. „Wissen Sie was“, sagte Andres dann, „unser Landesverband der Psychiater und Psychotherapeuten hat einen Törn zur *Hanse Sail* gebucht, schon übermorgen. Ist zwar nur der erste Tag, da wird noch nicht viel los sein auf dem Wasser, aber dafür ist es billiger.“ Andres lachte kurz auf. „Sie wissen ja: Wir Ärzte und Therapeuten sind ständig vom Hungertod bedroht. Jedenfalls gefühlt.“ Doro lachte verhalten mit, wusste aber nicht, worauf sie hinauswollte. „Um fünf geht es los. Haben Sie Zeit? Dann kommen Sie einfach mit! Fast 50 Kolleginnen und Kollegen haben sich angemeldet, da fällt eine Person mehr oder weniger auch nicht mehr auf. Es wird auch ein Kollege dabei sein, der sich mit der Thematik besonders intensiv befasst. Sozusagen der deutsche Kriegsenkelpapst." Andres grinste, als sei ihr gerade ein besonders hintersinniger Gedanke gekommen. Doro sagte zu, ohne lange nachzudenken.

9

Gerold Terberger hatte zum Rapport geladen. So nannte Doro die formalen Dienstberatungen im Chefbüro. Die wurden eigentlich immer nur dann angesetzt, wenn es Probleme gab, vor allem wenn diese Probleme von öffentlichem Druck begleitet waren. Damit konnte Terberger schlecht umgehen. Er war dann alles andere als entspannt und völlig humorlos.

Für Doro war das besonders schwer. Sie fühlte sich ohnehin in solchen Runden nicht mehr wohl. Früher hatte sie damit nie Probleme gehabt, aber seit einiger Zeit strengten sie die Beratungen sehr an. Es fiel ihr selbst gar nicht auf, wie krampfhaft sie darauf bedacht war, sich keine Blöße zu geben und mit ihrem gesamten Auftritt zu signalisieren, dass sie alles voll im Griff hatte. Obwohl es dafür überhaupt keinen Grund gab. Doro galt als hervorragende Polizistin, ihr Urteil und Wort hatten im Kommissariat Gewicht, gerade bei Terberger. Und bei den Kollegen war sie beliebt, nicht zuletzt wegen der humorvollen Sprüche, mit denen sie ihre Anspannung in aller Regel überspielte. Ohne sich dessen bewusst zu sein, rechnete sie dennoch jederzeit mit ungerechter Kritik an ihrer Arbeit. Deswegen verkrampfte sich regelmäßig schon im Vorfeld von Dienstberatungen ihr gesamter oberer Rücken.

Wie so oft war sie auch heute die Erste. Terberger blickte von seinem Schreibtisch auf. „Guten Morgen“, brummte er und musterte sie. „Siehst müde aus.“ Er wirkte nervös.

„Danke. Hättest du mir nicht eigens sagen müssen. Aber du wirkst auch nicht gerade wie frisch aus dem Ei gepellt.“

Terberger atmete schwer aus. „Die Sache mit Klaus“, sagte er nur.

„Große Scheiße“, erwiderte sie.

„Kannste laut sagen. Und bei dir? Probleme?“

„Keine besonderen“, winkte Doro ab und tat dabei gelassen, „habe gestern Abend noch einiges recherchiert.“

Terberger schaute sie fragend an. In seinem dunkelblauen Anzug mit ordentlich gebundener Krawatte sah er noch seriöser aus als sonst. Ganz offensichtlich rechnete er im Tagesverlauf mit einem Pressetermin. An anderen Tagen trug er üblicherweise sportliche Sakkos und Jeans.

„Zu dem Toten vom Schiff", fügte sie zur Erklärung an.

Sie war nach dem Besuch im Klinikum von Gehlsdorf aus wieder mit der Fähre in den Stadthafen übergesetzt. Erfreulicherweise war das reguläre Schiff unterdessen repariert worden und sie hatte kein zweites Mal die Durchsagen auf der *Alten Liebe* ertragen müssen. Leider hatte es dort aber keine Fischbrötchen gegeben, sie hätte jetzt gern eines probiert. Stattdessen hatte sie sich am Rande der Altstadt ein ziemlich lausiges Laugengebäck mit Kochschinken und Kunstkäse gekauft. Die Remoulade hatte sie noch sauer aufgestoßen, als sie schließlich wieder in der Inspektion angekommen war. Da war es bereits später Nachmittag geworden, die meisten Kollegen waren längst im Feierabend. Als sie durch die leeren Flure gegangen war, hatten nur noch die Lüfter der Computer leise vor sich hin gesäuselt.

Das schwarze Heft war fast trocken gewesen, jedenfalls trocken genug, um es von der Leine zu nehmen und die Seiten umblättern zu können, ohne sie zu beschädigen. Sie hatte erst hier und da quergelesen, sich aber aus den einzelnen Einträgen keinen Reim machen können. Ihr war schnell klar geworden, dass sie von vorn anfangen musste. Aber zuvor hatte sie die Kaffeemaschine gestartet, sich mit zwei Kapseln in Folge einen extragroßen Pott Kaffee bereitet und sich dann in Ermangelung jeglicher bequemer Sitzgelegenheit auf den Boden ihres Büros gesetzt.

Die Notizen begannen im August 1943. Jedem Eintrag war ein *Vor Anker* oder *Auf See* oder *Fest im Hafen* vorangestellt, und das in beinahe täglicher Folge. Offensichtlich waren es Notizen eines Seemanns an Bord eines Schiffes. Auch wenn Kasten ihr diese Frage nicht beantwortet hatte, so war sie sich doch ganz sicher gewesen, dass sein Großvater dieses Heft geführt hatte. Der war Fischer in Warnemünde und hatte ein eigenes Boot, das hatte Kasten ja gesagt, auch während des Krieges.

Aber es war kein richtiges Logbuch. Es enthielt keinerlei entsprechende Informationen zum Schiff, keine Positionsangaben oder Hinweise auf die Ladung. Immer wieder war vom *Alten Strom* die Rede, und mehrfach wurde eine *Marianne* genannt. Der Abend war schon weit fortgeschritten, als Doro endlich kapiert hatte, dass *Marianne* der Name des Fischkutters war. Hättest du auch eher draufkommen können, hatte sie sich gescholten, ein wenig verärgert über sich selbst.

Und es ging in dem Heft nicht um Fisch. Mehrfach war dieser F. erwähnt, nicht nur an der einen Stelle, die Doro schon bei ihrem ersten Blick ins Heft gelesen hatte. Kastens Großvater hatte dessen Zweifel und Ängste notiert, aber auch seine eigenen. Sie hatte Sätze gelesen wie *Ich bin mir nicht sicher* oder *Ob es richtig ist, was ich tue?* Sie hatte schnell vermutet, dass seine Angst der *Gestapo* galt, und die weitere Lektüre hatte diese Vermutung bestätigt. *Gestern hat die Gestapo den K. abgeholt,* stand in einem Eintrag von Ende August, *sie kommen uns immer näher. Die sind überall,* hatte er sich zwei Tage später selbst zur Vorsicht gemahnt. An einigen Stellen hatte er sein Misstrauen gegenüber diesem Waschow ins Heft geschrieben. Das schien aber kein Gestapo-Mann zu sein, hatte sie sich zusammengereimt, der schien eher zu dem Kutter zu gehören, jedenfalls deuteten einige Notizen darauf hin. Vielleicht war der so was wie Kastens Bootsmann?

Der *F.* schien auf der Flucht gewesen zu sein. Und er musste irgendetwas besessen haben, das dem Verfasser dieser Notizen eine ganze Reihe von Erwähnungen wert war. Auf fast jeder Seite hatte er *Es* erwähnt, aber nirgends genau beschrieben, was dieses *Es* war. Bei den entsprechenden Notizen fanden sich immer auch Anstreichungen mit blauem Kugelschreiber. Dieses *Es* schien also auch einen späteren Leser interessiert zu haben, wahrscheinlich den jungen Kasten. Der letzte alte Eintrag war mit *8. September 1943* datiert und mitten im Satz abgebrochen.

Es war fast Mitternacht, als Doro das Heft wieder an die Leine geklammert hatte und endlich nach Hause gegangen war. Dort hatte sie sich eine Flasche

Rotwein aufgemacht, war auf ihren kleinen Balkon getreten, der mehr eine Art Balustrade war, gerade groß genug für zwei hölzerne Klappstühle, und hatte in der Straße unter ihr das Treiben dieser Sommernacht beobachtet. Mit jedem Schluck war sie innerlich ein wenig ruhiger geworden. Dabei war ihr das Notizbuch nicht aus dem Sinn gegangen. Was hatten diese Aufzeichnungen zu bedeuten? Sie war bis zum Ende der Flasche nicht darauf gekommen.

Erst als sie gegen vier Uhr in der Früh erwacht war und sich grübelnd in ihrem Bett von einer Seite auf die andere gewälzt hatte, war es ihr auf einmal klar geworden: Kastens Großvater hat diesen *F.* mit seinem Kutter über die Ostsee außer Landes bringen wollen! Ganz offensichtlich unter größter Lebensgefahr, und zwar für beide. Deswegen die Geheimhaltung. Wer auch immer dieser *F.* war, er durfte nicht der Gestapo in die Hände fallen. Und er musste etwas sehr Wertvolles bei sich gehabt haben, hinter dem nicht nur die Gestapo her war. Dieses Heft, hatte Doro gedacht und war darüber hellwach geworden, ist das Tagebuch der Vorbereitung einer Flucht! Aber zu dieser Flucht schien es nicht mehr gekommen zu sein. Waren Kastens Großvater und dieser *F.* von der Gestapo gefasst worden? Was war mit ihnen passiert? Sie hatte sich vorgenommen, Kasten bei nächster Gelegenheit danach zu fragen. Und auch danach, was dieses ominöse *Es* gewesen sein könnte.

Sie hatte dann auf den Wecker geschaut. Diese

Nacht war vorbei, das war ihr klar gewesen, auch wenn sie kaum mehr als drei Stunden Schlaf gefunden hatte. Sie war aufgestanden und hatte geduscht, erst warm, dann eiskalt, um ihren Körper zu spüren. In der KPI hatte sie sich einen heißen Kaffee gebrüht und mit dem Pott in der Hand das schwarze Heft noch einmal überflogen und quergelesen. Warum hast du das mit der Flucht eigentlich nicht sofort kapiert?, hatte sie sich gefragt. Das war doch sonnenklar! Aber dann war es Zeit für die Beratung gewesen.

„Und“, fragte Terberger jetzt, „kommen wir wenigstens mit dem Toten weiter?“

„Ich denke schon“, sagte Doro. Sie fragte sich gerade, wo sie mit ihrem Bericht beginnen sollte, als Fabio in der Tür erschien.

„Moin!“, sagte er, warf eine Aktenmappe klatschend auf den Tisch und seine Jacke über eine Stuhllehne. Als Leiter des Kommissariats standen Terberger vier Stühle und ein Beratungstisch zu, das unterschied sein Büro von den anderen. Möglicherweise war es auch größer, aber nur geringfügig, wenn überhaupt. Es war allerdings ruhiger als die meisten anderen Büros, denn es lag am Ende des Flurs. Hier kam nur hin, wer wirklich zu Terberger wollte. Und abgesehen von den eigenen Mitarbeitern musste aller Besuch zuerst seine Sekretärin davon überzeugen, dass es einen guten Grund gab, der den Besuch beim Chef wirklich rechtfertigte. Das gelang nicht vielen.

Fabio ließ sich sogleich in den Stuhl fallen. Terberger musste das als Respektlosigkeit deuten, und wahrscheinlich war es das auch. Aber er machte das immer so und Terberger ließ ihn gewähren. Er mochte den Kollegen und protegierte ihn, wo er konnte. Wahrscheinlich wäre er selbst gern noch mal so jung und energiegeladen. „Wo sind denn die anderen?“, fragte Fabio mit Blick auf die Uhr.

Doros Blick fiel auf seinen frisch gestutzten Backenbart, er bemerkte das und sagte: „Cool, oder? Bei mir ums Eck hat ein Barbier aus dem Irak aufgemacht. Der rasiert noch mit dem langen Klappmesser.“ Dabei strich er sich mit dem Zeigefinger über die Kehle und grinste. Terberger verzog das Gesicht, die Vorstellung schien ihm Angst zu machen. Doro lächelte.

Vor der Tür polterte es, dann hörten sie ein Schnaufen. Den dreien war sofort klar, was kam. Oder vielmehr, wer kam. Ritschler betrat den Raum zuerst, er hielt ein Smartphone in der Hand und war wohl aus mangelnder Aufmerksamkeit über eine vertrocknete Hydrokultur gestolpert. Schmitt folgte ihm auf dem Tritt, wenngleich mit sichtlich größerer Mühe, seinen Körper in Bewegung zu halten. Das machte mal wieder deutlich, warum er „Bockwurst“ genannt wurde. Die beiden grüßten knapp, Terberger bot ihnen mit einer Geste Platz an und rollte selbst seinen Bürostuhl zum Tisch.

„Wo ist denn Kollege Kowalek?“, fragte er dabei.

Ritschler und Schmitt ließen nicht erkennen, ob

sie die Frage verstanden hatten. Doro schaute Fabio an, aber der zuckte nur mit den Schultern.

„Egal, wir fangen ohne ihn an“, entschied Terberger. „Also“, sagte er dann und atmete zuerst einmal tief ein, um die Bedeutung des Kommenden zu verstärken, „ich will euch zunächst über den Stand der Dinge in Sachen Klaus Müller unterrichten. Das ist sehr, sehr unerfreulich. Ich kenne selbst noch nicht alle Details, aber es sieht so aus, als …“

Ein leises Klopfen unterbrach ihn. Alle drehten ihre Köpfe zur Tür, durch die Tom Schroeder zögerlich eintrat. „Bin ich hier richtig?“, fragte er.

„Ah, Herr Schroeder, Sie hätte ich fast vergessen“, sagte Terberger, „Kommen Sie rein, kommen Sie rein.“ Es machte fast den Eindruck, als sei ihm die Unterbrechung recht.

„Keine Ursache“, erwiderte Schroeder. „War gar nicht so leicht, an Ihrer Vorzimmerdame vorbeizukommen“, fügte er schmunzelnd an. Doro war angenehm überrascht, ihn zu sehen und nickte ihm zur Begrüßung zu.

„Ich habe Herrn Schroeder dazu gebeten“, erklärte Terberger an die anderen gewandt, „als Polizeiseelsorger. Die Sache mit Klaus geht uns ja allen sehr nah. Vielleicht möchtet ihr darüber mit Herrn Schroeder reden. Und bei dem Toten vom Schiff ist unser Hauptverdächtiger ein Psychopath, da hat er als Seelsorger sicher mehr Erfahrungen als wir.“

„Ein Psychopath ist er nicht“, sagte Doro ärgerlich.

Schroeder blickte Terberger überrascht und zweifelnd zugleich an. „Wie meinen Sie denn das?“, fragte er dann. „Wieso soll ausgerechnet ich Erfahrungen mit Psychopathen haben?“

„Er ist kein Psychopath!“, protestierte Doro laut.

„Ja ja ja“, sagte Terberger und wedelte dabei mit beiden Händen auf und ab, „ist ja schon gut, Psychopath ist sicher nicht das richtige Wort, aber er ist psychisch krank, und ich denke, Psyche und Seelsorge …“ Doro und Schroeder schauten ihn gleichermaßen ablehnend an, Fabio hob beide Augenbrauen. Terberger hatte aber schon selbst bemerkt, dass er sich vergaloppierte. Er brach mitten im Satz ab.

Alle schwiegen erwartungsvoll. Terberger räusperte sich und setzte neu an: „Gut. Der Fall Klaus Müller. Es sieht so aus, als würde die Staatsanwaltschaft Anklage gegen ihn erheben. Wegen Verstoßes gegen das Kriegswaffenkontrollgesetz, Waffengesetz und Sprengstoffgesetz.“

Er ließ diese Begriffe wirken und schwieg. Die Psychopathenfrage war damit vom Tisch. Doro war erstaunt und sprachlos. Auch Schroeder, der sich erst vergeblich nach einem Stuhl umgeschaut und sich dann rücklings an den Schreibtisch gelehnt hatte, stand mit halb offenem Mund da. Doro beobachtete ihn verstohlen.

„Ups“, sagte Schroeder dann.

„Was in aller Welt haben die denn bei ihm gefunden?“, fragte Fabio.

Doro wartete darauf, dass Terberger fortfuhr.

„Das ist eine interne Ermittlung“, erklärte er dann, „also bundesweit, nicht nur hier bei uns. Es geht gegen ein rechtsextremes Netzwerk. Offensichtlich gibt es in unseren Reihen sogenannte Prepper, also solche Spinner, die sich für einen Ausnahmezustand vorbereiten. Darunter sind auch nicht wenige dieser Reichsbürger. Und schlimmer noch: Es gibt wohl auch eine Gruppe, die aktiv einen Staatsstreich geplant hat. Und wie es aussieht, war Klaus Müller deren Waffenmeister.“

Alle schwiegen sprachlos, man hätte die sprichwörtliche Büroklammer fallen hören können.

Terberger fuhr fort: „Das SEK hat alle möglichen Waffen bei ihm sichergestellt. Polizeiwaffen, auch militärische. Gleich mehrere G3-Maschinengewehre und eine ganze Kiste Walther P99. Mit über zwanzigtausend Schuss Munition diverser Kaliber. Außerdem scharfe Granaten aus relativ neuen Bundeswehrbeständen.“

Doros Blick fiel auf Schmitt. Sie war sich nicht sicher, ob dessen Gesichtsausdruck von Überraschung oder Neid geprägt war.

„Aber das ist noch nicht das Schlimmste für uns“, fuhr Terberger fort. „Unter den Waffen war eine Maschinenpistole, die bei dem Überfall auf unsere Kolleginnen vor zwei Jahren aus dem Einsatzfahrzeug gestohlen wurde.“

„Ach du Scheiße“, entfuhr es Doro. Allen im Raum

war dieser Überfall präsent, als sei es gestern gewesen. Ein unbekannter Anrufer hatte eine Schießerei auf einem abgelegenen Werftgelände gemeldet, zwei Kolleginnen waren hingefahren und dort offensichtlich in einen Hinterhalt gelockt worden. Beide waren von mehreren Kugeln getroffen worden. Die eine muss sofort tot gewesen sein, die andere hatte schwer verletzt überlebt. Sie war hoch traumatisiert und seitdem nicht mehr dienstfähig.

Im Raum herrschte betretenes Schweigen, keiner wusste im Moment etwas zu sagen. Doro schüttelte den Kopf, langsam und ungläubig. Schroeder stand reglos am Schreibtisch. Fabio kratzte sich verlegen den Backenbart. Schmitt hatte vor Schreck eine Hand vor den Mund gelegt, Ritschler betrachtete verlegen einen ausgedehnten Fleck auf dem Fußboden. Terberger schaute langsam von einem zum anderen. „Versteht ihr jetzt, warum ich so erschüttert bin?"

Das hatte dem Müller niemand zugetraut. Für Doro war besonders der Gedanke befremdlich, nichts von den rechtsradikalen Umtrieben des Kollegen bemerkt zu haben. Obwohl sie ja wenig mit ihm zu tun gehabt hatte, empfand sie eine Art Scham. Sie schämte sich dafür, mit einem wie Klaus Müller zusammengearbeitet zu haben.

„Also", durchbrach Terberger endlich das Schweigen, „so weit dazu. Sobald es was Neues in der Sache gibt, halte ich euch auf dem Laufenden." Mit Blick auf Schroeder fügte er hinzu: „Wer darüber reden möchte, wie es ihm damit geht, der wende sich gerne an Herrn Schroeder. Er ist dafür da." Schroeder nickte.

„Kommen wir jetzt zu unserem eigenen Fall, dem Toten vom Schiff", sagte Terberger dann, „Doro, bitte! Du hast gestern unseren Hauptverdächtigen vernommen?"

Doro wiegte den Kopf. „Also Vernehmung würde ich das nicht nennen, Gerold. Der Mann ist krank, hatte offensichtlich in der Nacht des Untergangs der *Sansibar* eine schwere Panikattacke, und die haben ihm in Gehlsdorf heftige Medikamente gegeben. Jeder Richter würde mir das um die Ohren hauen und sagen: Der war nicht vernehmungsfähig. Aber ja, es stimmt, ich habe mit ihm sprechen können, allerdings im Beisein der Ärztin."

Terberger zog die Mundwinkel nach unten.

„Nach meiner Einschätzung", fuhr sie fort, „ist dieser Kasten nicht unser Hauptverdächtiger. Genauer gesagt ist er für mich gar kein Verdächtiger. Jedenfalls ist er nicht unser Täter."

Die anderen schauten sie an, Ritschler sah beinahe ein wenig traurig aus. Er mochte schnelle Erfolge.

Doro berichtete von ihrem Gespräch mit Kasten und der Ärztin. Sie gab wieder, wie er den Untergang und seinen Weg aus dem sinkenden Schiff geschildert hatte, berichtete seinen Zustand beim Eintreffen in der Klinik und erläuterte Andres' Diagnose einer Panikattacke. „Kasten hatte ja auch überhaupt kein Motiv, das Schiff zu versenken“, versuchte sie, die anderen zu überzeugen. „Außerdem ist ihm die *Sansibar* enorm wichtig“, fügte sie noch hinzu, „das ist für ihn so was wie ein Zuhause. Das hat auch was von Therapie.“ Den Nachsatz bereute sie mit Blick auf Terberger sofort. Aber der nutzte diese Steilvorlage nicht aus. Offensichtlich hatte sie ihn überzeugt. Also schloss Doro ihren Bericht eindeutig ab: „Fazit: Clemens Kasten war es nicht!“

„Schade“, rutschte es Ritschler heraus.

Terberger schaute ihn streng an. „Dann stehen wir also noch ohne konkrete Ergebnisse da, richtig?“, fragte er.

Doro zog den Kopf zwischen die Schultern. Sie fühlte sich sofort schuldig am schlechten Stand der Ermittlungen. Obwohl es ja eigentlich schon viel war, gemessen an der Zeit seit dem Untergang des Schiffes. Ganz kurz kam ihr in den Sinn, von dem Notizbuch zu berichten. Von den Fluchtvorbereitungen durch Kastens Großvater im Jahr 1943. Mit dem Kutter *Marianne* aus Warnemünde über die Ostsee. Aber sollte sie den Kollegen wirklich von *F.* und *Waschow* und einem unbekannten *Es* berichten, obwohl sie selbst bis jetzt weder genau wusste, was sich damals zugetragen hatte, noch, ob das überhaupt etwas mit dem Untergang der *Sansibar* zu tun hatte? Nein, hielt sie sich dann selbst zurück, das ist alles noch viel zu dünn. Nur ihr Bauchgefühl sagte ihr, dass sie diese Spur noch weiterverfolgen sollte. Aber damit brauchte sie Terberger erfahrungsgemäß nicht zu kommen, von Bauchgefühlen wollte er nichts wissen. Wahrscheinlich hätte er es sonst auch nicht zum Leiter der KPI gebracht.

„Und der Tote?", fragte Terberger. „Was wissen wir über den?"

„Nicht viel", antwortete Doro, „ein gewisser Sami aus Damaskus. War Kasten zufolge eine Zufallsbekanntschaft und zum ersten Mal an Bord. Vielleicht also einfach nur zur falschen Zeit am falschen Ort."

Fabio griff die Aktenmappe auf dem Tisch und blätterte sie auf. „Dazu passt der vorläufige Obduktionsbericht", merkte er an. „Kurz gesagt: circa 30 Jahre alt, Tod durch Ertrinken, keine Fremdeinwirkung." Er warf die Mappe zurück auf den Tisch. „Nur alte Narben, wahrscheinlich Folterspuren."

Terberger atmete enttäuscht aus.

Überraschenderweise war es Ritschler, der seine Miene aufhellen konnte: „Wir haben noch was", sagte er stolz. Er hatte einen Notizblock aufgeschlagen und berichtete, während er die Stichpunkte abzulesen schien: „Kollege Schmitt und ich sind gestern noch los und haben mit dem Foto des Toten die Asylunterkünfte abgeklappert. Und was soll ich sagen? Wir sind schon beim zweiten Heim fündig geworden. Der Tote hieß Hakim Al Nadar, Sami war wohl nur sein Spitzname. Asylsuchender aus Syrien. Eingereist ist er vor gut sechs Monaten, sein Verfahren läuft, da ist noch nichts entschieden."

„Gute Arbeit!“, lobte Terberger. Ritschler freute sich sichtlich.

„War er allein?“, fragte Doro.

„Ja, das sieht so aus. Er hatte hier keine Angehörigen, sagt jedenfalls die Heimleiterin.“

„Sie meint aber“, ergänzte Schmitt schnaubend, „dass er irgendwo eine Familie hatte. Soll jeden Tag nach Post gefragt haben. Und sein Handy hat er auch nie aus den Augen gelassen, hat sie gesagt. Die haben ja alle so sauteure Smartphones.“ Aus Schmitts Mund hörte sich das an, als sei das ein untrügliches Indiz für kriminelle Energie.

„Na und?“, fiel ihm Fabio etwas grob ins Wort. „Der ist ja schließlich nicht aus der Wüste gekommen, sondern aus Damaskus.“ Dann wandte er sich an die anderen: „Wir haben das Handy übrigens im Schiff gefunden.“ Er liebte solche Trumpfkarten im richtigen Moment, und Doro hätte immer darauf gewettet, dass er noch eine im Ärmel hatte.

Mit dieser war allerdings kaum ein Stich zu machen. „Die Techniker haben es auswerten können“, berichtete er, „es gab zwar ein paar Telefonate, seit er in Deutschland ist, aber die meisten mit Menschen in Syrien. Hierzulande scheint er keine Kontakte gehabt zu haben, abgesehen von seiner Unterkunft. Eine einzelne Nummer ist den Kollegen aufgefallen, die hat er wiederholt angerufen, ohne dass es zu einer Verbindung gekommen wäre. Ebenfalls eine syrische Nummer. Das Handy scheint ausgeschaltet zu sein, es lässt sich auch nicht orten. Er hat außerdem immer wieder Nachrichten an diese Nummer gesendet, aber die sind nicht gelesen worden. Den Texten nach zu urteilen gehört das Handy seiner Frau."

„Das deckt sich mit der Aussage von Clemens Kasten", sagte Doro, „wonach er auf der Flucht von seiner Frau getrennt worden ist und nicht weiß, wo sie ist und ob sie überhaupt noch lebt."

„Dann ist also auch dieser Syrer erst mal keine heiße Spur", resümierte Terberger.

„Na ja", widersprach Fabio, „wer weiß? Der Anschlag auf die *Sansibar* kann ja auch ihm gegolten haben. Herr Al Nadar war schließlich Asylsuchender. Da kann man ein rechtsradikales Tatmotiv nicht ausschließen, oder sehe ich das falsch? Ich meine, das ist doch nicht weit hergeholt. Gerold, du hast eben von Klaus Müller und seinen Reichsbürgern berichtet. Es gab ja nicht gerade wenige Attentate von rechts in den letzten Jahren, das sind schon lange keine Einzelfälle mehr."

Terberger wiegte zweifelnd den Kopf. „Ausschließen können wir das nicht, soweit stimme ich dir zu. Aber nach Terrorismus sieht das für mich nicht aus. Es gibt auch kein Bekennerschreiben oder sowas."

Doro dachte nach. Sie musste an Clemens' Großvater denken und dessen Angst vor der Gestapo. Ob sich die Geschichte wiederholt?, fragte sie sich. Anzeichen dafür gab es, da stimmte sie Fabio zu. Aber ihr Gefühl sagte ihr, dass der Anschlag nicht diesem

Asylsuchenden gegolten hatte. Und auch die Fakten sprachen dafür. Sie glaubte Kasten. Und der hatte gesagt, dieser Sami sei nur zufällig und zum ersten Mal an Bord gewesen. Wer auch immer das Seeventil der *Sansibar* manipuliert und den Ausgang verkeilt hatte, musste das Schiff genau gekannt haben. Damit fielen Sami und auch irgendwelche rechtsradikalen Zufallstäter aus. Terberger hatte recht.

Alle schwiegen, jeder schien nachzudenken, in welche Richtung die Ermittlungen jetzt gehen sollten. Es gab keinen wirklichen Anhaltspunkt.

„Vielleicht galt der Anschlag doch dem Schiff", spekulierte Fabio schließlich. „Der Schipper, dieser Christopher Darr, hat erwähnt, dass die *Sansibar* in den letzten Tagen Fahrten zu der Windparkbaustelle zwischen Rostock und Gedser gemacht hat. An Bord waren Neugierige, viele Einheimische, aber gechartert hat es das Betreiberkonsortium."

„Stimmt", sagte Doro, „das hat mir Doreen Pliske vom *Hanse Sail*-Büro auch schon erzählt."

„Also Öffentlichkeitsarbeit für den *Offshore*-Windpark?", fragte Schroeder nach. „Mit so was macht man sich nicht nur Freunde."

„Na, das ist doch mal eine Spur", sagte Terberger erfreut, „es gibt also auch noch gute Nachrichten." Schroeder schaute ihn verwundert an.

In diesem Moment klingelte das Telefon auf dem Schreibtisch. Terberger ging hin und nahm ab. Er hörte zu, blieb völlig regungslos und sagte nichts. So reagierte er auf schlechte Nachrichten, wusste Doro. Dann legte er auf.

„Wir haben eine männliche Leiche in der Südstadt", sagte er monoton und ernst, „Doro, Fabio – bitte fahrt sofort los! Die Krimanaltechniker und der Mediziner sind schon unterwegs. Und wir wollen doch nicht, dass es hinterher heißt, diese Rechtsradikalen von der Kripo sind immer die Letzten am Tatort."

Das sollte wohl eine Art Scherz sein. Aber Doro war sich nicht ganz sicher, ob ihm das vielleicht nicht auch ein wenig ernst war.

10

Sie waren etwas außer Atem, als sie die Stufen aller fünf Stockwerke des schmucklosen Wohnblocks in der Südstadt bewältigt hatten. Doro und Fabio hatten den richtigen Aufgang nicht auf Anhieb gefunden, die sahen bei diesen Achtziger-Jahre-Bauten alle gleich aus. Zumindest für Außenstehende.

Obwohl er einige Jahre jünger war, schnaubte auch Fabio vernehmlich, als er die letzte Stufe geschafft hatte. Ganz kurz fühlte Doro eine Mischung aus Stolz und Genugtuung, schalt sich aber sogleich selbst dafür. Ein Grinsen konnte sie sich allerdings nicht ganz verkneifen. Bevor er das bemerken konnte, bückte sie sich und stülpte zwei hellgrüne Füßlinge über ihre Schuhe. Ein stechender Schmerz im Steiß trieb ihr sofort jedes Grinsen aus. Während sie noch Latexhandschuhe überstreifte, grüßte sie die uniformierte Kollegin an der Tür mit einem freundlichen Kopfnicken und betrat die Wohnung. Fabio tat es ihr nach und folgte ihr.

Die Kriminaltechniker schienen schon länger vor Ort zu sein, jedenfalls hatten sie bereits diverse Stative und Lampen aufgestellt und an einzelnen Punkten auch kleine Schilder mit Zahlen. Die Truppe wuselte emsig umher. Ein bärtiger Mann brummelte irgendwas in sein Diktiergerät, ein anderer fotografierte, eine Kollegin in weißem Schutzanzug war nur schräg von hinten zu sehen, sie pinselte Pulver auf den Griff der Balkontür, um Fingerabdrücke zu nehmen. Eine junge Frau sicherte Blutspuren an der Kante eines gewaltigen schwarzen Schreibtischs.

Direkt davor, auf dem Boden, lag die Leiche.

„Bring schon mal in Erfahrung, wer das hier ist", sagte Doro über die Schulter zu Fabio.

Dann trat sie näher heran. Die Leiche lag auf dem Rücken. Sie hätte nicht das Gesicht sehen müssen, um zu erkennen, dass es eine männliche Leiche war. Stämmig, kräftig, nicht besonders groß. Der Mann war im Unterhemd gestorben. Feinripp. Ein kleiner schwarz-rot-goldener Aufnäher am Oberarm belegte die Herkunft von der Bundeswehr. Untenrum war die Leiche mit einer Schlafanzughose aus längsgestreiftem Baumwollstoff in Grautönen bekleidet, mit einem eingeschossenen braunen Faden.

„Ach, die Hauptkommissarin“, stichelte der Rechtsmediziner, „auch schon da?“

Sie ignorierte das und beugte sich etwas weiter über den Toten. Seine Augen waren weit aufgerissen und zeigten einen Ausdruck von Überraschung oder Erstaunen. Als habe er seinen Tod nicht glauben wollen. Ansonsten war es ein Allerweltsgesicht ohne besondere Merkmale, nicht ungepflegt oder verwahrlost, die Haare ordentlich geschnitten und seitengescheitelt, selbst noch im Tod. Nur eine Strähne vom Hinterkopf klebte in der Blutlache. Die letzte Rasur dürfte nicht länger als einen Tag zurückliegen, dachte Doro mit Blick auf den allerersten Anflug von Bartschatten. Unter dem etwas hochgerutschten Hemd quoll ein Ansatz von Bierbauch heraus. Aber nicht einmal der Bierbauch war besonders, eher deutsches Normalmaß.

„Haben Sie ihn so aufgefunden?“, fragte sie.

„Ja“, antwortete er, während er die Leiche weiter untersuchte. Ganz offensichtlich wollte er der Kommissarin zu verstehen geben, dass er sie nicht für wichtig genug hielt, um seine Arbeit zu unterbrechen. „Selbstverständlich habe ich auf sie gewartet. Ich habe mir nur erlaubt, seinen Kopf etwas zu drehen.“ Er hielt inne und schaute dem Toten mit einer Art Leuchtstift ins rechte Auge.

„Und?“

„Er hat ein Loch im Hinterkopf.“

Doro richtete sich wieder auf. Sie verkniff sich die Nachfrage, um nicht wie ein kleines Kind dazustehen. Er würde auch so Auskunft geben, das wusste sie aus Erfahrung. Sie und dieser Mediziner mochten sich nicht, aber auf der Arbeitsebene kamen sie miteinander aus. Wann hatte das eigentlich angefangen? Oder war es mit ihm von Anfang an so gewesen? Sie wusste es nicht mehr, und manchmal belastete sie das. Denn sein Verhalten vermittelte ihr den Eindruck, nicht dazuzugehören. Vielleicht hat der auch einfach nur ein Problem mit Frauen, sagte sie sich nicht zum ersten Mal.

Tatsächlich fuhr er nach kurzer Zeit fort: „Ohne mich darauf schon festzulegen, sieht es zumindest auf den ersten Blick so aus, als passte diese Ecke hier ziemlich genau in das Loch.“ Dabei zeigte er auf die Ecke des Schreibtischs, an der die junge Technikerin die Blutspuren sicherte.

Doro blickte von der Leiche zum Schreibtisch und wieder zurück. „Sie meinen, er ist rücklings gestürzt und mit dem Hinterkopf auf die Schreibtischkante geschlagen?“

Jetzt wandte der Rechtsmediziner doch seinen Kopf und warf Doro einen herablassenden Blick zu, soweit das von unten nach oben möglich war. „Frau Kommissarin“, hob er an, „Sie wissen doch …“

„Ja ja ja“, unterbrach ihn Doro genervt. „Aber

Sie würden jedenfalls nicht ausschließen, dass es so gewesen ist, richtig?"

„Soweit sich das zu diesem Zeitpunkt schon sagen …"

„Und gibt es Anzeichen für Fremdeinwirkung?"

„Sie lassen nicht locker", sagte er kopfschüttelnd, klang dabei aber eher belustigt als verärgert. „Sehen Sie hier ein Tigerfell? Oder irgendwas anderes, worüber er gestolpert sein könnte? Nein? Ich auch nicht. Also, wenn ich es wäre, der hier ermittelte, dann ginge ich bis zum Beweis des Gegenteils davon aus, dass mindestens ein zweiter Mensch beteiligt gewesen sein muss."

Doro schaute ihn erstaunt an. Nanu?, dachte sie, was ist denn mit dem los? Hängt sich ja für seine Verhältnisse weit aus dem Fenster.

„Und wenn es so war", fuhr er fort, „also wenn es eine Rangelei gegeben hat oder sogar einen Kampf, dann werde ich in der Obduktion Spuren davon finden. Fremd-DNA unter den Fingernägeln, Druckstellen an den Oberarmen, so was. Und dann werden Sie die Erste sein, die es erfährt, versprochen." Damit wandte er sich wieder der Leiche zu.

„Eine Frage noch …", hob Doro an.

„Er ist noch nicht sehr lange tot!", sagte er, ohne die Frage abzuwarten. „Drei bis sechs Stunden, so weit leg ich mich schon fest! Da staunen Sie, oder?"

Das tat Doro tatsächlich.

„Der Körper ist noch nicht einmal auf Raumtemperatur abgekühlt, die Leichenstarre ist erst ansatzweise ausgebildet und trotz des offenen Fensters hat noch keine Schmeißfliege ihre Eier in die Wunde gelegt."

„Geht doch", sagte Doro spitz.

Sie rechnete noch mit einer Retour, doch bevor der Rechtsmediziner dazu anheben konnte, kam Fabio. „Also", sagte er mit Blick auf einen kleinen Notizblock, „die Kollegen waren schon erfolgreich. Der Tote ist identifiziert. War aber auch kein Kunststück, wir haben seinen Ausweis, und gemeldet ist er hier auch. Er wohnt zur Miete, laut Vermieter allein. Der Mann heißt …", begann er und suchte den Namen auf seinem Block, „… Peter Waschow."

Doro fiel die Kinnlade herunter, nicht nur sprichwörtlich. Sie musste dabei einigermaßen dämlich ausgesehen haben. Fabio bemerkte das und fragte nach: „Was ist mit dir? Sagt dir der Name was?"

„In der Tat", erwiderte Doro langsam und nachdenklich, „der sagt mir was." Nur was?, ergänzte sie in Gedanken. Sie dachte an das schwarze Heft aus Kastens Koffer. *Waschow könnte Verdacht geschöpft haben,* hatte sie dort gelesen, und immer wieder hatte Kastens Großvater sein Misstrauen gegenüber diesem Waschow festgehalten. Und dann war sie in den Notizen von Kasten Junior auf Peter Waschow gestoßen, den Pfleger aus dem Hospiz, der jüngst seine Arbeit beendet hatte. Dem Namen nach war das der Mann, der hier und jetzt tot vor ihr lag.

„Geboren ist der 1952 hier in Rostock“, ergänzte Fabio.

Also ist der vielleicht einfach nur in Rente gegangen, rechnete Doro schnell nach. Die Auszubildende am Telefon hatte ja nicht sagen können, warum Peter Waschow nicht mehr im Hospiz arbeitete. Aber irgendwie war ihr das zu viel des Zufalls: Die Versenkung der *Sansibar*, Kastens Koffer, darin das schwarze Heft mit dem Waschow von 1943 und der Notizblock mit dem Waschow von heute samt Telefonnummer, Kastens Verfolgungsängste, die sie nicht einordnen konnte, jetzt der Tote. Das alles war ihr unklar, sie konnte es nicht erklären und also auch Fabios Frage nicht beantworten.

„Ich bin bei den Ermittlungen auf ihn gestoßen“, sagte sie deswegen nur, „aber das zu erklären, würde jetzt zu weit führen. Ich könnte es auch noch gar nicht. Lass uns erst mal hier umschauen.“

„Okay“, sagte Fabio, obwohl er mit dieser Auskunft sichtlich unzufrieden war. „Aber wonach suchen wir?“

Sie zuckte mit den Schultern. „Das weiß ich auch noch nicht so genau.“ Sie schaute einmal ringsum. Eine Sitzgruppe, ein Schrank, ein Sideboard, der Schreibtisch. Alles wirkte sauber und aufgeräumt. Wenn hier gekämpft oder etwas durchsucht worden sein sollte, dann ohne eine Spur zu hinterlassen. Doro fand das unwahrscheinlich. „Wir suchen einfach irgendwas, von dem aus wir weitermachen können“, sagte sie schließlich. „Ich fange in der Küche an, geh du ins Schlafzimmer. Sobald die Kollegen hier im Wohnzimmer fertig sind, schauen wir uns das genauer an."

Doro ging in die Küche. Es war eine Einbauküche aus dunkelbraunem Holz, mit schwungvoll gedrechselten Intarsien. Die dürfte aus dem gleichen Möbelhaus stammen wie die Sitzgruppe im Wohnzimmer, war ihr erster Gedanke. Auf der Ablage neben der Spüle standen, abgewaschen und zum Trocknen, eine große Tasse und ein Teller, das Spültuch war sauber über den geschwungenen Wasserhahn gefaltet. Beim Öffnen der Tür des Unterschranks hoben sich durch einen Seilmechanismus automatisch die Deckel dreier farbiger Mülleimer. Grau, gelb und grün. In letzterem sah Doro einige benutzte Kaffeefiltertüten, im gelben ein paar leere Joghurtbecher und anderen Verpackungsmüll, ausgespült. Sehr ordentlich, dachte sie. Der Müll im grauen Eimer sah aus wie Müll in einem grauen Eimer. Sie hatte nicht das Bedürfnis, sich den näher anzusehen. Sie schaute sich stattdessen suchend um und öffnete die Kühlschranktür. Ein Glas Spreewald Gurken, Aufschnitt und Käse vom Discounter, in der Tür ein Becher Bautz'ner Senf und drei Eier. Außerdem eine Flasche Nordbrand Pfefferminzlikör. Ein Gourmet war dieser Herr Waschow jedenfalls nicht, dachte sie. Obwohl ihr schon klar war, dass sie hier nicht fündig werden würde, öffnete sie noch nacheinander sämtliche Schranktüren und zog die Schubladen auf. Aber es gab keine Überraschung, nur Besteck und Geschirr, Konserven und Fertiggerichte, diverse Utensilien.

Sie verließ die Küche, checkte mit einem schnellen Blick, dass die Techniker dabei waren, ihre Sachen einzupacken, und ging zu Fabio ins Schlafzimmer. Die Vorhänge waren zugezogen, ihre Augen brauchten einen Moment, sich an das schummrige Licht zu gewöhnen.

„Und?"

„Nix."

„Dachte ich mir irgendwie", sagte Doro mit Blick auf das Einzelbett. Die Decke war zurückgeschlagen und das Kopfkissen zerknautscht. Ganz offensichtlich war Waschow aufgestanden und hatte das Zimmer danach nicht wieder betreten. Möglicherweise hatte ihn der Täter aus dem Bett geklingelt.

„Zwei Pornos im Nachtschrank", ergänzte Fabio. Auch das war keine echte Überraschung.

Doro ging ans Fenster, zog den schweren Vorhang zur Seite und sah eine Balkontür. Sie öffnete sie und trat auf den Balkon hinaus. Ihr Blick fiel geradeaus auf den nächsten Wohnblock, aber wenn sie sich etwas nach links drehte, konnte sie die Bäume eines kleinen Parks sehen. Auf dem Balkon standen ein einfacher Grill, ein Campingtisch mit Stuhl und eine halb volle Kiste Pils. Idyll eines allein lebenden Mannes, dachte sie.

„Frau Weskamp!", hörte sie von innen einen der

Kriminaltechniker rufen, und verließ den Balkon. „Das sollten Sie sich mal anschauen."

Sie ging durch das Schlafzimmer und folgte dem Kollegen ins Wohnzimmer. Er wies stumm in die oberste Schublade des Sideboards, die jetzt weit ausgezogen war. Doro schaute hinein und erstarrte. Sie spürte einen Adrenalinschub, wie beim Beschleunigen in der Achterbahn. Fast im selben Moment stieß sie einen erstaunten Pfeifton aus. Die Schublade war voller Waffen. Dicht an dicht standen darin mindestens 10 oder 15 Pistolen, akkurat ausgerichtet in speziellen Halterungen, wie in einem Waffengeschäft. Sie nahm eine heraus, wog sie in der Hand, entnahm das Magazin und zog den Schlitten zurück. Das wäre eigentlich unnötig gewesen, denn sie hatte sofort gesehen, dass diese Pistolen echt waren. Das war kein Spielzeug. Sie schloss die Schublade und zog die darunterliegende auf. Es überraschte sie nicht wirklich, darin weitere Pistolen zu finden. Und jetzt fiel ihr auch auf, dass es alles identische Modelle waren: SIG Sauer P225, die alte Dienstwaffe der hiesigen Polizei, so eine hatte sie selbst einige Jahre geführt. In der unteren Schublade erwartete sie weitere Pistolen. Stattdessen fand sie jede Menge Schachteln mit Munition. Kaliber 9x19, passend zu den Pistolen.

Unterdessen war Fabio neben sie getreten. Es hatte so ausgesehen, als habe er etwas Wichtiges zu sagen. Aber jetzt schien er das vergessen zu haben und schaute genauso perplex in die Schubladen wie Doro. Sie zogen nach und nach sämtliche Schubladen auf, in allen fanden sich Waffen oder Munition. Spätestens mit den fünf Maschinenpistolen vom Typ Heckler & Koch MP5 war ihnen endgültig klar, dass es sich hier nicht um den Verstoß eines Sammlers gegen Aufbewahrungsvorschriften handelte. Sondern um ein illegales Waffenlager. Und zwar ein Lager ehemaliger Polizeiwaffen.

In einer der Schubladen fand Doro eine unbeschriftete Pappschachtel und öffnete sie vorsichtig. Darin waren Ausweise in blauem Leineneinband. In der Mitte prangte ein Adler, unten stand *Reisepass* und oben *Deutsches Reich*. Sie nahm einen heraus und blätterte ihn durch. Es waren Blankopapiere. Aber in der Schachtel war auch ein Stempel. Sie drückte den auf ihren Handballen. *Ministerium des Inneren* konnte sie entziffern. Sie schaute Fabio entsetzt an.

„Hammer!“, entfuhr es ihm.

„Ja, Hammer“, wiederholte sie. „Das kannst du laut sagen. Unser ordentlicher Herr Waschow war offensichtlich einer dieser Reichsbürger.“

„Wie heißen die, die meinen, sich auf einen Bürgerkrieg vorbereiten zu müssen? Gerold hat das Wort doch vorhin erst gesagt. Prepper?“

„Genau. Und ein Wolf im Schafspelz war er auch, von wegen Krankenpfleger.“

Für einen Moment fehlten beiden die Worte. „Nur der Form halber“, sagte Doro dann zu Fabio,

„kläre nachher mal ab, ob der Mann einen Waffenschein hatte. Oder eine Waffenbesitzkarte als Sportschütze."

Fabio wiegte zweifelnd den Kopf. „Eine Waffenbesitzkarte für mehrere Dutzend Polizeiwaffen samt Munition in völlig ungesicherten Schubladenschränken? Wohl eher nicht."

Doro wusste selbst, dass er sich diese Mühe eigentlich auch sparen konnte. „Wie gesagt, nur der Form halber."

Sie schloss die Schubladen und nahm sich die Gegenstände vor, die auf dem Sideboard lagen. Der Stahlhelm war ihr gleich nach ihrer Ankunft ins Auge gefallen, aber da hatte sie die Techniker nicht bei der Arbeit stören wollen. Jetzt nahm sie ihn in die Hand. Sie verstand nicht viel von Stahlhelmen, aber dieser sah aus wie die Helme in alten Kriegsfilmen. Deutsche Wehrmacht. Sie legte den Helm zur Seite, nahm stattdessen einen großen Dolch in die Hand und zog vorsichtig die Klinge aus der Scheide. *Kamerad Peter Waschow für Treue und Tapferkeit* war hineingraviert. Doro verzog angewidert das Gesicht und legte auch den Dolch zurück. Sie beugte sich über das Modell eines Kriegsschiffes, ein graues Plastikmodell, wahrscheinlich aus einem Fertigbaukasten, und trotz der Kanone auf dem Vorschiff musste Doro unwillkürlich lächeln. Ihr großer Bruder hatte solche Modelle gefertigt, eines nach dem anderen und mit ungeheurem Eifer, da musste er so 10 oder 12 Jahre alt gewesen sein. Sie hatte ihm manchmal beim Basteln helfen und die kleinen Teile aus den Gussbögen auslösen dürfen. Panzer, Schiffe, Flugzeuge. Nach und nach hatte er das ganze Arsenal aller Armeen des Zweiten Weltkriegs zusammengeklebt. Mit Blick auf dieses Modell wunderte sich Doro darüber. Warum in aller Welt, fragte sie sich plötzlich, haben Kinder in den Siebzigern eigentlich noch so viel Kriegsspielzeug gehabt? Und so selbstverständlich? Sie konnte sich nicht daran erinnern, dass jemals einer das kritisiert hatte, jedenfalls nicht ihre Eltern oder Großeltern. Dann las sie das Schild auf dem Ständer des Modells: *Torpedoschnellboot Nr. 852 Rudolf Breitscheid 1970-1986.* Offensichtlich war das ein Schiff der Volksmarine der DDR.

Auf dem Sideboard standen auch einige gerahmte Fotos. Ein sichtbar altes Schwarz-Weiß-Bild zeigte einen Fischkutter. Zwei Männer in Ölzeug hielten ein Netz in den Händen und schauten mit stierem Blick in die Kamera, wie es oft auf solch alten Bildern war. Der Fotograf musste an Land gestanden haben. Doro entzifferte den Schriftzug *WAR 147* am Bug. *WAR,* dachte sie, das dürfte das Fischereizeichen von Warnemünde sein. Ein anderes Foto war etwas neueren Datums. Darauf waren in verblichenen Farben mehrere Männer in Uniform abgelichtet. Im Hintergrund erkannte Doro den Radarturm von Warnemünde. Sie beugte sich vor und betrachtete der Reihe nach die einzelnen Personen. Beim dritten

Mann von links war sie sich sicher: Das ist Waschow! Der war also offensichtlich beim Militär.

Sie nahm ihr Smartphone aus der Tasche und wählte Terbergers Nummer. Der meldete sich sofort: „Und? Wie sieht's aus?"

„Höchst interessant", antwortete Doro und kam ohne weitere Erklärungen gleich zur Sache. „Gerold, du hast doch einen heißen Draht zur Marine."

Terberger schwieg.

„Kannst du bitte mal herausfinden, ob und wann ein gewisser Peter Waschow bei der Truppe war?"

Er räusperte sich verlegen.

„Ich meine, auf dem kurzen Dienstweg. Wenn ich da anfrage, dauert das bekanntlich Wochen."

Terberger atmete tief durch.

„Komm schon", drängte Doro, „das kann doch nicht so schwer sein!" Sie wartete auf eine Reaktion. „Also Waschow, wie man's spricht, hinten mit o-w, geboren ist er 1952. Vermutlich war er in Warnemünde stationiert."

„Ich melde mich gleich zurück", sagte er nur und beendete das Gespräch.

Doro beriet mit Fabio und den Kollegen das weitere Vorgehen. Sie waren gerade damit fertig, als ihr Handy klingelte.

„Du hattest recht", sagte Terberger, „Peter Waschow war bei der Bundesmarine. Er ist ausgebildeter Kampftaucher. War erst bei der NVA in einem Spezialkommando, ist dann 1990 übernommen worden. Da war er natürlich schon nicht mehr im aktiven Tauchdienst. Hat noch irgendwas in der Verwaltung gemacht."

„Sieh an", sagte Doro nachdenklich.

„Übrigens die gleiche Einheit wie unser Klaus Müller", fügte Terberger noch an.

Doro horchte auf. „Die kannten sich?"

„Keine Ahnung. Klaus ist ja deutlich jünger. Aber über den Weg gelaufen sind die sich ganz bestimmt mal."

Das war erst einmal eine Information, mit der Doro nichts anfangen konnte. Dass die Rechten gut vernetzt waren, war keine Neuigkeit. Und dass dies für zwei Männer galt, die auch noch in der gleichen Einheit der Marine gedient hatten, konnte sie auch nicht überraschen. Aber die Verbindung zwischen Müller und Waschow ging möglicherweise weit darüber hinaus. Immerhin sah es so aus, als habe Müller in großem Maßstab Polizeiwaffen gestohlen. Und das hier waren Polizeiwaffen. Und zwar weitaus mehr, als allen Rostocker Kollegen zusammen in den zurückliegenden Jahren abhandengekommen waren. Hatte Müller diese Waffen besorgt? Die SIG Sauer wurde seit einiger Zeit nach und nach gegen eine neue Dienstpistole ausgetauscht. Hatte sich Müller vielleicht die Waffen unter den Nagel gerissen, bevor sie verkauft oder vernichtet wurden? Wäre ja nicht das erste Mal, dachte Doro. Immer wieder mal tauchten ehemalige Dienstwaffen bei Verbrechen oder in illegalen Waffenlagern wieder auf.

Sie war ganz zuversichtlich, dass diese Fragen bald aufgeklärt würden. Immerhin hatten sie Müller dingfest gemacht, und die Internen waren nicht gerade dafür bekannt, besonders lax zu ermitteln. Im Gegenteil. Aber ob sich auch die Verbindung zu Waschow nachvollziehen ließ? Und was hatte Waschow mit dem Untergang der *Sansibar* zu tun? Es gab jetzt mehrere Verbindungslinien zwischen diesen beiden Fällen, aber alle waren gleichermaßen dünn. Sie musste wenigstens in einem der beiden Fälle schnelle Ergebnisse liefern, sonst würde sie unter Druck geraten.

Fabio stand immer noch neben ihr. Jetzt fiel ihr wieder ein, dass er vorhin so ausgesehen hatte, als habe er Neuigkeiten. „Was wolltest du mir eigentlich eben sagen?“, fragte Doro.

Fabio druckste ungewohnt herum. Er schien offensichtlich nicht zu wissen, wie er anfangen sollte.

„Nun sag schon!“

„Also“, begann er schließlich, „da hatte sich eben eine Nachbarin gemeldet, aus der Wohnung genau unter dieser. Die hat etwas beobachtet.“

Doro machte eine auffordernde Geste.

„Sie sagt, da sei ein ‚komischer Typ‘ gewesen, so hat sie sich ausgedrückt. Der soll in letzter Zeit mehrfach hier vor dem Haus gestanden haben. Sie sagt, sie habe gedacht, dass der Waschow beobachtet hat. Einmal will sie ihn auch hier oben vor der Tür gesehen haben.“

„Na, das ist doch mal was!“, freute sich Doro. „Und konnte sie den Mann beschreiben?“

„Ja.“ Fabio schaute sie an.

„Und? Nun lass dir doch nicht alles aus der Nase ziehen!“

„Um die fünfzig. Kahl geschoren. Und mit offenen Schnittwunden am Schädel, die teilweise noch blutig waren.“

Clemens Kasten. Das fühlte sich an wie ein Schlag in den Magen. Hatte sie sich in dem Mann getäuscht? Ihn falsch eingeschätzt? Vor zwei Stunden erst hatte sie Terberger und den anderen Kollegen erklärt, dass Kasten aus ihrer Sicht nicht der Täter im Fall *Sansibar* sein konnte. Diese Ärztin und er selbst hatten sie derart von seiner Friedfertigkeit überzeugt, dass sie ihn vollständig von ihrer imaginären Liste der Verdächtigen gestrichen hatte. Und das nach nur einem informellen Gespräch am Krankenbett, ohne offizielle Vernehmung, ohne Abgleich der Spuren am Seeventil und am Niedergang, ohne abschließenden Obduktionsbericht zur Leiche des Syrers. Nur nach Bauchgefühl und ein paar vagen Indizien seiner Unschuld. Das war absolut unprofessionell! Sie hätte wenigstens einen Kollegen in Gehlsdorf vor seinem Zimmer stationieren und Kasten ganz offiziell vernehmen müssen, sobald er dazu in der Lage gewesen wäre. Und bevor er in der Südstadt einen Mann erschlagen konnte, dessen Lebenslinie sich in irgendeiner Form mit der seinen überschnitten hatte. Hatte am Ende sie selbst Kasten in Zugzwang gesetzt? Hatte sie irgendwas ausgesprochen und ihn zu dieser Tat verleitet? Doro machte sich Vorwürfe. Aber noch mehr fürchtete sie die Vorwürfe, die Terberger ihr machen würde, sobald der davon erfuhr. Scheiße, scheiße, scheiße!

„Fabio", sagte sie sichtlich aufgebracht, „schick sofort einen Wagen nach Gehlsdorf, Station 7. Clemens Kasten. Wenn er da ist, sollen die ihn sofort verhaften, egal was seine Ärztin sagt. Gefahr im Verzug oder was auch immer! Und wenn er nicht mehr da ist, lass ihn zur Fahndung ausschreiben. Das volle Programm."

„Alles klar", sagte Fabio.

Doro spürte eine ungeheure innere Unruhe. Wenn Kasten Waschow erschlagen hatte, war ihre Fehleinschätzung mehr als ein peinlicher Patzer. Waschow könnte noch leben. Der Gedanke sog sofort alle Energie auf, auch wenn ihr der Tote alles andere als sympathisch erschien. Vielleicht hätten sie über Müller und ihn das ganze Netzwerk ausheben können, und ihr Dilettantismus hatte diesen Zugriff jetzt unmöglich gemacht. Sie wusste im Moment nicht, wohin mit sich, nahm ein Kissen aus dem nächsten Sessel in die Hände und ließ sich rücklings ins Polster fallen. Sie legte sich das Kissen auf den Bauch und schloss die Augen. Ihr Herz pochte, als wollte es herausspringen. Sie hörte Fabio telefonieren. Ihre Dienstwaffe im Holster drückte schmerzhaft gegen die linke Seite ihres Brustkorbs. Langsam wurde ihr Atem ruhiger, auch wenn sie sich immer noch maßlos ärgerte und Angst vor dem Spott der Kollegen hatte. Sie öffnete die Augen und blickte auf die Rückwand des Zimmers, die Wand zwischen Wohnzimmerschrank und Sideboard. Dort hingen Bilder, die sie bis jetzt zwar wahrgenommen, aber noch nicht näher betrachtet hatte. Ihr Blick fiel auf einen freien Nagel mitten an der Wand.

Sie quälte sich mühsam aus dem Sessel und ging näher heran. Es waren mehrere Gemälde, hochwertige Reprints berühmter Kunstwerke, aufwendig auf strukturierte Leinwand gedruckt und gerahmt. Doro war keine Kunstkennerin, aber Edvard Munchs *Schrei* und Picassos *Frauen von Avignon* erkannte sie. Nach kurzem Nachdenken fiel ihr auch ein, wie der Künstler mit den rot-gelb-blauen Flächen hieß: Mondrian. Doro stutzte. Ein Reichsbürger und vermeintlicher Rechtsradikaler mit einer Vorliebe für bildende Kunst? Noch dazu für solche, die den Nazis als ‚entartet' galt? Wie passte denn das jetzt wieder zusammen? Wobei sie mal irgendwo gelesen hatte, dass Hermann Göring in seinem Landsitz in der Schorfheide solche Kunstwerke gehortet haben soll. Der hatte wahrscheinlich auch Bilder an den Wänden und Pistolen in den Schubladen. Und ganz gut verdient haben die Nazis ja an den geraubten Werken auch. Gedankenverloren umspielte sie den freien Nagel mit dem Zeigefinger. Da wird wohl noch ein

Bild gehangen haben, sagte sie sich. Eines, das den Täter interessiert hat? Oder ein Foto? War er vielleicht drauf? Hatte an diesem Nagel das Tatmotiv gehangen, zwischen den anderen Bildern?

11

Gestern Abend war eine Flasche Rotwein nicht genug gewesen. Aber ihre Vorräte waren zur Neige gegangen. Doro hatte erst noch versucht, ein Buch zu lesen, aber ihre Augen waren nur unruhig zwischen den Zeilen hin- und hergesprungen. Schließlich war sie zum Spätkauf um die Ecke gegangen. Neben die Flasche hatte sie irgendeinen Hygieneartikel in ihren Einkaufskorb gelegt, um dem Eindruck entgegenzuwirken, sie sei nur wegen des Alkohols gekommen. Wie die meisten Kunden dieses Geschäfts. Irgendwann war sie endlich ins Bett gefallen und eingeschlafen, dann aber schon kurz darauf aus einem Traum erwacht, an den sie sich nicht mehr hatte erinnern können. Ihr Herz hatte unruhig geschlagen, zu schnell und zu laut, geradezu pochend. Sobald sie das wahrgenommen und sich darauf fokussiert hatte, war es ihr nicht mehr gelungen, sich selbst zu beruhigen. Im Gegenteil, sie hatte sich mehr und mehr hineingesteigert und plötzlich auch Aussetzer gespürt. Es hatte sich angefühlt, als ob ihr Herz stolperte und anschließend kurz Pause machte, um sich davon zu erholen. In letzter Zeit war das häufiger vorgekommen. Sie hatte sich deswegen schon untersuchen lassen, aber die Ergebnisse waren unauffällig. Da ist keine körperliche Ursache erkennbar, hatte der Arzt gesagt, vielleicht ist es stressbedingt. Aber Doro konnte sich das hundertmal vorsagen, es beruhigte sie nicht. Diese Aussetzer waren einfach da, sie waren spürbar und sie waren heftig. Sie machten ihr Angst. Und sie sagten ihr, dass es so nicht mehr lange weitergehen konnte.

Als draußen die erste Amsel zu singen begann, lag Doro schweißgebadet im Bett und fühlte sich wie gelähmt. Es kostete sie enorme Überwindung, mit den Fingern der linken Hand an der rechten den Puls zu nehmen und mitzuzählen. Siebenundfünfzig – achtundfünfzig – neunundfünfzig – ... Jederzeit rechnete sie mit dem plötzlichen Exitus. Dieser junge Arzt konnte sich geirrt haben. Hatte der sie wirklich richtig untersucht? War der überhaupt schon fertiger Arzt oder noch in der Ausbildung? Hätte er nicht noch weitere Untersuchungen machen müssen?

In den wenigen Sekunden, in denen sie nicht auf ihren Herzschlag horchte, dachte sie an die letzten zwei Tage zurück. An den Besuch in der Gehlsdorfer Klinik. Und an den Toten aus der Südstadt. Sie hatte wahrscheinlich einen schweren Fehler gemacht, hatte einen Verdächtigen falsch eingeschätzt und entwischen lassen. Das war unprofessionell, anfängerhaft, ja dämlich gewesen. Sie fürchtete den Spott der Kollegen, deren Gehässigkeit und Schadenfreude. Endlich hatte die Weskamp mal einen Fehler gemacht, würden sie freudig denken und hinter vorgehaltener Hand auch aussprechen, diese oberschlaue Wessi-Tante, die immer alles besser kann und weiß. Geschieht ihr recht! Sie verfiel in eine ungesteuerte Grübelei, führte innere Dialoge mit den Kollegen und Clemens Kasten und dieser Ärztin, sagte sich selbst, was sie denen hätte sagen sollen oder noch sagen wollte.

Und Terberger? Was dachte der jetzt von ihr? Sie war gestern aus der Südstadt sofort in die Inspektion gefahren und hatte ihm von ihrem möglichen Fauxpas berichtet. Oder war es eine Beichte? Immerhin hatte Terberger den Kasten zuvor zum Hauptverdächtigen im Fall *Sansibar* erklärt, und sie war es gewesen, die vehement dagegengesprochen hatte. Er hatte den Mann als psychisch krank bezeichnet, sie hatte widersprochen. Hochnäsig, besserwisserisch. Und jetzt sah alles danach aus, dass Kasten kurz nach ihrem Gespräch aus der Klinik in Gehlsdorf direkt in die Südstadt gefahren war und diesen Waschow erschlagen hatte. Warum auch immer. Wahrscheinlich hatte Terberger recht: Kasten war wirklich krank. Aber es war ihm gelungen, sie, Hauptkommissarin Dorothea Weskamp, um den kleinen Finger zu wickeln. Sie schämte sich, auch wenn Terberger sehr souverän reagiert und ihr keinerlei Vorwürfe gemacht hatte. Seine Aufforderung, dazu einen Bericht zu schreiben, und zwar „zeitnah“, wie er sich ausgedrückt hatte, hatte sie allerdings als versteckten Vorwurf empfunden. Als Vorstufe zum Innendienst.

Als die Blaumeisen anhoben, war der Harndrang nicht mehr auszuhalten. Doro überwand ihre Lähmung, schlug die Bettdecke zurück und tapste ins Bad. Nachdem sie sich Erleichterung verschafft hatte, blieb sie noch eine Weile sitzen. Sie atmete konzentriert und horchte in sich hinein. Ihr Herz schlug jetzt gleichmäßig. Langsam regte sich auch wieder die Ermittlerin in ihr und drängte nach und nach alle Gefühle und Empfindungen in den Hintergrund. Ja, sie hatte einen Fehler gemacht. Den musste sie wettmachen. Sie musste diesen Kasten finden und verhaften, und zwar schnell. Und diese Andres vielleicht gleich mit. Allerdings hatte sie keine Idee, wo sie ihn suchen sollte, und gegen die Ärztin überhaupt nichts in der Hand.

In der Klinik war Kasten nicht mehr, so viel wusste sie. Denn Fabio hatte sofort eine Streife dorthin geschickt, aber das Krankenzimmer war leer gewesen und das Bett abgezogen. Andres hatte sich auf die ärztliche Schweigepflicht berufen und jede Auskunft verweigert. Obwohl sie die Rechtslage und das übliche Gewese um den hippokratischen Eid kannte, hatte Doro dieses Schweigen in ihrem Verdacht bestärkt, dass Kasten und Andres mehr verband als das Verhältnis des Patienten zur Ärztin. Die Kollegen hatten nicht einmal herausfinden können, wann er die Klinik verlassen hatte. Oder wie. Oder ob allein oder in Begleitung. Über die Taxizentrale waren sie auch nicht weitergekommen, kein Fahrer konnte oder wollte sich an diesen Gast erinnern. Manchmal ärgerte sich Doro, keine Aussagen erzwingen zu dürfen, egal mit welchen Mitteln.

Jedenfalls war Kasten verschwunden, weg, vielleicht abgetaucht. Es gab zwar eine Meldeadresse, die hatten die Kollegen längst recherchiert, aber dort war er nach übereinstimmender Auskunft mehrerer Anwohner seit Wochen nicht mehr aufgetaucht. Seine tatsächliche Wohnung, die *Sansibar*, lag noch auf dem Grund des Hafenbeckens. Bei Christopher Darr konnte sich Kasten kaum aufhalten, dessen Freundin würde das nicht zulassen und wahrscheinlich sofort die Polizei rufen. Das Wenige, was sie bis jetzt herausgefunden hatte, bot keine Anhaltspunkte. Soziale Kontakte waren nicht bekannt, auch keine Familie, keine Freundin.

Am Nachmittag hatte Fabio den Fahndungsaufruf an alle Kollegen herausgegeben, in Ermangelung eines Fotos nur mit Personenbeschreibung: *54 Jahre, ca. 1,80 m, normale Statur. Besonderes Merkmal: rasierter Schädel.* Aber das war mehr eine Verlegenheitsmaßnahme. Diese Beschreibung passte ja heute auf sehr viele Männer.

Ich werde mir diese Andres noch mal vornehmen, dachte sie. Dabei fiel ihr deren Einladung wieder ein, mit den Ärzten und Therapeuten eine Ausfahrt mit dem Schiff zu machen. Das war doch heute! Ab siebzehn Uhr, wenn sie sich recht erinnerte. Vielleicht ist das eine gute Gelegenheit, dachte Doro, ihr mal auf den Zahn zu fühlen, so in lockerer Umgebung außerhalb der Klinik, bei Sekt oder Bier. Und vielleicht doch noch etwas über Kasten zu erfahren.

Sie stand auf, betätigte die Spülung, warf Slip und Shirt in den Wäschekorb und ging unter die Dusche. Eine ganze Weile ließ sie das Wasser aus der Brause über Kopf und Schultern fließen und strich es sich nur ab und an aus den Augen. Dann trocknete sie sich ab und putzte ihre Zähne. Den Blick in den Spiegel vermied sie. Schließlich stand sie in Jeans und Kapuzenjacke wieder einigermaßen fest auf ihren Beinen und steckte die Pistole ins Holster. „Auf geht's, Doro", sagte sie leise zu sich selbst.

In der Inspektion ging sie an Fabios Büro vorbei und war überrascht, ihn dort schon anzutreffen. Es war schließlich gerade mal sieben. Er saß an seinem Computer und schien konzentriert zu arbeiten.

„Guten Morgen", sagte sie zaghaft und prüfend, wie er reagieren würde. Sie hatte Angst, er könnte sie mit einem abschätzigen Blick bedenken. Ihr Fehler bedeutete für ihn Mehrarbeit.

„Guten Morgen, Doro", sagte er aber gewohnt freundlich, beinahe fröhlich, mit dem ganzen Schwung eines Menschen, der morgens frisch und erholt aufgewacht war und schon ein gesundes Frühstück aus Obst und Cerealien zu sich genommen hatte, „nimm dir einen Kaffee und hör dir an, was ich herausgefunden habe."

Doro folgte dem Angebot, obwohl sie sich nicht sicher war, was ihr Magen dazu sagen würde. Dann lehnte sie sich mit der Schulter an einen Schrank und nahm einen ersten Schluck.

„Die *Sansibar* hat eine eigene Internetseite", begann Fabio mit Blick auf den Bildschirm und der Maus in der Hand, „*www.traditionsschiffsansibar.de.* Laut Impressum betreibt die ein Verein gleichen Namens. Und die Seiten sind wirklich hochinteressant!"

Doro hörte aufmerksam zu.

„Erst mal das Schiff selbst: Die *Sansibar* ist mehr als 100 Jahre alt. Eigentlich wurde sie in Büsum für die Nordsee gebaut, als Fischkutter, übrigens ohne richtige Besegelung, die fuhren zu dieser Zeit schon unter Maschine. Mitte der dreißiger Jahre hat sie ein Fischer aus Warnemünde gekauft, seitdem ist sie hier. Und noch bis in die siebziger Jahre ist das Schiff in der Fischerei gewesen. Dann lag es eine ganze Zeit an Land und wäre wohl abgewrackt worden, wenn es nicht als Kulisse für irgendwelche Piratenfestspiele auf Rügen gebraucht worden wäre. In den Neunzigern hat es dann dieser Verein gekauft und wieder aufgebaut. Beziehungsweise als Zweimaster für Gästefahrten umgebaut."

„Sehr spannend", sagte Doro ohne ehrliche Begeisterung, „aber warum erzählst du mir das?"

Fabio grinste. „Weil es noch besser kommt! Die *Sansibar* hieß nämlich ursprünglich nicht so. Den Namen hat das Schiff erst mit dem Umbau bekommen, nach einem Roman von Alfred Andersch." Er machte eine Pause.

„Und?"

„Getauft wurde es auf den Namen *Helgoland.*"

Doro rollte mit den Augen. Komm zur Sache!, hieß das.

„Aber 1938 wurde es umgetauft, und zwar nach der ersten Tochter der damaligen Eigner. Der neue Name des Schiffes war *Marianne.*" Doro stockte der Atem: So hieß der Kutter in dem Notizbuch. Fabio schaute weiter auf den Bildschirm und fuhr fort: „Und jetzt rate mal, welches Fischereizeichen die *Marianne* hatte!"

„Keine Ahnung, sag es mir."

„WAR 147."

Das Foto in Waschows Wohnung! In ihrem Kopf überschlugen sich die Gedanken. *Sansibar, Marianne, WAR 147* – das waren drei Namen ein und desselben Schiffes. Des Schiffes in dem Notizheft von 1943 und auf dem Schwarz-Weiß-Foto an der Wand. Und des Schiffes, das heute versenkt im Rostocker Hafen lag. Der Fischkutter von Clemens Kastens Großvater Paul hatte die Zeiten überdauert.

Aber wie passte das mit den einzelnen Personen

zusammen? Der Waschow aus dem Notizheft konnte nicht Peter Waschow sein, der war erst 1952 geboren. Vielleicht dessen Vater? War Waschows Vater der Bootsmann der *Marianne,* dem Kasten in seinen Notizen so misstraut hatte? Dann sind das die beiden Männer auf dem Foto. Aber was hatten nun Clemens Kasten und Waschow Junior miteinander zu tun? Der Enkel des damaligen Eigners und der Sohn des Bootsmannes treffen Jahrzehnte später aufeinander – sollte das wirklich nur ein Zufall sein? Das war unwahrscheinlich, zumal der eine jetzt abgetaucht und der andere tot war.

„Es gibt da übrigens noch eine interessante Geschichte zu dem Schiff", unterbrach Fabio ihren Gedankenstrom und zeigte dabei auf den Bildschirm, „mit der *Marianne* wurden im Krieg Flüchtlinge über die Ostsee nach Schweden gebracht."

Doro hörte mit halb offenem Mund zu, sie konnte noch nicht fassen, wie sich hier eins zum anderen fügte.

„Juden, Kommunisten, Homosexuelle. Mehrere Dutzend Menschen sind so vor den Nazis gerettet worden. Bis 1943, da ist das aufgeflogen und die Gestapo hat den Eigner verhaftet ..."

Paul Kasten, dachte Doro, also hat der Waschow ihn am Ende tatsächlich verraten.

„... und gefoltert. Anscheinend haben sie einen bestimmten Flüchtling gesucht, und der Eigner hat ihnen wohl den Namen genannt."

Das muss dieser *F.* gewesen sein, kombinierte sie. „Steht da ein Name?“

„Nein.“

„Oder was aus dem geworden ist?“

„Hier steht nur: *Viele wurden in Auschwitz ermordet*“, las Fabio ab. „Übrigens sind einige ehemalige Flüchtlinge und deren Nachkommen heute Mitglieder des Fördervereins der *Sansibar*, einmal im Jahr treffen die sich an Bord. Aber das nur am Rande.“

„Und der Eigner? Was ist aus dem geworden? Hat der das überlebt?“

„Steht hier nicht. Aber wenn der auch ermordet worden wäre, stünde es bestimmt da.“

Doro sortierte diese Informationen im Kopf, legte nacheinander einen Stein zum anderen.

„Er hat überlebt“, sagte sie dann langsam und bedeutungsvoll.

Fabio schaute überrascht vom Bildschirm auf und sie an.

„Der Mann hieß Kasten, Paul Kasten, und es war der Großvater unseres flüchtigen Clemens Kasten.“

Der Zeitpunkt war überfällig, Fabio von ihren Kofferfunden und Erkenntnissen zu berichten. Es war zwingend notwendig, ihn auf den gleichen Stand zu bringen. Denn sie wusste zwar noch immer nicht, *wie* das alles zusammenhing, aber sie war sich ganz sicher, *dass* es zusammenhing. Und dass diese Spur in die letzten Jahre des Weltkriegs sie zur Auflösung beider Fälle führen würde. Also berichtete sie, mit allen Fragezeichen, die sie selbst immer noch im Kopf hatte.

Fabio hörte ihr aufmerksam zu. „Und dieses Bild?“, fragte er, nachdem sie bei dem blanken Nagel angekommen war. „Was glaubst du, hat es damit auf sich?“

„Wenn ich das wüsste!“, seufzte Doro.

Sie schwiegen beide nachdenklich. Schließlich raffte sich Doro auf. „Ich bin bei mir drüben“, sagte sie im Hinausgehen.

Sie betrat ihr Büro und betastete die Gegenstände auf der Leine. Sie waren trocken. Doro holte den Koffer und legte alles nach und nach hinein. Das Notizheft, den Kellnerblock, die Zeitungsausschnitte. Dabei überflog sie alles noch einmal und las erneut den Namen des Berliner Anwaltes für Kunstrecht: *Dr. Kurt Flick.* Zuletzt holte sie den Teddybär von der Fensterbank. Der war allerdings noch etwas feucht, deswegen platzierte sie ihn vorsichtig in den geöffneten Deckel, sodass er weiter trocknen konnte. Dann setzte sie sich an ihren Schreibtisch, verschränkte die Hände hinter dem Kopf und streckte beide Beine von sich.

Plötzlich kam ihr eine Idee. Ohne groß darüber nachzudenken, fuhr sie den Computer hoch und recherchierte die Kanzlei dieses Anwaltes, fand die zugehörige E-Mail-Adresse und schrieb eine spontane Mail: *Sehr geehrter Herr Dr. Flick, bei Recherchen in zwei Todesfällen geht es auch um ein Bild von Max*

Liebermann, Düne mit Kind. *Soweit ich das einem Zeitschriftenartikel entnehmen konnte, gilt es als verschollen. Ist das richtig oder ist es unterdessen gefunden worden? Gibt es einen Verdacht, wo solch ein Bild heute sein könnte? Wer würde es kaufen, wenn es wieder auf den Markt käme? Und wie wäre der Wert? Mit freundlichen Grüßen, Dorothea Weskamp.* Um der Sache Nachdruck zu verleihen, setzte sie ihre offizielle Signatur darunter.

Nur wenige Minuten, nachdem sie die Mail abgesendet hatte, klingelte ihr Telefon. Es war Dr. Flick persönlich.

„Was wissen Sie über dieses Bild?“, fragte er nach einer äußerst knappen Begrüßung. Er klang aufgeregt. Nachdem Doro noch einmal bekräftigt hatte, dass sie das Bild nicht gefunden hatte, sondern lediglich im Rahmen ihrer Ermittlungen darauf gestoßen war, schien er enttäuscht zu sein. „Ich hatte schon gehofft, es sei endlich irgendwo aufgetaucht.“

„Bis jetzt leider nicht.“

Doro wiederholte ihre Fragen aus der Mail. Das Bild stamme aus der Sammlung eines jüdischen Industriellen, erklärte Dr. Flick. Der sei, wie so viele andere auch, von den Nazis enteignet worden, seine Sammlung zerschlagen. Wahrscheinlich hatte man viele der Bilder zu Geld gemacht, immerhin waren darunter Picassos, Monets, Kandinskis, die auch damals schon viel Geld brachten. Nicht wenige werden sich die Nazi-Schergen auch selbst unter den

Nagel gerissen haben. Einige dieser Bilder seien im Laufe der Jahrzehnte an unterschiedlichen Orten wieder aufgetaucht, in Museen und Privatsammlungen auf der ganzen Welt. Auch in der Sammlung Gurlitt seien einige kleinere Arbeiten gewesen, aber eher unbedeutende Zeichnungen und Skizzen.

„Und *Düne mit Kind*?“, fragte Doro dazwischen.

„Das nicht. Von dem Bild fehlt seitdem jede Spur. Wenn es wiederauftauchen würde“, schloss Dr. Flick, „wäre das eine Sensation!“

„Und was heißt das in Zahlen?“

„Schwer zu sagen. Aber angesichts der rasanten Entwicklung am Kunstmarkt dürfte das kaum unter zwei Millionen weggehen. Wenn das mal reicht.“

Doro war nicht wirklich überrascht. „Wenn ich's finde, machen wir halbe-halbe“, sagte sie scherzend zum Abschied. Sie war sich allerdings nicht ganz sicher, ob der Anwalt das als Scherz verstanden hatte.

Sie drehte sich auf dem Stuhl Richtung Fenster. Kaum unter zwei Millionen, dachte sie dabei, da hatte ich schon weitaus preiswertere Mordmotive. Dafür muss eine alte Frau verdammt lange stricken. Oder ein Kampftaucher tauchen. Oder ein Traditionsschiffsschipper Gäste schippern. Oder eine Ärztin …

Sie konnte diesen Gedanken nicht zu Ende führen, weil Fabio klopfte. Doro drehte sich mit dem Stuhl schwungvoll zur Tür. „Kommst du?“, fragte er. Sie wusste nicht, was er meinte. „Dienstberatung beim Chef! Hat er dich nicht informiert?“

Ihr Mund wurde sofort staubtrocken. Schon wieder eine Beratung? Wieso wusste sie nichts davon? Sie spürte die Unruhe aufziehen, und auf den wenigen Metern zwischen ihrem und Terbergers Büro steigerte sie sich noch weiter hinein. Sollte es dabei um sie gehen? Würde Gerold sie vor versammelter Mannschaft vorführen? Oder hatte sich eine neue Sachlage ergeben? Doro schossen verschiedene Rechtfertigungen für ihre Fehlentscheidung durch den Kopf. Aber das hatte sie doch schon alles mit ihm besprochen! Ihr Puls ging spürbar in die Höhe. Als sie im Chefbüro angekommen waren, bemerkte sie, dass sie eigentlich dringend auf die Toilette musste. Dazu war es jetzt zu spät.

Es war die gleiche Runde wie am Vortag, und alle saßen auch auf den gleichen Plätzen. Nur Tom Schroeder fehlte. Doro hätte sich besser gefühlt, wenn er da gewesen wäre. Der würde sie nicht auflaufen lassen, das spürte sie, ihr sicher sogar zur Seite stehen. Aber es half nichts, sie war allein.

„Ich habe euch noch einmal hergebeten", begann Terberger, und Doro hielt den Atem an, „weil es Neuigkeiten von Klaus gibt, die ihr kennen solltet." Doro atmete aus. Und wieder ein. Und aus. Du bist ja bescheuert, sagte sie still zu sich selbst, komplett bescheuert. Gerold hätte dich niemals hier vorgeführt, nicht vor den anderen. So etwas würde der immer unter vier Augen besprechen. Ihr Herzschlag sank wieder deutlich unter hundert.

„Klaus hat offensichtlich personenbezogene Daten abgefragt“, erklärter Terberger weiter, „Daten, die nichts mit seinen Ermittlungen zu tun haben. Meldeadressen, Vorstrafen, so was.“

Wer hat das nicht?, fragte sich Doro. Sie hatte auch schon heimlich Leute überprüft. Ihren Vermieter, den ersten Freund ihrer Tochter.

„Wahrscheinlich denkt ihr jetzt: na und? Das haben wir doch alle schon mal“, fuhr er fort und schaute dabei seine Mitarbeiter an, die allesamt ein Schmunzeln zu unterdrücken schienen. „Mag sein, will ich gar nicht wissen. Allerdings hat das bei Klaus eine andere Qualität.“ Terberger wurde ernst. „Alles deutet darauf hin, dass er und seine braunen Kameraden einen Staatsstreich geplant haben. Die Internen haben Pläne von sämtlichen öffentlichen Gebäuden des Landes gefunden, auch von den Funkhäusern und Redaktionen.“

Alle blickten ihn erstaunt und erschrocken an.

„Klaus hat dafür die Waffen besorgt, die in mehreren Stützpunkten gelagert wurden. Die Wohnung dieses … äh … Waschow scheint einer davon gewesen zu sein, jedenfalls haben die Kollegen gestern dort noch kistenweise Waffen und Munition gefunden, im Keller, versteckt hinter den Regalen mit Konserven. Darunter 30 Sturmgewehre SIG MCX, wie sie die SEKs in Berlin und Schleswig-Holstein führen. Allein von diesem Stützpunkt aus hätten sich an die 100 Mann bewaffnen lassen.“

„Oha“, entfuhr es Fabio.

„Und weiß man, was das für Daten waren?“, fragte Doro.

„Alle möglichen“, antwortete Terberger, „von Politikern, Aktivisten aus dem linksliberalen und grünen Spektrum, Journalisten, Schriftstellern, Kulturschaffenden. Auf dieser Grundlage haben die offensichtlich sogenannte Todeslisten gemacht. Wer da draufsteht, sollte gleich zu Beginn des Staatstreichs liquidiert werden.“ Er hielt kurz inne. „Doro, Fabio“, sagte er, „ihr könnt stolz sein.“

Sie schauten ihn fragend an.

„Ihr steht drauf. Ich übrigens auch. Und unser Polizeiseelsorger.“

Doro zuckte mit den Schultern. „Viel Feind‘, viel Ehr‘“, rutschte ihr heraus, und Terberger warf ihr einen entsprechenden Blick zu.

„Ist sicher kein Grund zur Panik“, beruhigte er, „aber ich finde, ihr solltet das wissen. Schlimmer ist im Moment, dass auch alle Fraktionsvorsitzenden und die Präsidentin des Landtags draufstehen, und fast die gesamte Landesregierung. Und die haben die Hosen voll. Der Innenminister gerät unter Druck, der Polizeipräsident und sein Vize sind ohnehin angeschlagen. Irgendwer wird als Bauernopfer herhalten müssen.“ Terberger verstummte und schien nachdenklich. Wenn ihr versteht, was ich damit sagen will.“

Im Raum herrschte betretenes Schweigen. Doro

dachte nach. Waschow und Müller kannten sich vom Militär und vielleicht darüber hinaus. Sie dachte an die Gravur auf dem Dolch: *Kamerad Peter Waschow für Treue und Tapferkeit.* Vielleicht würde man bei Müller den Gleichen finden? Jedenfalls hatte Müller als Kriminalbeamter unbeschränkten Zugang zu sämtlichen Datenbanken, angefangen beim Melderegister. Es wäre für ihn ein Leichtes gewesen, für Kamerad Waschow alles über Clemens Kasten herauszufinden. Kasten war bestimmt auch in Zusammenhang mit dem Schiffsunfall der *Sansibar* von der Wasserschutzpolizei befragt worden, und wenn es so war, dann fand sich auch das in den Daten. Diese Information hätte Waschow also direkt auf die *Sansibar* und zu ihrem Bootsmann geleitet. Aber warum, fiel ihr dann ein, sollte sich Waschow überhaupt für Kasten interessiert haben?

Ihr fehlte bis jetzt jeder echte Anhaltspunkt dafür, dass Waschow die *Sansibar* versenkt hat. Es war nicht mehr als ein vager Verdacht, der sich auf nichts stützte als auf eine Randbemerkung von Kasten. Und auf ihre Intuition. Umgekehrt wird eher ein Schuh draus, sagte sie sich selbst. Die Frage ist doch, warum Kasten sich für Waschow interessiert hat! Immerhin hatte der dessen Telefonnummer recherchiert, und zwar bevor die *Sansibar* auf den Grund des Hafenbeckens gesunken war. Er hatte sich außerdem nach Aussage dieser Zeugin vor dem Haus aufgehalten. Und wahrscheinlich war er es, der Waschow erschlagen hat. Dagegen sprach im Moment eigentlich nur eines: Kasten war ihr sympathisch, Waschow nicht.

„Gibt es eigentlich schon etwas Neues von diesem Kasten?“, riss Terberger sie aus den Gedanken.

„Leider nicht. Die Fahndung läuft.“

Er wartete auf mehr Informationen, diese allein schien ihm ganz offensichtlich nicht zu reichen.

„Heute Abend rede ich noch mal mit dieser Ärztin“, schob Doro deswegen nach.

„In der Klinik?“

„Nicht direkt. Bei einer Ausfahrt mit einem dieser alten Segelschiffe.“

Terberger hob die Augenbrauen, Ritschler und Schmitt schauten neidisch.

„Rein dienstlich! Da sind 50 Ärzte und Therapeuten an Bord, das wird bestimmt kein Spaß.“

„Aber versuch hinterher nicht, das als Dienstreise abzurechnen“, beendete Terberger die Dienstberatung.

12

Als eine der Letzten ging Doro um kurz vor fünf über die stählerne Gangway an Bord der *Fritz Reuter.* Wie Andres schon vermutet hatte, machte sich niemand auf dem Zweimaster die Mühe einer Ticketkontrolle. Sonst hätte sie eine Einladung durch den Landesverband der *Deutschen Gesellschaft für Psychiatrie und Psychotherapie* vorgetäuscht, zu diesem Zweck hatte sie noch schnell den korrekten Namen dieser Vereinigung gegoogelt. Notfalls hätte sie natürlich auch ihren Dienstausweis zücken können. Aber es kontrollierte nicht nur niemand das Ticket, es schien sich auch keiner für sie zu interessieren. Sie stand erst einmal ziemlich verloren da und wusste nicht recht, wie es weitergehen würde.

Das Schiff war kleiner, als sie gedacht hatte, kaum länger als 30 Meter, schätzte sie, und es war rappelvoll mit Menschen. Ein kleiner Teil davon gab sich durch einheitliche dunkelblaue Fischerhemden mit aufgedrucktem Schiffsnamen als Mannschaft zu erkennen und wuselte emsig umher, ohne dass Doro verstand, was die da eigentlich machten. Ein langhaariger, ziemlich junger Mann zog an einer Leine, die sich irgendwo in schwindelnder Höhe an einem der beiden Masten inmitten Dutzender anderer Leinen verlor, mehrere Frauen machten sich vom Dach der Kajüte aus an einem Segel zu schaffen. Doro bemerkte aus den Augenwinkeln, wie ein Mann mit weißer Mütze und Schürze unauffällig den Inhalt eines Eimers über Bord schüttete. Ziemlich sicher der Schiffskoch. Sofort stürzten sich einige Möwen auf die Abfälle, als hätten sie das erwartet. Der Koch ging durch ein Schott zurück in die Kajüte, in der sich offensichtlich die Kombüse befand. Jedenfalls roch es von dort nach Erbsensuppe.

Sitzplätze gab es auf diesem Schiff anscheinend nicht. Sie suchte sich einen Stehplatz an der Reling und harrte der Dinge, die da kommen würden. Vor allem hielt sie Ausschau nach Andres. In der Hoffnung auf eine Nachricht von Fabio schaute Doro auf ihr Smartphone. Sie würde das hier entspannter angehen können, wenn Kasten schon gefasst worden wäre. War er aber nicht, Fabio hätte ihr das sofort mitgeteilt, darum hatte sie ihn eindringlich gebeten. Aber da war keine Nachricht. Um beschäftigt zu wirken, hielt sie dennoch das Telefon in der Hand und betrachtete heimlich die Mitsegler.

Die große Mehrheit hatte sich für legere Freizeitkleidung entschieden. Einige der Frauen trugen blauweiß gestreifte Tops über luftig blauen Leinenhosen und hatten sich leichte Strickpullis über die Schultern gehängt. Sie sahen aus, als seien sie geradewegs den klassischen Yachten ihrer Gatten entstiegen, um mit Freundinnen shoppen zu gehen. So stellte sich Doro St. Tropez vor. Die männlichen Vertreter der Zunft trugen überwiegend lederne Sneaker, Jeans und Polohemden. Viele hatten sich mit maritimen Accessoires ausgestattet: Rote und grüne Schnürsenkel kennzeichneten Backbord- und Steuerbordfuß, blaue Halstücher erinnerten an die alte Matrosenherrlichkeit und Basecaps mit aufgedruckten Namen anderer Segelschiffe sollten sie als erfahrene Seebären ausweisen. Doro hätte Tabakspfeifen erwartet, aber die schienen aus der Mode gekommen zu sein.

Nach der morgendlichen Dienstberatung hatte sie den Bericht angefangen. Aber von Zeile zu Zeile war ihr klarer geworden, dass ein Großteil ihrer bisherigen Erkenntnisse viel zu vage war, um schwarz auf weiß fixiert zu werden. Die meisten waren nur mehr oder minder plausibel zusammengereimte Theorien und Überlegungen. Sie hatte dann am Computer nacheinander verschiedene Begriffe in die Suchmaschine eingegeben und unsystematisch auf den vorgeschlagenen Seiten quergelesen. Begriffe wie *Raubkunst* oder *Sammlung Gurlitt* oder *Max Liebermann,* aber auch Rostock zusammen mit Krieg, Fluchthilfe oder Fischereigeschichte. Einen neuen Ansatzpunkt hatte sie auf diese Weise nicht gefunden. Zuletzt hatte sie sich frustriert bei eBay eingeloggt, erst ein blumiges Sommerkleid ersteigert und dann noch ein sprudelndes Entspannungsbad mit Lavendel gekauft. Das würde nach Lieferung wahrscheinlich ein halbes Jahr auf dem Badewannenrand stehen und dann in den Schrank zu den anderen Entspannungsbädern kommen, die sie im Laufe der Zeit mit guten Vorsätzen gekauft, aber nie eingelassen hatte.

Eine junge Frau stöckelte auf hohen Absätzen vorbei. Sie hatte einen knallroten Lippenstift aufgelegt und trug ein extrem knappes schwarzes Kleid, das Brüste und Po nur ansatzweise verdeckte. Unpassender hätte die Kleiderwahl für eine solche Ausfahrt nicht sein können. Ihre Beine wackelten, als trüge sie solche Schuhe zum ersten Mal im Leben, und ihre vom Gestöckel angespannten Waden sahen aus, als würden sie jeden Moment platzen. Doro sah ihr kopfschüttelnd nach.

„Sexy, die Kollegin, nicht wahr?" Andres war unbemerkt von der Seite gekommen und schien belustigt. „Unsere neue Ärztin im Praktikum. Medizinische Fachkenntnisse hat sie noch nicht durchblicken lassen. Aber die männlichen Kollegen finden sie toll."

„Na dann braucht sie ja vielleicht keine Fachkenntnisse", stimmte Doro schmunzelnd ein. Das Gespräch begann vielversprechend. Vielleicht war es wirklich eine gute Idee, hier mitzufahren, dachte sie. Außerhalb ihrer Klinik war Dr. Andres womöglich zugänglicher.

Währenddessen hatte sich das Gewusel der Mannschaft zu hektischer Betriebsamkeit gesteigert. Außerdem war offensichtlich die Maschine gestartet worden und ließ das gesamte Schiff brummen und vibrieren. Das Ablegemanöver begann mit großem Geschrei. An einer höher gelegenen Kajüte mit großen Fenstern, die unschwer als Brücke zu erkennen war, auch wenn sie mehr an die Kanzel eines Baggers erinnerte, wurde eine Tür aufgerissen. Ein Mann in blauer Hose und weißem Hemd trat heraus und brüllte lauthals ein Kommando. Doro verstand so viel wie „vorn-und-achtern-los-wir-dampfen-in-die-Spring", und wie es aussah, wusste die Mannschaft damit mehr anzufangen als sie. Jedenfalls bewegte sich die *Fritz Reuter* langsam weg von der Pier und fädelte sich nach weiterem Gebrülle und Gerenne endlich im Fahrwasser in eine lange Reihe von Schiffen ein, die gleichzeitig zur Abendfahrt ausliefen.

Andres sah gut aus, fand Doro. Auch ohne ihren Ärztekittel strahlte sie die freundliche Autorität aus, die Doro schon beim ersten Treffen beeindruckt hatte. Sie war ebenso schlicht wie schick in Leinen gekleidet, Doro glaubte sich erinnern zu können, diese Hose in einem jener Kataloge gesehen zu haben, deren Produkte mit dem Gehalt einer Hauptkommissarin nicht zu bezahlen waren.

„Sind Sie mit Ihrem Fall weitergekommen?", erkundigte sich Andres.

„Wie man's nimmt", wich Doro aus.

Andres schaute sie interessiert an. „Und wie nimmt man's?"

Es hatte wenig Sinn, um den heißen Brei herumzureden. Wenn sie herausfinden wollte, was diese Ärztin über Kastens Aufenthaltsort wusste, musste sie ihr sagen, dass er nun doch ihr Hauptverdächtiger geworden war. Wenn auch in einem neuen Fall.

„Wir haben eine zweite Leiche", sagte Doro und schaute Andres dabei prüfend an. „Waschow, sagt Ihnen der Name was? Peter Waschow? Ein Reichsbürger mit Faible für Nazi-Raubkunst, lebte in der Südstadt. Er wurde erschlagen."

Andres schien ganz kurz zu erschrecken, aber

Doro war sich nicht sicher. Wenn es so war, dann hatte sie sich jedenfalls sofort wieder im Griff. Sie zeigte die Miene eines professionellen Pokerspielers. „Erschlagen, sagen Sie?"

„Ja."

Andres blieb reglos.

„Vielleicht auch nicht erschlagen. Er könnte auch in Folge eines Handgemenges gestürzt sein und sich dabei tödlich verletzt haben. Dann war es kein Mord. Vielleicht Totschlag, oder tatsächlich nur ein Unfall. Es gibt natürlich noch keinen abschließenden Obduktionsbericht."

„Das tut mir leid für diesen Herrn ...", sagte Andres, die den Namen schon vergessen zu haben schien.

„... Waschow", ergänzte Doro.

„Aber was hat sein Tod mit dem Untergang der *Sansibar* und Clemens Kasten zu tun?"

Doro schaute ihr weiterhin direkt in die Augen. „Herr Kasten ist am Tatort gesehen worden."

„Das kann nicht sein!", widersprach Andres bestimmt.

„Es sieht aber leider so aus. Die Beschreibung der Zeugin ist eindeutig." Doro verschwieg, dass Kasten lediglich vor dem Wohnblock und im Treppenhaus gesehen worden war, aber nicht direkt am Tatort.

„Diese Zeugin wird sich irren. Clemens wäre dazu nicht in der Lage."

„Wie gesagt: Es gibt keine Hinweise auf einen vorsätzlichen Mord. Vielleicht war es nur ein unglücklicher Unfall. Aber um das herauszufinden, muss ich Herrn Kasten befragen. Und zwar bald." Doro machte ein Pause, um Andres Zeit zu lassen. „Sie wissen doch, wo ich ihn finde, oder?", fragte sie dann gerade heraus.

Die Ärztin schien nachzudenken. „Wann soll das überhaupt gewesen sein?", wollte sie wissen.

„Gestern Morgen oder am frühen Vormittag."

Ihre Gesichtszüge entspannten sich merklich, sie zeigte einen Anflug von Lächeln. „Gestern früh? Da hat Clemens Kasten ein Alibi!"

„Nämlich?"

„Mich!"

Doro sah sie erstaunt an.

„Er war bei mir. Ich habe ihn nach dem Frühstück aus der Klinik abgeholt, das war so gegen acht, und in meine Wohnung gefahren. Persönlich. Und ich bin bis zum späten Nachmittag bei ihm geblieben, ich hatte Spätdienst."

„Und das würden Sie auch beeiden?"

„Jederzeit!"

Doro wusste nicht recht, was sie davon halten sollte. Andres klang glaubwürdig, einerseits. Andererseits war es jetzt mehr als deutlich, dass die beiden etwas miteinander hatten. Entweder eine Liebschaft, oder eine Leiche im Keller. Und das vielleicht nicht nur sprichwörtlich. Außerdem war Andres in höchstem Maße kontrolliert und zweifellos in der Lage, sich eine Lüge nicht anmerken zu lassen. Aber würde sie so weit gehen? Würde sie für diesen Mann so viel riskieren? Jedenfalls war dieses Alibi nicht wirklich wasserdicht.

„Dr. Andres“, sagte Doro eindringlich, „kommen Sie! Sagen Sie mir, wo Herr Kasten jetzt ist.“

Andres zögerte eine Sekunde. Dann verschaffte ihr ungewollt der Kapitän des Schiffes mehr Bedenkzeit. Er war aus seiner Brücke getreten und bat zunächst lautstark um Aufmerksamkeit. Er begrüßte kurz die Gäste, und gefühlt dauerte es dann fünf Minuten, bis er alles aufgezählt hatte, was an Bord verboten war. Vom Hinauslehnen nach außenbords über das Betreten des Achterschiffs bis zum Rauchen außerhalb des dafür gekennzeichneten Smoking Points. Aus seinem Mund klang das wie „Schmokking Pont“. Gar nicht zu reden vom unaufgeforderten Betreten der Brücke oder Hinaufklettern in die Wanten. Als er endlich dazu übergegangen war, den weiteren Verlauf der kurzen Fahrt zu erläutern, tauchten aus der Kombüsentür mehrere Mannschaftsmitglieder mit Tabletts auf und reichten allen Gästen randvolle Sektgläser. „Der erste Schluck ist traditionell für Rasmus“, rief der Kapitän und schüttete den Inhalt seines Glases über Bord.

Doro nahm einen Schluck und suchte eine Möglichkeit, ihr Glas abzustellen. Weil sie keine fand, trank sie es kurzerhand leer und stellte es auf den Boden. Andres tat es ihr nach.

„Ich erzähle Ihnen etwas über Clemens“, sagte sie,

„auch wenn ich das eigentlich nicht darf und will. Aber ich denke, es ist in seinem Interesse, wenn Sie das wissen."

Doro hob beide Augenbrauen.

„Ich habe Ihnen bereits gesagt, dass Clemens Kasten das ist, was wir einen Kriegsenkel nennen."

„Haben Sie. Aber was kann ich mir darunter vorstellen?"

„Kriegsenkel leiden unter den Traumata des Krieges, obwohl sie den gar nicht selbst erlebt haben."

Doro schaute die Ärztin verständnislos an. „Wie das?"

„Wissen Sie, was Epigenetik ist?"

„Nein."

„Aber die Grundzüge der Genetik sind Ihnen noch bekannt? Drosophila? Mendelsche Gesetze? Klingelt da was?"

Doro zuckte unsicher mit den Schultern.

„Dann haben Sie sich bestimmt auch noch nie mit Neurowissenschaften beschäftigt, richtig? Also, die Epigenetik ist ein Teilgebiet der Biologie, und zwar der Biologie von Mensch und Tier. Darum wird seit ein paar Jahren ein ziemlicher Hype gemacht. Es geht um die Modifikation des Erbgutes, also Veränderungen der Gene bereits lebender Individuen. Und um die Frage, ob diese Modifikationen vererbt werden können."

Doro hörte zu, auch wenn sie anstelle der biologischen Nachhilfe lieber gehört hätte, wo Kasten sich aufhielt. Aber Andres würde ihr ohnehin keine Frage beantworten, wenn sie es nicht selbst wollte. So viel war sicher.

„Eines von vielen Forschungsfeldern der Epigenetik sind diese Kriegsenkel. Da ist vieles noch nicht erforscht, aber nicht wenige Kolleginnen und Kollegen glauben, dass die traumatischen Erfahrungen der Menschen, die selbst Flucht, Vertreibung, Bombennächte und natürlich die Schlachten erlebt haben, an deren Kinder und Enkel vererbt worden sind."

Doro stutzte. „Sie glauben also, dass Kasten unter den Traumata seiner Eltern und Großeltern leidet?", fragte sie nach.

„Genau", sagte Andres. „Sie schauen so skeptisch?"

Will sie Kasten jetzt in eine Opferrolle bringen?, fragte sich Doro. Von wegen: Der arme Mann kann nichts für seine Taten, er ist schließlich traumatisiert. „Um ehrlich zu sein", erwiderte sie deswegen eher zögernd, „für mich klingt das ziemlich weit hergeholt."

„Ich habe mir gedacht, dass Sie so reagieren. Deswegen habe ich Sie auch zu unserer kleinen Ausfahrt eingeladen. Ich werde Sie gleich einem Kollegen vorstellen, der die Thematik besser kennt als jeder andere. Vielleicht glauben Sie dem ja mehr als mir."

„Das hat nichts mit Glauben …", hob Doro an.

„Geschenkt, Frau Weskamp", winkte Andres ab. „Hören Sie sich einfach an, wie er das aus Sicht eines Epigenetikers beschreibt. Und lassen Sie sich nicht von seinem etwas – sagen wir – skurrilen Äußeren täuschen. Der Mann ist eine Koryphäe."

Doro hatte sich im Vorbeigehen ein weiteres Glas Sekt von einem Tablett geschnappt, und mittlerweile hatte ein junger Mann in Mannschaftshemd neben der Kombüse eine Bar mit Zapfanlage in Betrieb genommen. Die Männer standen bereits Schlange, er kam mit dem Zapfen kaum hinterher. Viele steckten sich auch noch ein oder zwei Miniflaschen mit Likören oder Schnäpsen in die Tasche, ein ganz Verwegener schüttete sich den Inhalt zweier Flaschen direkt ins Bier. „Vermischt sich im Magen ja ohnehin", hörte Doro ihn zu seinem Nebenmann sagen. Sie hätte solcherart aufgesetzten Übermut eher bei Herrentagsfeiern vermutet. Zu ihrem Entsetzen packte ein älterer Herr in Fischerhemd und Prinz-Heinrich-Mütze ein Akkordeon aus. Sie ahnte, was kommen würde.

Sie folgte Andres, die zielsicher auf eine Gruppe von drei Männern zusteuerte. Die standen am Aufgang zum Vorschiff, schienen sich aber nicht zu unterhalten. Es wirkte, als stünden sie nur zufällig beisammen. Einer von ihnen fiel Doro sofort ins Auge. Der Mann war vielleicht in ihrem Alter, vielleicht auch nicht, es fiel ihr schwer, das zu bestimmen. Sein völlig glattes und weißgraues Haar trat unter einem eigenwilligen Hut mit Federschmuck hervor und fiel ihm bis auf die Schultern. Unter der Unterlippe trug er ein fransiges Ziegenbärtchen, und aus den Ärmeln seines knittrigen Holzfällerhemdes ragten zahlreiche bunte Armbänder mit Perlen heraus. Doro musste an einen Indianerhäuptling denken, allerdings an einen Häuptling aus der Zeit, als der Alkohol längst die Reservate erobert hatte. Außerdem trug der Mann eine Anglerweste mit tausend Taschen. Und ulkige Barfußschuhe.

„Darf ich vorstellen", sagte Andres zu Doro und wies dabei auf genau diesen Mann, „der geschätzte Kollege Roderich Hofmeister, wahrscheinlich der einzige niedergelassene Psychotherapeut mit Promotionen in Biologie und Medizin. Und ein ausgewiesener Fachmann für Epigenetik. Sein Buch zum Thema ist nicht unumstritten, aber für viele gilt es als das Standardwerk schlechthin."

Hofmeister genoss diese Vorstellung sichtlich und deutete eine dankende Verbeugung an. Er versuchte nicht einmal, mit den üblichen Floskeln Bescheidenheit vorzutäuschen.

„Und das, lieber Roderich, ist Dorothea Weskamp, Hauptkommissarin bei der Mordkommission."

„Interessant", sagte er. „Mal was anderes als diese ganzen langweiligen Therapeutinnen hier. Haben Sie sich verlaufen?"

„Dr. Andres war so freundlich, mich einzuladen. Ich ermittle in einer Mordsache …"

„… und dabei geht es um die Kriegsenkelthematik", fiel Andres ihr ins Wort.

„Na ja, am Rande vielleicht", schränkte Doro ein.

Der zweite Mann aus der Gruppe rollte mit den Augen. „Nicht das schon wieder“, sagte er und wandte sich ab, „da gehe ich lieber noch ein Bierchen trinken.“ Doro sah ihm verwundert nach. Der dritte Mann schwieg, hörte aber aufmerksam zu.

„Was möchten Sie denn wissen?“, hob Hofmeister gerade an, als sie von einem dicken Mannschaftsmitglied grob zur Seite gedrängt wurden. „Machen Sie mal Platz hier!“ Sie gingen ein paar Schritte zur Seite und beobachteten, wie der Mann verschiedene Leinen löste und ganz offensichtlich ein Segel zum Setzen vorbereitete. Auch auf der anderen Seite des Schiffes wurden solche Vorbereitungen getroffen. Nach einigen Minuten schienen die abgeschlossen zu sein. Der Dicke hielt eine Leine in der Hand und blickte erwartungsvoll Richtung Brücke. Eine ganze Zeit lang stand er so da, während das Schiff weiter langsam über den Strom Richtung Ostsee tuckerte.

Dann endlich trat der Kapitän erneut aus seiner Brücke und brüllte irgendwas, das Doro als „Innenklüver-und-Außenklüver-klar-zum-Setzen?“ deutete. Die beiden Männer brüllten nacheinander zurück: „Innenklüver-klar!“ und „Außenklüver-klar!“ Dann passierte erst einmal nichts. Nachdem wieder einige Zeit verstrichen war, trat der Kapitän wieder aus: „Innenklüver-und-Außenklüver-setzen!“ Ein dritter Mann hatte sich unterdessen vor den beiden aufgebaut. Er war klein und stämmig, sein Kopf leuchtete hochrot, aber er schien eine wichtige

Funktion zu beanspruchen. Tatsächlich nahm er das Kommando des Kapitäns auf und brüllte noch lauter als alle anderen: „Säääätzt-Innenklüver!", dann „Säääätzt-Außenklüver!" Die beiden Männer hängten sich sogleich mit ihrem ganzen Gewicht in die Leinen und zogen zwei kleine dreieckige Segel vor dem Mast in die Höhe. Dann belegten sie die Leinen und brüllten wieder: „Innenklüver – gesetzt!", „Außenklüver – gesetzt!" Der kleine Mann gab das brüllend in Richtung Brücke weiter. Auf seinem Mannschaftshemd las Doro das Wort *Oberbootsmann.*

Sie amüsierte sich. Aber sollte es etwa bei diesen beiden winzigen Lappen bleiben? Das Schiff hatte fast 600 Quadratmeter Segelfläche, hatte der Kapitän in seiner Begrüßung stolz erklärt, verteilt auf insgesamt 15 Segel. Und davon setzten sie gerade mal zwei? „Ist das jetzt alles?", fragte sie den Oberbootsmann.

Er schien erst nicht zu verstehen. Aber dann erklärte er laut und zackig, dass sie das schon „dem Alten" überlassen müsse, der sei „seit bald 17 Jahren" Kapitän dieses Schiffes und habe es schon „sicher durch manchen Sturm" geführt. Doro blickte am vorderen Mast entlang in den Himmel auf die luftigen Schäfchenwolken. In den nächsten Tagen konnte es einen Wetterumschwung geben, vielleicht, aber nach Sturm innerhalb der nächsten drei Stunden sah es für sie nicht aus.

Der dritte Mann aus der Gesprächsrunde räusperte sich leise. Bis dahin hatte er sich noch nicht am Gespräch beteiligt. Er war klein und leicht gebeugt, sein Haar lag ordentlich gescheitelt von rechts nach links und verbarg die weit fortgeschrittene Altersglatze. Er trug eine hellgraue Hose mit Bügelfalten, eine beige Windjacke und die typischen Seniorenschuhe. Optisch passte er besser zu dieser Butterfahrt als jeder andere an Bord. Doro musste unwillkürlich an Heizdecken denken. Aber ihr fiel auch sein wacher Blick auf. Der Mann war zweifellos blitzgescheit, und er hatte echten Schalk in den Augen. Er war ihr auf Anhieb sympathisch, sie reichte ihm die Hand. „Und Sie sind?"

„Kraemer", sagte er schüchtern.

„Professor Doktor Benedikt Kraemer", ergänzte Andres, „Lehrstuhlinhaber für Klinische Psychologie. Entschuldigen Sie bitte, dass ich Sie nicht gleich vorgestellt habe." Er lächelte dankbar.

„Ich habe eben versucht, Frau Weskamp den Grundgedanken der Epigenetik zu erläutern", wandte sich Andres wieder an Hofmeister, „aber ich fürchte, ich konnte sie nicht überzeugen. Vielleicht gelingt es dir ja besser."

Er seufzte aufgesetzt, sein Gesichtsausdruck verriet eine gelangweilte Überheblichkeit. „Ja, das kenne ich. Als ich anfing, mich für Epigenetik zu interessieren, wurde das in der gesamten Zunft noch als esoterisches Gequatsche abgetan. Ich weiß noch, wie ich mit meinem ersten Aufsatz zum Thema der Kriegsenkel die Fachzeitschriften abgeklappert und mir eine Absage nach der anderen geholt habe. Die meisten Herausgeber haben das nicht einmal in die fachliche Begutachtung gegeben. Aber die Zeiten sind vorbei, Frau Hauptkommissarin! Mittlerweile gibt es dazu eine ganze Reihe Studien und nicht wenige Belege …"

„Verehrter Kollege", unterbrach ihn Kraemer vorsichtig, „Sie sollten der Kommissarin bitte auch nicht verschweigen, dass viele Fachleute das sehr skeptisch sehen. Gerade diese Kriegsenkel-These ist doch …"

„Vor allem Sie selbst!", erboste sich Hofmeister. „Eigentlich sind Sie der letzte, der es noch nicht wahrhaben will!"

„Gemach, gemach!", besänftige Andres mit einer entsprechenden Handbewegung. „Was soll denn Frau Weskamp von uns denken?" Dann wandte sie sich an Doro: „Sie müssen wissen, dass Professor Kraemer einer der größten Skeptiker der Epigenetik ist. Er bestreitet jegliche Vererbbarkeit von Erfahrungen, alte Schule sozusagen: Gene sind Gene und bleiben unverändert. Oder sehe ich das falsch, Herr Professor?"

„Nein, das sehen Sie genau richtig! Das Genom bleibt vom Leben unberührt. Ganz gleich, welche Lebenserfahrungen ein Mensch macht."

Hofmeister rollte mit den Augen. „Aber das behaupten wir Epigenetiker doch gar nicht! Wie oft muss ich das noch wiederholen? Niemand sagt, dass sich die einzelnen Gene verändern." Und an Doro gerichtet fügte er hinzu: „Was wir sagen, ist lediglich, dass Erfahrungen, und zwar besonders traumatische Erfahrungen, einen Einfluss darauf nehmen, welche Gene eines Menschen aktiviert werden. Nicht die Gene selbst werden verändert, sondern deren Aktivitätsmuster. Und dieses Muster kann unter bestimmten Umständen an die Nachkommen vererbt werden."

„Das heißt, wir erben quasi die schlimmen Erfahrungen unserer Eltern und Großeltern?", fragte sie nach.

„Ja, so könnte man das sagen. Entscheidend ist aber die erhöhte Verletzlichkeit und Sensibilität vieler Kriegsenkel. Die genetischen Aktivitätsmuster ..."

Kraemer brauste auf: „Einspruch, Herr Kollege!"

Aber Hofmeister ließ sich nicht beirren. „Dazu gibt es längst zahlreiche Forschungen ..."

„... die alle nicht ausreichend Variablen in die Analyse miteinbezogen haben", würgte Kraemer den Satz ab.

Andres schien sich zu amüsieren. Sie wollte die beiden unterbrechen, schaffte es aber nicht.

„Ach so?", ereiferte sich Hofmeister. „Und was ist mit den Arbeiten der Münchener? Sie wollen doch nicht behaupten, dass das Max-Planck-Institut ..."

„Doch, das behaupte ich in der Tat! Die haben diese Daten total überinterpretiert. Die Münchener Studie ist ein Musterbeispiel für eine falsche ..."

„Ach, wenn dem Herrn Ordinarius die Ergebnisse

nicht passen, dann heißt es, die Daten seien falsch interpretiert, ja? Sie werden noch erleben, dass …"

Andres schüttelte verzweifelt den Kopf, Doro amüsierte sich über die beiden Streithähne. In diesem Moment kam der zweite Mann aus der Runde zurück. Er hielt einen Karton mit Miniflaschen in die Mitte. „Schnäppi gefällig?" Hofmeister griff beherzt zu und kippte ein erstes Fläschchen auf ex, stellte es zurück und nahm sofort ein zweites. Kraemer lehnte höflich ab. Auch Doro und Andres nahmen sich Flaschen und prosteten sich in stillem Einvernehmen zu. Beide schmunzelten innerlich. Der süße Magenbitter vertrieb allerdings jedes Schmunzeln, Andres hatte sichtlich Mühe, das klebrige Zeug hinunterzubekommen.

„Nun wollen wir uns doch nicht diesen schönen Tag verderben", sagte Andres versöhnlich, nachdem sie sich mit einem prustenden Kopfschütteln vom Bitter erholt hatte, während Hofmeister sein zweites Fläschchen kippte. „Außerdem ist die ganze Diskussion doch ziemlich akademisch. Niemand wird heute noch bezweifeln, dass Traumata Menschen verändern, oder? Denken Sie an die Kriegszitterer, oder an posttraumatische Belastungsstörungen nach Auslandseinsätzen. Oder auch an zivile Opfer, wie aktuell in Syrien oder Afghanistan. Traumata führen eigentlich immer zu Verhaltensänderungen und Änderungen der Emotionen eines Menschen, sehr oft zu deren Unterdrückung oder zumindest veränderter Wahrnehmung. Oder würden Sie da nicht mitgehen, Professor Kraemer?"

„Doch, selbstverständlich gehe ich da mit", stimmte der erregt zu, „aber eben bei den Menschen selbst, die diese traumatischen Erfahrungen gemacht haben, nicht bei deren Nachkommen!"

Hofmeister wollte protestieren, aber Andres hielt ihn mit einer beschwichtigenden Handbewegung davon ab.

„Aber sie geben das natürlich an ihre Kinder und Kindeskinder weiter", fuhr Andres fort, „wenn nicht über die Gene, dann über die Erziehung, über das Verhalten, das sie selbst vorleben, über Denkmuster, Regeln und Rituale. Und genau so haben die Traumata des Weltkriegs die Kriegsgeneration selbst geprägt, aber eben auch deren Kinder und Kindeskinder. Die ganze Gesellschaft, und zwar in Ost und West, bis heute. Ob das nur kulturell vererbt ist oder auch genetisch, das mag uns als Wissenschaftler und Therapeuten interessieren – den Kriegsenkeln selbst ist das erst mal reichlich egal!"

Sie hielt inne und schien selbst erstaunt über ihre flammende Rede. Beide Männer waren still. Hofmeister hob gerade an, seinen Faden wieder aufzunehmen, als schwankend die junge Ärztin in ihrem knappen Kleid angestöckelt kam. Ihre Augen waren weit aufgerissen, eine Hand hielt sie sich vor den Mund. Mit der anderen bahnte sie sich den Weg durch die Gruppe, beugte sich über die Reling und erbrach sich lautstark. In diesem Moment war nur noch ihr Hinterteil zu sehen. Hofmeister verkniff sich seine weitere Rede und eilte stattdessen der Frau zu Hilfe. Auch die Möwen stießen wieder begierig aufs Wasser hinab.

„Seekrankheit?“, fragte Doro.

„Alkohol“, antwortete Andres, „wenn Sie mich fragen.“

Dann läutete der Koch zur Suppe. Sie reihten sich in die Schlange vor der Kombüse ein. Doro war zwar nicht wohl bei dem Gedanken an die erste Nahrung des Tages, aber sie musste eine Grundlage für Sekt und Liköre schaffen, wenn sie es nicht der Dame in Schwarz nachtun wollte. Und wer wusste schon, welcher Kavalier ihr dann zur Seite springen würde? Und ob überhaupt. Nach kurzer Wartezeit balancierte sie eine heiße Plastikschüssel in der einen und ein Brötchen, einen Plastiklöffel und eine Serviette in der anderen Hand auf ihren alten Platz an der Reling. Andres folgte ihr. Doro stellte sich zuerst etwas unbeholfen an und wusste nicht recht, wie sie die ganze Knackwurst in der heißen Erbsensuppe mit dem Plastiklöffel essen sollte. Aber dann kam sie darauf, einfach erst die Suppe um die Wurst herum auszulöffeln und die Wurst anschließend mit den Fingern zu essen. Es schmeckte erstaunlich gut. Aber wahrscheinlich konnte man bei solchen Ausfahrten alles servieren, weil Seeluft, ausgelassene Stimmung und reichlich Alkohol jede Dosensuppe als ausgewählte

Köstlichkeit erscheinen ließen. Zuletzt riss sie das Brötchen in zwei Hälften und tunkte es in die verbliebene Mischung aus Suppe und Senf.

In Gedanken war sie noch beim Thema. Sie rief sich in Erinnerung, was Andres gesagt hatte. Die Traumata des Weltkriegs haben die Kinder und Kindeskinder geprägt, nicht nur die Kriegsgeneration selbst. Und zwar über die Erziehung, das eigene Verhalten, die Denkmuster und Regeln, vielleicht sogar über die Gene. Wenn das stimmte ... Während Doro das letzte Stück Brötchen kaute, spürte sie auf einmal wieder eine starke Unruhe aufkommen. Und mit der Unruhe kam ihr ein Gedanke: Mich auch, dachte Doro, mich hat das auch geprägt, irgendwie.

Ein Mannschaftsmitglied hielt ihr ein Tablett hin. „Verdauerli?"

„Nein danke", lehnte sie ab. Sie hatte immer noch nicht erfahren, was sie wissen wollte, und der Alkohol machte sich bereits deutlich bemerkbar.

„Und Kasten?", fragte sie Andres direkt und völlig unvermittelt. „Was ist mit dem? Ich meine, ganz konkret?"

Andres schaute sie nur an.

„Wenn der so ein Kriegsenkel ist, warum sind Sie sich dann so sicher, dass er mit dem Tod dieses Waschow nichts zu tun hat? Ich meine, traumatisierte Menschen können doch auch gefährlich sein, oder nicht?"

„Clemens Kasten nicht, glauben Sie mir."

„Das reicht mir nicht, Dr. Andres. Erklären Sie es mir. Für uns ist der Mann im Moment der Hauptverdächtige."

Die Ärztin stellte ihre Suppenschüssel auf der Reling ab. „Also gut", sagte sie entschieden, „Sie geben ja sonst doch keine Ruhe." Sie schien zu überlegen, wie sie anfangen sollte. „Clemens ist ein hochsensibler und empathischer Mensch", begann sie schließlich, „er spürt sehr genau, was die Menschen in seinem Umfeld umtreibt. Manchmal besser, als sie es selbst spüren können. So was ist eine Gabe." Die Art, wie sie das sagte, lieferte Doro den letzten Beweis dafür, dass Kasten für Andres nicht nur irgendein Patient war. „Aber es ist auch eine schwere Last", fuhr sie dann fort. „Zumal dann, wenn man wie Clemens seine eigenen Gefühle ein Leben lang unterdrückt hat. Seine Traurigkeit, seine Angst, seine Wut. Er hat sich selbst gar nicht wahrgenommen, weil er immer unter Strom stand, immer unterwegs, heute hier – morgen dort, weltweit, 16 Stunden am Tag."

Doro versuchte, zu folgen.

„Clemens hat sich keine Sekunde Zeit für die eigenen Gefühle genommen", fuhr Andres fort, „das ist auch ganz typisch für Menschen wie ihn. Aber um das auszuhalten, braucht man wahnsinnig viel Energie. Und viel Alkohol. Oder manchmal auch andere Drogen. Solange man genug davon hat, kann das jahrelang einigermaßen gut gehen, manche halten es auch ihr Leben lang aus. Die meisten schwingen ständig zwischen depressiven Episoden und Phasen übersteigerter Aktivität, wobei die Depressionen mit zunehmendem Alter oft stärker werden. Das merken diese Menschen meist gar nicht, bis irgendwann die Energie nicht mehr reicht und Alkohol oder Drogen nicht mehr funktionieren. Dann ist es, als würde plötzlich der Stecker gezogen." Sie hielt kurz inne und schien darüber nachzudenken, wie weit sie Kastens Krankheit erläutern durfte. „Bei Clemens war das vor etwa drei Jahren so weit", sagte sie mit einem Blick, der unausgesprochen Vertraulichkeit erwartete, „da hatte er seinen totalen Zusammenbruch. Nichts ging mehr, psychisch und somatisch. Aber er arbeitet sich seitdem Tag für Tag ins Leben zurück und versucht, das in den Griff zu bekommen. Und meist gelingt ihm das recht gut."

Klingt nicht einfach, dachte Doro. „Und Sie sind der Meinung, das kommt von den Traumata seiner Großeltern oder Eltern?"

„Das ist keine bloße Meinung, Frau Weskamp", erwiderte Andres etwas pikiert, „ich bin Ärztin und nicht Kolumnistin! Und ja: Ich gehe davon aus, dass diese Traumata bei Clemens eine wichtige Rolle spielen. Allerdings räume ich ein, dass es bei so einer Erkrankung, wenn man es denn eine Erkrankung nennen möchte, nie eine einfache Erklärung gibt. Das ist kein Armbruch, bei dem Sie eine eindeutige Ursache haben und den Sie röntgen und entsprechend behandeln können. Deswegen bin ich mit absoluten Diagnosen sehr vorsichtig."

„Verstehe", sagte Doro nachdenklich. „Aber wenn das alles so unklar ist, wie können Sie sich dann sicher sein, dass Herr Kasten nicht doch irgendwelche – sagen wir – Aussetzer hat?"

„In denen er Schiffe versenkt oder Menschen erschlägt, meinen Sie?" Andres' Spott war unüberhörbar. „Nein, ausgeschlossen, glauben Sie mir. Das passt überhaupt nicht zu seiner seelischen Verfassung. Clemens ist in keiner Weise aggressiv, war er auch zu keinem Zeitpunkt. Wenn er gerade eine Attacke hat, ist er wie gelähmt. Irgendwann gelingt es ihm meist, wegzulaufen, glücklicherweise meist zu uns nach Gehlsdorf. Aber kämpfen könnte Clemens in solchen Situationen nie. Höchstens gegen sich selbst."

Doro fragte sich, ob sie dieser Auskunft vertrauen sollte. Immerhin entsprach das ihrem Gefühl, das sie Kasten gegenüber bei ihrem Besuch in der Klinik empfunden hatte. Der Mann war kein Saboteur oder Mörder. Dass er bei Waschow vor der Tür gesehen worden war, hieß ja tatsächlich nicht unbedingt, dass er mit dessen Tod zu tun hatte. Es wäre allerdings ein eigenartiger Zufall. Oder es fehlte noch irgendeine wichtige Spur, die zum eigentlichen Täter führte.

„Was haben seine Eltern oder Großeltern denn eigentlich erlebt?", fragte sie.

Andres verschränkte die Arme.

„Geht es um diese Fluchtgeschichten mit dem Kutter? Ist es das?“

Sie blieb unbewegt.

„Ich weiß, dass Kastens Großvater im Krieg Flüchtlinge nach Schweden gebracht hat. Bis er von seinem Bootsmann verraten worden ist. Es heißt, er sei gefoltert worden.“

„Dann wissen Sie doch schon viel“, sagte Andres vieldeutig.

„Ich wüsste aber gern mehr.“

„Dann müssen Sie Clemens schon selbst fragen.“

„Das würde ich ja gerne tun. Sagen Sie mir, wo er ist.“

Andres schaute sie eindringlich an. Selbst wenn ich das wollte …, schien dieser Blick zu sagen. „Ganz allgemein müssen Sie wissen“, lenkte sie das Gespräch von Kasten ab, „dass es eine schlechte Voraussetzung für jede gesunde Kindesentwicklung ist, wenn Eltern ihre eigenen traumatischen Erlebnisse nicht verarbeitet haben. Und die Generation der Kriegskinder, also die kurz vor oder im Krieg Geborenen, wie die Eltern von Clemens und ich vermute auch Ihre Eltern, also diese Generation hat ihre Traumata niemals verarbeitet. Die haben Bombennächte erlebt, Hunger und Grausamkeiten, und in alle Gesichter des Todes gesehen. Und sie mussten ihre hoch traumatisierten Eltern aushalten, die Kriegsgeneration. Die Väter, die als seelische oder körperliche Krüppel aus dem Krieg zurückkamen, und die vergewaltigten Mütter.

Aber sie haben das verdrängt und überspielt." Andres klang verbittert oder wütend. Oder beides. „Viele haben niemals darüber geredet, nicht untereinander, nicht mit den eigenen Eltern und schon gar nicht mit ihren Kindern. Oder wie war das bei Ihnen?"

„Was meinen Sie? Wieso bei mir?", fragte Doro abwehrend.

Andres ging auf die Fragen aber nicht ein, sondern setzte ihre Tirade unvermindert fort. „‚Stell dich nicht so an!' Das ist so was wie das Leitmotiv dieser Generation. Viele Kinder dieser Zeit sind Meister darin geworden, sich nichts anmerken zu lassen, nie Gefühle zu zeigen, ihr Innerstes durch Arbeit oder irgendwie im Privaten zu vernebeln. Kaum einer aus der Kriegskindergeneration ist jemals zu einem Therapeuten gegangen. Die Betroffenen haben das alles in sich hineingefressen, haben sich niemals ihren Ängsten gestellt. Und dieses vergiftete Erbe haben sie an ihre Kinder weitergegeben, die Kriegsenkel." Sie atmete tief durch.

Doro spürte einen Kloß im Hals und atmete tief ein und aus. „Wenn ich Sie richtig verstehe", fragte sie dann, „baden diese Kriegsenkel also heute gewissermaßen aus, was ihre Großeltern verschuldet und ihre Eltern verdrängt haben?"

„Das könnte man so sagen, ja. Die Traumaforschung sieht dafür jedenfalls deutliche Hinweise. Und die Neurowissenschaften bestätigen das auch mehr und mehr. Ich denke, an der epigenetischen

These ist einiges dran, aus meiner Sicht werden diese ganzen Alte-Schule-Genetiker wie Kraemer umlernen müssen. Lesen Sie ruhig mal das Buch von Hofmeister, da steht das alles drin." Und Andres fügte noch eine Bemerkung an: „Sie werden da auch viel über sich selbst lernen."

Doro hätte gern nachgefragt, wie sie das gemeint hatte. Aber Andres hatte sich abrupt umgedreht und war zu einer Gruppe gestoßen, die sich um den Akkordeonspieler versammelt hatte. Offensichtlich sollte das Gespräch damit beendet sein. Doro erkannte Hofmeister, der die junge Ärztin im Arm hielt, wobei seine Hand schon recht tief gerutscht war und mittlerweile auf dem Hüftknochen lagerte. Auch Kraemer war dabei, er stand ein wenig im Abseits und beobachtete das Geschehen, möglicherweise aus einer eher professionellen Warte. Die meisten der Männer hielten große Bierhumpen in der Hand, die Frauen Sektgläser. Auf den Planken standen zwei leere Schnapskartons.

„Scharf ist das Riff und schnell geht ein Schiff zugrunde", sang der Akkordeonist, ähnlich wie Hans Albers, aber lange nicht so schön. Die Umstehenden fielen lallend in den Refrain ein, während die Mannschaftsmitglieder unauffällig beide Segel bargen und der Kapitän die *Fritz Reuter* zurück in den sicheren Hafen steuerte. „La Paloma – oheee!"

13

Er stand plötzlich in der Tür ihres Büros und hielt mit beiden Armen eine Art Bündel vor der Brust fest. „Kommissarin Weskamp?" Doro schreckte vom Bildschirm auf. Der Mann aus dem Hafen! Der alte Mann, der ihr schon aufgefallen und in die Menge entwischt war, als sie die Leiche aus dem Schiff geborgen hatten. Und den sie gestern Abend noch einmal gesehen hatte, als sie von der *Fritz Reuter* gekommen war.

Ohne bewussten Grund hatte sie sich nach der Ausfahrt durch die Menschenmassen an der Kaikante entlang bis zum historischen Kran durchgekämpft. Kurz zuvor musste die *Hanse Sail* offiziell eröffnet worden sein, wahrscheinlich auf großer Bühne vom Oberbürgermeister und dem einen oder anderen Landespolitiker, wie üblich mit vier Doppelschlägen einer Schiffsglocke und einem Fass Freibier. Das bunte Treiben hatte jedenfalls begonnen, und das schöne Wetter schien die halbe Stadt in den Hafen gelockt zu haben. Die Menschen hatten sich vor den Bühnen, Schießbuden und Bierwagen gedrängelt, von allen Seiten waren dröhnende Musik und die Ansagen der Schausteller zu hören: „Willkommen zum größten maritimen Volksfest des Nordens!"

Auch am Kran hatte sich eine große Menschentraube versammelt. Aber es waren keine Gaffer am untergegangenen Schiff, wie Doro zuerst vermutet hatte. Vielmehr war dort aus einem Biertisch und einem darüber aufgestellten Pavillon ein behelfsmäßiger Stand aufgebaut. Daran hatte sie schnell Klaas Baumgartner erkannt. Der *Hanse Sail*-Chef hatte sich als Losverkäufer betätigt und mit kräftiger Stimme lautstark Lose angeboten: „Kommt, Leute, kauft Lose! Nur ein Euro das Stück! Helft mit, die *Sansibar* zu retten!" Sie hatte sich durch die Menschen nach vorn gewühlt und fünf Lose gekauft. „So ist's recht, Frau Kommissarin", hatte Baumgartner sie angestrahlt und sich dann etwas zu ihr hin gebeugt, „dem Sieger winkt übrigens eine Ausfahrt am Sonntag für zwei Personen. Ich bin auch dabei." Dann hatte er sich wieder aufgerichtet und weiter ausgerufen: „Einzigartige Preise! Gewinnen Sie eine Teilnahme am Captains Dinner! Rostocker Händler und Gewerbe haben zudem tolle Sachpreise gestiftet!" Als sie es schon fast bis zum Ausgang geschafft hatte und gerade im Begriff war, das Festgelände zu verlassen, hatte sie den alten Mann wiedergesehen. Aber er war sofort wieder in der Menge abgetaucht, und sie war zu erschöpft und vielleicht auch zu betrunken gewesen, ihn über den Markt zu verfolgen. Nur eine Sekunde lang hatte sie sich amüsiert vorgestellt, welche Auswirkungen es haben würde, wenn sie hier und jetzt ihre Dienstwaffe ziehen und einen Warnschuss abgeben würde. Massenpanik wäre sicher keine zureichende Beschreibung. Aber sie hatte die

Waffe ohnehin nicht dabei, außerdem war sie immer noch in Gedanken mit sich selbst beschäftigt. Was hatte die Andres ihr sagen wollen? Was zum Teufel sollte sie in einem Buch über Kriegsenkel über sich selbst lernen können? Der alte Mann war ihr deswegen eigentümlich egal gewesen.

Und jetzt stand er direkt vor ihr im Büro. Sie hätte vor Schreck fast versäumt, die Mail an ihren Buchhändler zu senden und somit Hofmeisters Standardwerk zum Thema ‚Kriegsenkel' zu bestellen. Während sie das tat, schossen ihr Gedanken durch den Kopf: Das ist der Mann. Vom Schiff. Von gestern. Warum ist der hier? Was kommt jetzt?

„Ich möchte Ihnen das hier geben", sagte er mit der leisen Stimme eines Mannes, der ein langes Leben hinter sich hatte. Dabei nahm er das Bündel und hielt es in Doros Richtung.

„Was ist das?"

Er hielt ihr das Bündel weiter hin und nickte auffordernd. Es schien ein rechteckiger Gegenstand zu sein, nicht allzu groß und in Stoff eingeschlagen, dem Muster nach vielleicht ein Handtuch. Nein, fiel ihr plötzlich auf, das war ein Kissenbezug! Von einem dieser scheußlichen Kissen bei Waschow! Doro spürte ihren Puls ansteigen. Sie stand auf und ging zu ihm hin. Er stand unverändert da, Doro nahm ihm das Bündel aus den Händen. Sie machte einen Schritt zurück, sicherheitshalber, und warf dann einen schnellen Blick in den Bezug, ohne den Mann länger als den

Bruchteil einer Sekunde aus den Augen zu lassen. Sie fasste mit der rechten Hand einen Gegenstand und zog mit der linken den Bezug weg. Dann vergaß sie, den Mann weiter im Blick zu halten und starrte mit weit aufgerissenen Augen auf ein Bild.

Es war ein kleines Gemälde, nicht sehr groß, nicht mehr als vielleicht dreißig mal fünfzig Zentimeter, in einem schmalen, aber edlen Holzrahmen. Es zeigte eine geschwungene Landschaft in Grün und Ocker. Im Hintergrund verschwammen Meer und Horizont, im Vordergrund stand eine kleine Figur mit einem Puppenwagen. *Düne mit Kind*, dachte Doro.

Sie hätte in dem Moment nicht sagen können, warum, aber aus irgendeinem Grund war ihr klar, dass es kein Reprint war. Das hier war Öl auf Leinwand, das Original, der verschollene Liebermann! Doro bemerkte, wie ihre Hände feucht wurden und zu zittern begannen. Ganz behutsam stellte sie das Bild auf ihren halbhohen Aktenschrank.

Sie hätte vermutlich nicht bemerkt, wenn der Mann sich unterdessen aus dem Staub gemacht hätte. Aber er stand immer noch an der gleichen Stelle. Sie schaute ihn verwundert und fragend an.

„Ich möchte mich stellen“, sagte er dann und räusperte sich nervös, „ich habe diesen Waschow getötet. Wegen dieses Bilds da.“

Doro blickte von ihm zum Bild und wieder zurück. Sie hatte sich noch nicht ganz gefangen. „Wer sind Sie denn eigentlich?“, fragte sie.

„Mein Name ist Gerhard Kasten."

Sie schaute ihn überrascht an.

„Der Vater von Clemens Kasten."

Na, das ist doch mal was!, dachte sie. Dieser Mann war eine neue Figur im Spiel. Sie wusste zwar noch nicht, welche Rolle die spielte und nach wessen Regeln. Aber sie brachte Bewegung in die Sache. „Oooookay", sagte Doro lang gezogen, während sie noch überlegte, was jetzt zu tun sei. Sie schaute auf die Uhr am Bildschirm, es war kurz nach eins. „Wenn Sie die Tat gestehen wollen, Herr Kasten, dann gehen wir besser gemeinsam in unseren Vernehmungsraum, und ich rufe noch einen Kollegen dazu. Vorschrift, Sie verstehen. Und dann fangen wir mal ganz vorne an."

Sie griff die Akte Waschow von ihrem Schreibtisch und bat ihn mit einer Handbewegung voranzugehen. Im Vorbeigehen forderte sie Fabio und Ritschler auf, ihnen zu folgen. Beide hatten zusammen am Kaffeeautomaten im Gang gestanden. Zu viert stiegen sie die Treppen hinab und betraten den Vernehmungsraum im Erdgeschoss. Der war glücklicherweise gerade frei. Nicht, dass dort ständig Vernehmungen stattgefunden hätten, aber während in der Inspektion nach und nach die Bodenbeläge ausgetauscht worden waren, hatte der Raum zeitweilig als Teppichlager herhalten müssen. Der Raum sah jetzt wieder so aus, wie Vernehmungsräume aussehen, also kahl und grau mit Neonbeleuchtung und einer verspiegelten Glasscheibe. Dahinter schaltete Ritschler einen Computer ein, während die Übrigen innen am Tisch Platz nahmen. Fabio fummelte am Mikrofon herum, bis ein rotes Licht dessen Funktion anzeigte. Er nickte Doro zu.

„Also“, begann sie und diktierte Datum und Uhrzeit sowie ihren Namen und Dienstrang ins Mikrofon. Dann stellte sie die erste Frage: „Bitte nennen Sie uns Ihren vollständigen Namen.“

„Gerhard Franz Kasten.“

„Sie sind geboren am …?“

„… 14. Juli 1937 in Rostock.“

Doro fragte auch seine Meldeadresse und den tatsächlichen Wohnort ab, beide stimmten überein und waren in Hamburg, was Ritschler auf ihren Wink Richtung Scheibe hin sofort überprüfte und nur eine Minute später über die Sprechanlage bestätigte.

„Gut, Herr Kasten“, begann Doro die eigentliche Vernehmung, „dann fangen wir mal an. Sie gestehen also, Herrn Peter Waschow ermordet zu haben?“

„Ja“, sagte Kasten leise, wie zu sich selbst. Aber dann blickte er auf: „Das heißt, nein!“

„Was denn nun?“

„Nicht ermordet! Getötet – es war ein Unfall.“

„Gut. Dann schildern Sie uns bitte, wie sich dieser … Unfall ereignet hat.“

„Ich wollte den Mann zur Rede stellen. Das sollte endlich ein Ende haben.“

„Was sollte ein Ende haben?“

„Der Krieg!“

Doro schaute erst Fabio, dann ihn an. „Der Krieg“, wiederholte sie, und ihr Tonfall ließ keinen Zweifel daran, dass sie diese Aussage für unsinnig hielt. „Das müssen Sie uns aber näher erklären.“

„Ich wollte es von ihm selbst hören.“

„Was, Herr Kasten? Was wollten Sie hören?“, drängte Doro. Es nervte sie sichtlich, ihm jeden Satz einzeln aus der Nase ziehen zu müssen.

„Wer meinen Vater damals verraten hat ...“

„Damals?“, fragte Fabio dazwischen.

„Im Krieg. Mein Vater hat mit seinem Kutter Flüchtlinge über die Ostsee gebracht. Bis die Gestapo ihn geschnappt hat. Er war monatelang verschollen, niemand hatte ein Lebenszeichen, Mutter muss gedacht haben, er sei tot. Bis er eines Tages wieder vor der Tür stand, zwanzig Kilo leichter und mit unübersehbaren Folterspuren. Er hat niemals darüber geredet, was diese Mörderbande mit ihm gemacht hat. Sein ganzes Leben lang nicht, soviel ich weiß.“

„Und was hat Peter Waschow damit zu tun?“, fragte Doro.

„Sein Vater war Bootsmann auf der *Marianne*, dem Kutter meines Vaters. Der ist der Einzige, der als Verräter infrage kommt. Niemand außer ihm wusste von den Fluchten, und selbst wenn es ein Dritter vermutet haben sollte, dann hätte der nicht wissen können, wann genau die Fahrten stattfanden. Alles spricht dafür, dass der alte Waschow meinen Vater verraten hat.“

„Und warum hat er das getan? Wegen des Liebermanns?"

„Nein. Davon hat er wohl nichts gewusst. Und die Gestapo auch nicht, sonst hätte die das Bild zweifellos sofort mitgenommen. Waschow wird es erst gefunden haben, als die anderen verhaftet waren. Wahrscheinlich hat er die Kojen der Flüchtlinge durchsucht, viele von denen hatten ja Geld oder Wertsachen dabei."

„Und Sie denken, einer dieser Flüchtlinge hatte den Liebermann bei sich?"

„Genau."

„Wissen Sie, wer das war? Kennen Sie den Namen?"

„Nein. Unter den Flüchtlingen waren sicher nicht nur Juden, sondern auch Geistliche und Kommunisten. Vielleicht war es auch ein Wehrmachtssoldat, der das Bild aus einem der zusammengeraubten Kunstlager der Nazis mitgenommen hatte und sich damit nach Schweden absetzen wollte."

Dieses *Es* in Kastens Notizbuch war also tatsächlich das Bild, dachte Doro, der Liebermann, und der *F.* ein Flüchtling. Das klang plausibel. Stand das *F.* am Ende einfach für *Flüchtling,* weil Kasten den Namen gar nicht kannte? Vermutlich würde sich das heute nicht mehr aufklären lassen.

Fabio hatte während des Dialogs von einem zum anderen geschaut. „Was ist das für ein Bild?", fragte er jetzt.

Die Frage irritierte Doro kurz, aber dann fiel ihr

auf, dass sie die Kollegen immer noch nicht über diesen Teil ihrer Ermittlungen unterrichtet hatte. Für lange Erklärungen war jetzt nicht die richtige Zeit. „Clemens Kasten war auf der Spur eines wertvollen Bildes von Max Liebermann", gab sie Fabio deswegen erst einmal nur die beiden wichtigsten Informationen, „Herr Kasten hat es bei Waschow gefunden und mir vorhin übergeben." Sie stutzte. „Wo war denn das Bild eigentlich?", fragte sie Kasten.

„An der Wand."

Doro schüttelte ungläubig den Kopf. „Zwischen all den Kunstdrucken, wo jetzt der leere Nagel ist?"

Er nickte nur.

Unglaublich, dachte Doro. „Aber zurück zu Ihrem Vater: Gab es dazu nie eine Untersuchung? Ist Waschow nie zur Rechenschaft gezogen worden?"

„Er ist nicht einmal angeklagt worden! Hat sich nach Kriegsende einen eigenen Kutter gekauft und völlig unbehelligt sein Leben gelebt, eine Familie gegründet, den Sohn großgezogen. Diesen Peter. Die beiden Boote hatten keine fünfzig Meter voneinander entfernt ihre Liegeplätze, am Alten Strom in Warnemünde, über viele Jahre. Aber die beiden Männer haben nie wieder ein Wort miteinander geredet. Übrigens hat kaum jemand mit Waschow geredet, es scheinen doch einige von der Geschichte gewusst zu haben."

Wie absurd!, dachte Doro. Da lebten Opfer und Täter nebeneinander, ohne Sühne oder Vergebung.

Der eine muss voller Hass und Wut gewesen sein, der andere isoliert und mindestens beschämt, wenn er denn so was wie ein Gewissen gehabt hat. „Und jetzt wollten Sie das von Peter Waschow, also dem Sohn des alten Bootsmanns, bestätigt haben, richtig?“, fragte sie.

„Ja. Wenn der Alte sich jemals irgendwem anvertraut hat, dachte ich mir, dann seinem Sohn. So wie mein Vater mir eines Tages von den Fluchtfahrten und dem Bild erzählt hat. Als junger Bengel habe ich ihn immer wieder danach gefragt, ich hab ihn richtig gelöchert. Er hat mir dann die Geschichte der Fluchtfahrt erzählt, aber nur ganz kurz und wie unbeteiligt, als sei er selbst gar nicht dabei gewesen. Mein Vater hat übrigens vermutet, dass sich sein Bootsmann das Bild unter den Nagel gerissen hat. Vielleicht ist Vater sogar wegen des Bildes gefoltert worden. Er hat – wie gesagt – nicht über diesen Teil der Geschichte gesprochen, aber möglicherweise hatte die Gestapo eigentlich den Liebermann gesucht, dann aber nicht an Bord gefunden. Ich denke, dass Waschow das Bild schon an sich genommen haben könnte, als die Gestapo anrückte. Dann verdankte mein Vater dem Liebermann sogar sein Leben: Es könnte sein, dass sie ihn nur deshalb haben lebend davonkommen lassen, damit er sie zum Bild führen würde. Was er aber nicht getan hat.“

„Aber warum nicht? Warum hat er den Waschow nicht verraten? Ich meine: Auge um Auge und so weiter?“

„Ich denke“, sagte Kasten nachdenklich, „seine Folterer waren ihm noch größere Feinde als der Verräter. Außerdem war mein Vater Christ.“

„Oder wollte er das Bild vielleicht für sich haben?“, fragte Fabio provozierend. „Wäre ja auch nicht ganz unverständlich …“

Kasten schaute ihn böse an. „Sie kannten meinen Vater nicht, junger Mann!“

„Stimmt.“

Kasten wandte sich wieder Doro zu. „Ich frage mich, ob der alte Waschow überhaupt gewusst hat, wie wertvoll das war. Jedenfalls hat er es nicht zu Geld gemacht. Aber als er gestorben ist, hat es sein Sohn in die Hände bekommen.“

„Und den wollten Sie also jetzt zur Rede stellen“, lenkte sie die Vernehmung zurück zum Ausgangspunkt.

„Ja, das habe ich auch getan. Ich hatte allerdings nicht mit dem Bild gerechnet. Ich dachte, der hat das längst auf dem Schwarzmarkt verscherbelt. Ich wollte einfach die Wahrheit von ihm hören und endlich einen Schlussstrich ziehen.“

„Das ist dann aber irgendwie aus dem Ruder gelaufen.“

„Er hat nur blöd gegrinst. Und auf das Bild an seiner Wand gezeigt. Ich hab das erst gar nicht kapiert, dass da das Original hing. Ein echter Liebermann zwischen all den Kunstdrucken! Und als ich ihn wieder angeschaut habe, hatte er plötzlich eine Pistole in der Hand. Mir war in dem Moment klar, dass er mich töten würde. Was genau dann passiert ist, weiß ich nicht, ich habe ihn irgendwie gegriffen oder geschubst, damit hatte er wohl nicht gerechnet. Er ist rücklings auf die Schreibtischkante gestürzt und lag tot da, einfach so."

Sie hatten bei Waschow keine Pistole gefunden, jedenfalls nicht in seiner Hand oder auf dem Fußboden bei der Leiche. „Und wo ist die Waffe jetzt?", fragte Doro.

„Ach so, Entschuldigung", sagte Kasten, griff in seine Jackentasche und zog langsam eine Pistole hervor. Doro und Fabio griffen reflexartig an ihre Holster, Ritschler stürmte mit gezogener Dienstwaffe in den Raum. Aber Kasten legte die Pistole vorsichtig auf den Tisch. „Hatte ich ganz vergessen", sagte er schuldbewusst. Doro nahm sie an sich, es war eine SIG Sauer P225. Sie warf das Magazin aus und zählte mit geübtem Blick fünf Patronen darin. Dann zog sie den Schlitten zurück, immerhin war die Pistole nicht durchgeladen gewesen.

Doro und Fabio schauten sich erleichtert an. Das hätte auch schiefgehen können, schienen beide gleichermaßen zu denken.

„Und dann haben Sie das Bild von der Wand genommen und sind abgehauen", setzte Fabio die Befragung fort.

„Ja."

„Und haben nicht daran gedacht, Hilfe zu rufen?"

„Er war tot."

„Da waren Sie sich sicher?"

„Ja. Ich habe schon als Kind Leichen gesehen. Ich weiß, wann einer tot ist."

Doro sah ihn lange an. „Gut, Herr Kasten", sagte sie dann, „aber warum stellen Sie sich jetzt?"

„Weil ich vermute, dass Sie meinen Sohn verdächtigen. Aber der hat damit nichts zu tun! Und weil ich will, dass das Bild jetzt endlich zu den rechtmäßigen Erben kommt. Denn dann erst ist dieses Kapitel endgültig abgeschlossen. Dann ruht endlich die Vergangenheit. Vielleicht findet mein Sohn dann auch seinen Frieden."

Sollte sie ihm das glauben? Ging es dem Mann wirklich um Gerechtigkeit? Oder doch um das viele Geld, das dieses Bild sogar auf dem Schwarzmarkt bringen würde. Aber dann hätte er es nicht hierhergebracht, sagte Doro sich, denn damit war klar, dass er es nicht würde zu Geld machen können. Nein, eher schon schützte hier ein Vater seinen Sohn, indem er dessen Tat auf sich nahm. Aber warum sollte er das tun? Und wenn es so war, wenn er seinen Sohn schützte: Warum hatte denn der Sohn das Bild gesucht und diesen Waschow getötet? Da stellten sich die gleichen Fragen. Ging es Kasten Junior um Gerechtigkeit? Oder um Geld? Das wiederum würde nur er selbst beantworten können, und er war immer noch flüchtig.

Doro schoss ein Gedanke durch den Kopf. „Entschuldigen Sie mich einen Moment“, sagte sie und ging auf die andere Seite des Spiegelfensters. „Was hat diese Zeugin eigentlich genau gesagt, also die Nachbarin aus der Wohnung unter Waschow?“, fragte sie Ritschler, der wieder am Bildschirm saß. Der wusste offensichtlich nicht, was sie meinte. „Wann genau hat sie Clemens Kasten dort gesehen? An welchen Tagen und zu welcher Uhrzeit? Such dir mal das Protokoll raus und lies das nach. Gib mir Bescheid, sobald du es gefunden hast.“ Sie hatte versäumt, diese Informationen sofort abzufragen, und ärgerte sich über sich selbst. Aber es hatte ihr auch noch niemand das Protokoll zukommen lassen.

Doro ging zurück in den Vernehmungsraum und nahm wieder Platz. „Wo hält sich Ihr Sohn derzeit auf?“, fragte sie direkt und unvermittelt.

„Weiß ich nicht“, antwortete Kasten. „ich habe ihn seit fast drei Jahren nicht gesprochen.“

Doro schaute ihn zweifelnd an. Er schien zu bemerken, dass sie ihm nicht glaubte.

„Unser Verhältnis war, wie soll ich sagen, nicht gut“, erklärte er deswegen, „man könnte auch sagen, wir hatten keines. Sie müssen wissen, dass ich in den Westen geflohen bin, ohne meine Frau.“

„Und ohne Ihren Sohn.“

„Genau. Bis vor drei Jahren hatten wir keinen Kontakt. Aber als er damals aus der Klinik kam, hat er mich gesucht. Und gefunden. Eines Tages stand er in Hamburg vor mir. Ich habe da noch Touristen durch den Hafen geschippert", sagte er etwas wehmütig lächelnd, „also mit so einer alten Barkasse, nicht mit diesen neuen Dingern, die aussehen wie Bügeleisen. Jedenfalls blieb der nach so einer Fahrt an Bord, als alle anderen Gäste gegangen waren, und sagte: ‚Ich bin dein Sohn'."

„Wie hat er Sie denn gefunden?"

„So was kann er doch! Der Clemens ist ein Top-Journalist, wussten Sie das nicht? Ich habe es gewusst. Habe mich nämlich immer nach ihm erkundigt, nicht bei seiner Mutter natürlich, sondern bei alten Fahrensleuten, die hier in Rostock lebten. Ich hatte da noch Kontakte. Und ich habe mir jeden *Spiegel* oder *Stern* gekauft, wenn Artikel von ihm drin waren. Hatte immer ein schlechtes Gewissen wegen ihm." Er schien für einen Moment ganz in sich gekehrt. „Übrigens hat Clemens sich nicht nur gefragt, wer sein Vater ist, sondern seine ganze Kindheit und Jugend und die gesamte Familiengeschichte recherchiert. Er hat jeden Stein umgedreht und alles hinterfragt. Seine Krankheit hatte solche Fragen aufgeworfen, und die Suche nach Antworten war wohl so was wie eine Therapie."

„Das wäre ja nicht ungewöhnlich", sagte Doro.

„Bestimmt nicht. Jedenfalls muss er dabei auf die Geschichte seines Großvaters gestoßen sein. Denn darüber hat er mich richtig ausgequetscht. Ich hab ihm alles erzählt, was ich wusste, und vielleicht noch ein paar Gedanken dazu. Auch über das Bild und meine Vermutung, dass Peter es hätte. Der alte Waschow war da ja schon lange tot."

„Was wussten Sie denn über Peter Waschow?", fragte Doro skeptisch nach. „Wenn Sie im Westen waren, hatten Sie doch nichts mehr mit ihm zu tun."

„Stimmt. Meine Flucht war 1971. Da mussten wir mit unserem Hochseetrawler ungeplant nach Larvik in Norwegen einlaufen, Probleme mit der Maschine. In der Nacht bin ich mit einem Kumpel zusammen von Bord abgehauen und zur Botschaft der BRD."

„Da war Peter Waschow noch keine zwanzig."

„Wir kannten uns aber aus dem Hafen. Bis dahin bin ich noch immer bei Vater als Decksmann mitgefahren, wenn ich Urlaub hatte. So wie Peter bei seinem Vater. Wir haben allerdings kaum miteinander geredet, nicht unbedingt wegen der alten Geschichte. Der Waschow war so ein Halbstarker, und ich hatte längst Frau und Kind."

Ritschler betrat den Raum, ging zu Doro und flüsterte ihr ins Ohr: „Das war letzte Woche Freitag."

„Was?", fuhr sie auf. „Letzten Freitag?"

Er schreckte zurück und nickte.

Das kann doch nicht wahr sein, dachte sie innerlich kochend. Freitag, das war lange vor dem Tatzeitpunkt, ja sogar noch vor dem Untergang der *Sansibar*! Was sollte sie mit der Aussage einer Zeugin anfangen, die Clemens Kasten, oder auch nur jemanden, der aussah wie Clemens Kasten, einige Tage vor Waschows wahrscheinlich unbeabsichtigtem Tod vor dessen

Haus gesehen haben wollte? Selbst wenn Kasten diesen Waschow tatsächlich beobachtet hatte, hieß das ja nicht, dass er ihn auch getötet hat! Also konnte die ganze Geschichte, die dessen Vater gerade erzählt hatte, durchaus stimmen.

Fabio und Kasten schauten sie fragend an.

„Sie haben Ihren Sohn also vor drei Jahren auf Peter Waschow gebracht“, setzte sie die Vernehmung fort, ohne sich zu erklären, „und er hat ihn daraufhin gesucht, richtig? Was hatte er vor?“

„Ich weiß es nicht genau“, antwortete Kasten, „ich denke, Clemens hatte die Idee, dieses Bild zu finden und den Erben zurückzugeben. Um Gerechtigkeit herzustellen und seinen Seelenfrieden zu finden. Er hat damals wörtlich so was gesagt wie: ‚Ich kann erst gesund werden, wenn ich Großvaters Trauma bewältigt habe‘. Oder so ähnlich. Ich habe das nicht verstanden. Habe mich wohl auch über ihn lustig gemacht“, fügte er betreten hinzu. „Jedenfalls ist er dann wütend davon, und seitdem habe ich ihn nicht mehr gesprochen.“

„Das heißt, er weiß jetzt gar nicht, dass Sie hier im Lande sind?“

„Nein.“

Sie lehnte sich zurück, sah Kasten fest in die Augen und dachte nach. Das war eine mehr als überraschende Wende im Fall Waschow, aber seine Aussagen konnten durchaus stimmen. Ja mehr noch: Sie erschienen ihr plausibel. Nichts sprach dagegen, und es gab keinerlei Hinweise auf einen anderen Tatverlauf. Niemand hatte am Tag der Tat etwas gesehen oder gehört. Also war Clemens Kasten vielleicht auch in diesem Fall nicht der Täter! Doro hätte nicht sagen können, warum, aber es erleichterte sie.

Sie nahm den Aktenordner vom Tisch und stieß ihn ordnend zweimal mit der Kante auf die Platte. „Also“, sagte sie dabei, „Gerhard Kasten, ich verhafte Sie wegen des Verdachts des Totschlags an Peter Waschow.“

Er lehnte sich im Sessel zurück und verschränkte die Arme vor der Brust. Diese Haltung schien ihm Kraft zu geben, er wirkte erleichtert. Wie jemand, der ein lang gehegtes Ziel endlich erreicht hat.

„Sie wirken sehr gefasst“, sagte Doro.

„Erleichtert. Dieses Bild, das so viel Leid bewirkt hat, wird ja jetzt wohl tatsächlich den Erben zurückgegeben. Vielleicht kommt es in irgendein Museum. Und zwar weil ich es gefunden habe. Für mich fühlt sich das an, als hätte ich wieder gutgemacht, was 70 Jahre schlecht war. Wenn es denn überhaupt so etwas wie Wiedergutmachung geben kann. Und wissen Sie, Frau Kommissarin, mein Leben ist ohnehin gelebt. Ich bin ein alter Mann. Ich habe vieles falsch gemacht im Leben, und wenn ich die Uhr zurückdrehen könnte, würde ich das tun. Nicht für mich, aber für meine Frau Gundula, Clemens' Mutter. Ich würde sie nicht noch einmal alleine lassen, vielleicht würde ich die Kraft finden, zu ihr zu stehen.“

Doro und Fabio hörten schweigend zu.

„Damals hatte ich die Kraft nicht. Sie müssen wissen, dass Gundula aus Ostpreußen gekommen war, als Kleinkind, mit den Flüchtlingstrecks. Was diese Menschen erlebt haben, muss ich Ihnen nicht erzählen. Ihre Mutter ist daran zerbrochen. Als wir geheiratet haben, schien sich Gundula aber sehr gefangen zu haben. Der ganze Krieg war kein Thema für uns. Wissen Sie, das waren die fünfziger und sechziger Jahre, wir waren jung, das Leben war zurückgekehrt, auch hier im Osten fühlte sich das einfach gut an. Doch nach Clemens' Geburt hat sich meine Frau verändert, ist immer stiller geworden, war oft abwesend, nie mehr heiter. Sie hat ständig Wäsche gemacht und geputzt, total zwanghaft, und sie war ständig krank. Verspannungen und Rückenschmerzen, der Magen, Migräne." Kasten schien sich richtiggehend Luft zu machen. Es musste ganz offensichtlich raus, als sei es noch niemals erzählt worden und ließe sich jetzt einfach nicht mehr bändigen. „Kurzum: Das Zusammenleben mit ihr war schwierig und wurde immer schwieriger. Dass ich da in Larvik vom Schiff abgehauen bin, war nicht geplant, ehrlich! Es war eine zufällige Chance. Aber verstehen müssen Sie mich auch, schließlich hatte ich nur dieses eine Leben, und auf einmal war da die Chance, noch mal neu anzufangen."

Doro versuchte kurz, sich diese Zeit vorzustellen. „Wie ist es eigentlich Ihrer Frau dann ergangen?", fragte sie interessehalber nach. „Haben Sie sich bei Ihren Informanten auch nach ihr erkundigt?“

„Ja, oft. Gundula ist anscheinend zunehmend depressiv geworden. Daran ist sie irgendwann erstickt. Gestorben ist sie schließlich an einem Cocktail aus Tabletten und Fusel.“

„Auch nicht leicht für Ihren Sohn. Wann war das?“

„Mitte der Neunziger. Da war Clemens aber schon erfolgreicher Journalist und gerade irgendwo in einem afrikanischen Krieg unterwegs. Er ist nicht einmal zur Beerdigung gekommen, sonst wären wir uns schon früher wieder begegnet. Ich war nämlich dort.“

14

Nachdem Gerhard Kasten abgeführt worden war, blieben Doro und Fabio noch im Vernehmungsraum sitzen. Sie schwiegen betreten, beide hingen ihren Gedanken nach. Die Geschichte der Familie Kasten war ihnen nahegegangen.

Doro erinnerte sich noch einmal an ihren Großvater. Der mit einem Granatsplitter im Bauch auf einem offenen LKW des Roten Kreuzes von weit hinter Moskau bis nach Berlin transportiert worden war, während seine Freunde und Kameraden in Stalingrad krepierten. Aber mehr wusste sie darüber nicht, fiel ihr jetzt auf, auch ihr Großvater hatte nie darüber gesprochen. Von zwei Jahren an der Ostfront, von all den Morden, Schlachten, Massakern, Vergewaltigungen, war nur diese kurze Heldengeschichte geblieben: auf der offenen Pritsche durch Russland, im Winter, mit Schmerzen und Fieber.

Und bei ihrer Großmutter war es das Gleiche, stellte Doro fest, als sie versuchte, sich deren Leben im Krieg vorzustellen. Die hatte zwar nicht fliehen müssen. Aber Kiel war Marinestützpunkt, britische und amerikanische Bomber legten die Stadt in Schutt und Asche, es gab tausende Tote. Und was hatte sie später davon erzählt? Nur ein paar belanglose Geschichten aus dem Luftschutzbunker fielen Doro ein, die sich angehört hatten wie Berichte aus einem Pfadfinderlager. Und Rezepte für Steckrübeneintopf und Kaffee aus Zichorien. Dann kam schon die Trümmerfrauenzeit und alles Weitere war das reine Wirtschaftswunder.

Doro wusste eigentlich nichts von ihren Großeltern. Als sie selbst das Licht der Welt erblickt hatte, hatten die sich schon längst ihr kleines Eigenheim in einer Kieler Randsiedlung gebaut. Ihr Großvater hatte es zum stellvertretenden Abteilungsleiter in der Stadtverwaltung gebracht und ihre Großmutter sorgte für seine Hemden. Und für das Abendbrot, pünktlich um 18 Uhr, exakt eine Stunde nach

Dienstschluss. Abgesehen von den seltenen Angelerlebnissen waren das die stärksten Erinnerungen an die Großeltern: Mischbrot, Aufschnitt, Hagebuttentee. Ganz kurz bildete sie sich ein, diesen Geruch in der Nase zu haben.

Und ihre Eltern? Die waren doch auch kurz vor dem Krieg geboren. Als die Bomben fielen, waren die keine Kleinstkinder mehr. Die haben das vielleicht nicht verstanden, aber sie haben sehr wohl die Toten gesehen, die Angst der Erwachsenen gespürt, die Brände gerochen. Sie hatten Hunger, haben vielleicht sogar geholfen, Verschüttete aus den Trümmern zu graben. Aber jetzt, da Doro sich daran zu erinnern versuchte, kamen ihr die Erzählungen ihrer Eltern vor, als hätten ihre Leben erst mit der Tanzstunde begonnen. Und mit dem ersten eigenen VW Käfer.

„Gut!", riss Fabio sie aus ihren Erinnerungen und zurück in die Gegenwart. „Damit wäre der Fall Waschow also abgeschlossen."

Doro brauchte eine Sekunde, um gedanklich wieder im Raum anzukommen. „Noch nicht ganz", widersprach sie. „Ich denke, Peter Waschow hat auch die *Sansibar* versenkt."

Fabio schaute sie fragend an. „Warum sollte er das getan haben?"

„Um Kasten Junior aus dem Weg zu räumen. Der war ihm mit seinen Recherchen immer näher auf die Pelle gerückt, das war nur noch eine Frage der Zeit, bis die ganze Geschichte aufgeflogen wäre. Dass der Senior hier aufschlagen würde, konnte Waschow nicht wissen, mit dem hat er nicht gerechnet."

Fabio erschien das nicht plausibel. „Und wenn die Geschichte aufgeflogen wäre! Alle Beteiligten von damals sind tot, und wenn Waschows Vater posthum zum Nazi-Schergen erklärt worden wäre, wen sollte das noch kümmern? Darauf wäre so einer wie Waschow doch bestimmt noch stolz."

„Mag sein. Aber vergiss nicht das Bild! Er hätte auch den Liebermann rausrücken müssen, und wahrscheinlich war das so was wie die eiserne Reserve für den Staatsstreich. Das Bild ist unglaublich wertvoll, mit dem Verkaufserlös kannst du eine kleine Armee bewaffnen!"

Fabio stieß einen tonlosen Pfiff aus. „Aber haben wir dafür irgendeinen Beweis?"

„Clemens Kasten scheint auch zu glauben, dass die Versenkung des Schiffes eigentlich ihm galt", untermauerte Doro ihre Theorie, „er hat jedenfalls solche Andeutungen gemacht."

„Nicht wirklich ein Beweis, oder?"

Das musste sie zugeben und wusste erst einmal nichts zu erwidern.

„Ich denke, wir sollten lieber noch mal in Richtung Windkraft ermitteln", schlug Fabio vor. „Wir haben die ganze Zeit nur auf diesen Bootsmann und auf Waschow geschaut. Was, wenn die mit dem Untergang der *Sansibar* gar nichts zu tun haben?"

Natürlich hatte er recht. Aber aus irgendeinem Grund hielt sie diese Fährte für kalt. „Gut", sagte sie deswegen halbherzig, „dann soll der Kowalek mal herausfinden, was die *Sansibar* in den letzten Monaten für Fahrten gemacht hat und für wen. Vielleicht wissen die das im *Sail*-Büro, der soll da mal nachfragen."

Fabio durchschaute sie. „Du hältst das für unwahrscheinlich, oder?" Doro bejahte mit einem Kopfnicken. „Ins *Sail*-Büro brauchst du jetzt ohnehin niemanden zu schicken, die haben wirklich andere Sorgen. Wir haben Freitagabend, da brennt jetzt die Luft. Aber ich war unterdessen auch nicht ganz untätig", fuhr er fort, und ein gewisser Stolz war unüberhörbar, „ich habe ein paar interessante Dinge herausgefunden."

Doro hob beide Augenbrauen und schaute ihn stumm an. Er kannte diesen Ausdruck, ließ sich davon aber nicht beirren. „Die *Sansibar* hat zuletzt Gästefahrten zu dieser Windparkbaustelle zwischen Warnemünde und Gedser gemacht", begann er, „im Auftrag eines deutsch-dänischen Konsortiums namens …"

„… *Offshore Power*", ergänzte sie.

Fabio war überrascht.

„Weiß ich aus dem *Sail*-Büro."

„Und weißt du auch, dass *Offshore Power* der Hauptsponsor der diesjährigen *Hanse Sail* ist?"

„Ja, auch das weiß ich. Die *Sansibar* sollte an einer

Regatta teilnehmen, die dieser Sponsor für seine Kunden und Partner und wahrscheinlich eine Reihe von Politikern am Sonntag ausrichten will."

„Aber das sind doch alles 1-A-Motive!", brauste Fabio verhältnismäßig laut auf. „Findest du nicht? Entweder war es die Konkurrenz, jemand von einem der anderen alten Schiffe, der das Geschäft der *Sansibar* übernehmen wollte. Immerhin dürften solche Fahrten deutlich besser bezahlt sein als die üblichen Gästefahrten ..."

Doro wiegte zweifelnd den Kopf.

„... Oder die Versenkung ist ein offener Angriff auf den Windpark. Vielleicht waren hier Konkurrenten dieses Konsortiums am Werk, oder militante Windkraftgegner."

„Kann sein", sagte Doro wenig überzeugt, „wir können da ja noch mal ansetzen. Aber nicht mehr heute. Ich bin total k.o., ich geh jetzt nach Hause."

Sie stieß sich mit beiden Händen ruckartig von den Stuhllehnen ab und erhob sich. Fabio stand die Enttäuschung ins Gesicht geschrieben, aber Doro war in diesem Moment einfach zu erschöpft.

Eine halbe Stunde später stand sie am gläsernen Verkaufstresen des *Balkan Grill,* der in den letzten Jahren zu ihrer Hauptquelle schneller Abendessen geworden war. Nicht nur, weil er verkehrsgünstig genau auf dem Weg zwischen Polizeiinspektion und ihrer Wohnung lag, sondern auch, weil ihr das Essen schmeckte. Döner und Lahmacun schienen ihr wirklich gute Kompromisse zwischen Vergiften und Verhungern zu sein. Das einzige Manko des Ladens war, dass es hier nichts zu trinken gab, dafür hatte dieser Imbiss keine Lizenz.

An zwei Grills drehten sich kiloschwere Fleischspieße vor rotglühenden Heizdrähten. Doro spürte die Hitze in ihrem Gesicht, obwohl sie mehr als drei Meter entfernt stand. Hassan, dem türkischen Inhaber, schien das nichts auszumachen, obwohl er viel näher dran war. Er war vermutlich daran gewöhnt, weil er in dieser Mischung aus Hitze und Gerüchen sieben Tage die Woche täglich vierzehn Stunden zubrachte. Sein muskulöser Körper zeugte davon, dass er auch noch regelmäßig Zeit zum Trainieren fand. Jedenfalls trug er ein hautenges Shirt und ließ seine Bizepse und Trapezmuskeln spielen, während er mit einer Zange verschiedene Salate in ein geviertteltes Fladenbrot füllte.

Allein das wäre für Doro schon Grund genug gewesen, hier regelmäßig einzukehren. Eine Art Stangentanz ohne Stange, hatte sie selbst mal gelästert, my private peep show. Noch mehr als seine Muskeln begeisterte sie, dass dieser kleine und wirklich hart arbeitende Mann immer gut gelaunt zu sein schien. Ob Scheißwetter, Graffiti auf seinem Schaufenster oder eine Preiserhöhung der albanischen Schutzgeldmafia, er nahm das Leben, wie es kam, heiter und gelassen. Und blieb immer freundlich. Wenn die Schlange am Tresen es zuließ, tauschte Doro gern ein paar belanglose Worte mit ihm. Und hinterher ging es ihr meistens besser.

„Ah, meine Lieblingskommissarin!“, begrüßte er sie fröhlich. „Alles gut? Siehst blass aus!“

Sie machte nur ein abwehrende Handbewegung. „Frag besser nicht“, bedeutete das. Doro war sich nicht sicher, ob sie seine Ehrlichkeit schätzen sollte oder lieber angelogen worden wäre. Von wegen blass aussehen. „Machst du mir eine türkische Pizza?“

„Mit viel Salat und wenig Soße, wie immer, schöne Frau.“

Und schon lächelte sie.

Er legte einen flachen Fladen in eine Art überdimensioniertes Waffeleisen, dann betrachtete er verstohlen die anderen Gäste und schaute prüfend zur Tür. Sie schienen ihm vertrauenswürdig, die Situation insgesamt sicher. Jedenfalls griff er unter den Tresen, holte ein Flasche Rotwein hervor und schenkte ein Glas ein. „Dein Lieblingswein“, sagte er und reichte es Doro. Sie nahm es, warf ihm einen angedeuteten Kuss zu und ging mit dem Wein an einen der drei Stehtische. In diesem Moment öffnete sich die Tür, sie erschrak kurz und verdeckte mit einem Arm instinktiv das Glas, aber dann erkannte sie Tom Schroeder.

Der war offensichtlich genauso freudig überrascht wie sie. „Sie wissen, was gut ist“, begrüßte er sie lachend. „Das ist doch der beste Döner der ganzen Stadt, oder?“

„Ich weiß nicht, ob ich schon alle durchhabe", antwortete Doro mit gespieltem Ernst, „aber von denen, bei denen ich bis jetzt gegessen habe, ist der hier ganz sicher der beste." Dabei zwinkerte sie Hassan zu, der ihr gerade die Türkische Pizza über den Tresen reichte.

„Für mich das Gleiche bitte", sagte Schroeder.

Trotz ihrer großen Erfahrung im Essen überdimensionierter gefüllter Fladen aus der Hand war der ersten Bissen für Doro immer eine Herausforderung. Sie schälte die Alufolie in Streifen ab wie die Schale einer Banane und überlegte dann, an welcher Kante sie anfangen sollte. Schließlich biss sie beherzt hinein. Sogleich hatte sie Soße an Wange und Nase, ein Stück Gurke fiel auf den Tisch.

„Das muss ein magerer Braten sein, da nichts von abtropft", zitierte Schroeder. Ihm war offensichtlich klar, dass es bei dieser Form des Essens nicht um die Anwendung klassischer Benimmregeln gehen konnte, sondern nur darum, sie stolz und selbstbewusst außer Kraft zu setzen.

„Luther?", fragte sie mit vollem Mund.

„Wer sonst!"

Wenige Minuten später erging es Schroeder ähnlich, auch er rang mit einem widerspenstigen Fladen und kaute angestrengt. Da Schroeder deutlich schneller aß als sie, wurden sie fast zeitgleich fertig. Auf dem Tisch vor ihm und dem Boden unter ihm sah es allerdings noch schlimmer aus als bei Doro, er hatte sogar eine ganze Tomatenscheibe und mehrere Zwiebelringe verloren. Doro wischte sich mit der Serviette durchs halbe Gesicht und schaute Schroeder fragend an. Er zeigte auf seine eigene rechte Wange, um ihr zu signalisieren, wo sie nachwischen musste. Das tat sie, warf dann die Serviette in die Tonne, trank ihr Glas aus und reichte es Hassan zurück über den Tresen. „Bis demnächst!", verabschiedete sie sich von ihm. „Und danke für den Wein!"

„Dafür nicht", sagte er lächelnd.

Vor der Tür blieb Schroeder stehen und drehte zwei Zigaretten. Er reichte Doro eine davon, gab ihr Feuer und entzündete seine. Es war ein schöner Sommerabend, warm und friedlich trotz der Menschenmassen auf den Straßen, irgendwo sangen Amseln ihre Abendlieder. Sie rauchten, lachten sich ab und zu an. Doro kam sich ein wenig vor wie auf dem Schulhof vor 35 Jahren. Sie konnte dieses Gefühl aber nicht richtig einordnen.

„Wenn Sie mögen, begleite ich Sie noch ein Stück", sagte Schroeder schließlich.

„Sehr gern."

Nach wenigen Minuten standen sie vor ihrer Haustür. Doro spürte eine Nervosität, eine wachsende Unruhe, aber diesmal keine unangenehme. Es war wirklich eher die Unruhe eines verliebten Teenagers, wurde ihr jetzt klar, und genau seit dieser Zeit hatte sie das Gefühl nicht mehr erlebt. Oder nicht mehr zugelassen, wie alle starken Gefühle. Selbst ihre

Ehe hatte sie schon mehr aus dem Kopf gesteuert, als aus dem Bauch gewollt. Und jetzt das. Der Mann neben ihr löste etwas aus, von dem sie nicht gedacht hatte, dass sie es noch mal fühlen würde. Ja mehr noch, sie hatte unterdessen ganz vergessen, wie es sich anfühlte.

Sie gab sich einen Ruck. „Darf ich Ihnen noch was anbieten?", fragte sie, wobei sie sich Mühe gab, möglichst abgeklärt und eben nicht wie ein verliebter Teenager zu klingen. Das gelang ihr allerdings nur bedingt.

„Warum nicht", gab er zur Antwort, und es klang mindestens ebenso bemüht cool wie Doros Frage. In diesem Punkt schienen sich beide nichts zu nehmen.

Sie schloss die Tür auf und ging voraus. Ihr Herz klopfte, nicht nur wegen der sechsundfünfzig Treppenstufen.

Oben angekommen nahm Doro das Holster ab und legte die Dienstwaffe in den Safe. Dann ging sie mit schnellen Schritten ins Wohnzimmer und sammelte etwas hektisch ein paar Kleidungsstücke von ihrem Ecksofa. Außerdem stapelte sie behelfsmäßig einige herumliegende Zeitschriften. „Bitte!", bot sie dann Schroeder an, sich zu setzen.

Sie selbst ging erst einmal ins Bad. Sie wusste noch nicht, was sie sich von diesem Besuch versprach und war immer noch zu nervös, darüber nachzudenken und sich selbst die Frage zu beantworten. Was auch immer passieren sollte, der Blick in den Spiegel machte ihr wenig Hoffnung. Sie sah tatsächlich blass aus, wie Hassan gesagt hatte, hatte tiefe Ränder unter den Augen. Doro warf sich zwei Hände kalten Wassers ins Gesicht und rubbelte es mit einem harten Handtuch trocken. Das brachte immerhin einen leichten Rotschimmer.

Schroeder schaute sich unterdessen ein wenig um. Er ging zu einem Regal und betrachtete interessiert die Rücken der Bücher. Erfreut stellte er fest, dass es weder Ratgeber noch Reiseführer waren, sondern überwiegend zeitgenössische Romane. Juli Zeh, Ralf Rothmann, T.C. Boyle, auch Wilhelm Genazino. Nicht die leichteste Kost, dachte er, sehr sympathisch. Auch ein paar moderne Klassiker waren darunter, er zog einen Band mit Erzählungen von Siegfried Lenz heraus und pustete die Staubschicht von der Oberseite. Dann ging er in die halb offene Küche, ein moderner Smoothie-Maker fiel ihm ins Auge, als einziges Küchengerät neben Herd und Kühlschrank. Während es aus dem Bad plätscherte, warf er schnell einen neugierigen Blick in ihr Schlafzimmer. Da waren nur eine Decke und ein Kopfkissen, und das betrübte ihn nicht. Als sie zurück ins Wohnzimmer kam, stand er gerade vor einer kleinen Radierung an der Wand.

„Das ist hübsch!“, sagte er. Das Bild zeigte eine Herbstlandschaft im Nebel.

„Picasso“, erklärte Doro trocken, „aus dem Frühwerk.“

Er schaute sie ungläubig an, aber sie schaffte es nicht länger als drei Sekunden, ernst auszusehen. „Schön wär's", sagte sie lachend. „Ist von meinem ehemaligen Nachbarn. Zu Lebzeiten war ihm leider kein Erfolg vergönnt."

„Aber posthum?"

„Noch weniger, fürchte ich."

In diesem Moment schlug der Schreck in sie wie ein Stromschlag. „Ach du Scheiße!", entfuhr es ihr laut, sie riss die Augen auf und legte eine Hand vor den Mund. „Der Liebermann!" Schroeder schaute sie fragend an, er wusste nichts damit anzufangen. „Das Bild! Ein Liebermann! Der steht bei mir im Büro, auf dem Aktenschrank!"

„Ein echter Liebermann?", fragte Schroeder.

„Düne mit Kind", sagte Doro, „von 1906."

Sie erklärte in kurzen Sätzen, wie es dazu gekommen war, dass ein wahrscheinlich mehrere Millionen teures Bild in ihrem Büro stand. Völlig ungesichert und bei offener Tür. Fast musste sie über sich selbst lachen, obwohl ihr eigentlich nicht danach zumute war.

Schroeder schaute auf seine Uhr. „Gleich acht, Freitagabend", sagte er, „da ist es sowieso egal, oder? Bei euch Kriminalen arbeitet keiner mehr, die ganze Etage ist abgeschlossen, und die vom Dauerdienst kommen doch oben nicht rein. Wenn es bis jetzt noch nicht geklaut ist, wird es morgen früh auch noch da sein. Sie sollten nur früh am Morgen hingehen."

Wahrscheinlich hatte er recht. Außerdem rechnete niemand mit einem solchen Bild an diesem Ort, und die meisten Kollegen dürften damit nichts anzufangen wissen. Dieser Gedanke beruhigte sie etwas.

„Puh!“, sagte sie dann. „Auf den Schreck muss ich aber was trinken. Möchten Sie auch einen Wein? Vielleicht habe ich auch noch irgendwo ein Bier, ist aber bestimmt warm.“

„Bier ist Menschenwerk, Wein aber ist von Gott“, antwortete Schroeder schmunzelnd.

Sie schüttelte lachend den Kopf, ging in die Küche, nahm eine Flasche Merlot und zwei Gläser aus dem Schrank, entkorkte sie und trug alles ins Wohnzimmer. „Es ist warm hier drinnen. Wollen wir raus auf den Balkon?“

Sie setzten sich auf die Klappstühle, für Schroeders Beine war dort beinahe kein Platz. Doro schenkte ein, dann tranken sie erst einmal wortlos nebeneinander her und schauten hinunter auf das Treiben der Stadt. Aber Schroeder schaute nicht nur hinunter, sondern beobachtete auch Doro verstohlen. „Sie wirken so ernst“, sagte er nach einigen Minuten.

„Wollen wir nicht Du sagen? Ich komme mir sonst so alt vor.“

„Sehr gern. Also, du wirkst so ernst. Stimmt was nicht?“

Doro schwieg und schien nachzudenken. „Es ist der laufende Fall“, begann sie, „der nimmt mich ziemlich mit.“

„Der Tote in der Südstadt? Klaus Müller? Oder die Sache mit dem Schiff?"

„Das hängt alles zusammen. Der Tote in der Südstadt ist aufgeklärt, denke ich, der Vater von Clemens Kasten hat gestanden. Glaubhaft. Wahrscheinlich war es ein Unfall, vielleicht auch Notwehr, das muss ein Gericht entscheiden. Müller ist nicht mein Fall, auch wenn der offensichtlich mit dem Toten zu tun hatte. Es sieht so aus, als habe Müller diesem Waschow Daten und Waffen besorgt. Die Internen leiten hier die Ermittlungen."

„Also ist es das Schiff?"

„Ja. Terberger und Fabio denken, der Untergang könnte mit den Fahrten zum Windpark in Zusammenhang stehen. Konkurrenten oder Windkraftgegner."

„Aber du glaubst das nicht?"

„Nein. Ich bin mir ziemlich sicher, dass Waschow die *Sansibar* versenkt hat, um Kasten aus dem Weg zu räumen. Der war ihm und damit diesem Bild dicht auf den Fersen. Aber was mich wirklich beschäftigt", fügte sie nach einer längeren Gedankenpause an, „ist Clemens Kasten selbst."

Schroeder hörte aufmerksam zu, ohne sie zu unterbrechen.

„Der berührt mich … irgendwie … als Mensch. Er ist eigentlich Journalist, war anscheinend sehr erfolgreich, bis er vor drei Jahren einen totalen Zusammenbruch hatte."

„Burnout?“

„So was in der Richtung, ja, ich vermute auch Depressionen. Er war jedenfalls lange arbeitsunfähig, bevor er auf der *Sansibar* als Bootsmann angeheuert hat. Seine Ärztin, diese Dr. Andres in Gehlsdorf, hat natürlich nichts Persönliches gesagt, von wegen Arztgeheimnis und so. Aber sie hat ihn als ‚Kriegsenkel‘ bezeichnet.“

Er horchte sichtbar auf.

„Hast du davon schon mal gehört?“

„Ja sicher.“

Sie schaute ihn ebenso erstaunt wie erwartungsvoll an.

„Das betrifft viele Menschen in diesem Alter, also grob gesagt: in den sechziger Jahren Geborene“, erklärte Schroeder. „Das Thema ist allerdings stark tabuisiert. Darüber redet man nicht, allenfalls mit seinem Psychotherapeuten. Aber zu dem gehen wir hierzulande ja erst, wenn es schon zu spät ist.“

Doro schwieg, sie schien an ihm vorbei ins Nichts zu schauen. „Ich frage mich, ob das auch mit mir zu tun hat“, sagte sie leise.

Dann hielt sie inne. Warum erzählte sie ihm das? Sie kannte ihn kaum, dieser Mann war ein Fremder. Aber immerhin war er Seelsorger. Und vielleicht ein Seelenverwandter? Sie spürte irgendwie, dass sie sich ihm anvertrauen konnte. Es war eine Chance, das loszuwerden, die Verwirrung zu ordnen, die sie in den letzten Stunden und Tagen ergriffen hatte.

Doro kannte Gott und die Welt, aber zum Reden hatte sie niemanden. Abgesehen von ihrer Tochter, die sich im australischen Outback herumtrieb und ganz sicher kein Ohr für den Psychokram ihrer Mutter hatte. Außerdem meist keine Netzabdeckung. Die lebte ihr Leben, und wie es aussah, war es ein unbeschwertes, glücklicheres Leben, auch wenn Doro dieses fröhliche In-den-Tag-Hineinleben nicht verstehen konnte. Und unter den Kollegen hätte sie allenfalls mit Fabio reden können. Sie mochten sich, er war nett und hilfsbereit und immer gut drauf, einen besseren Kollegen hätte sie sich gar nicht vorstellen können. Aber er war auch eine Fleisch gewordene Doppelhaushälfte, trotz seiner italienischen Vorfahren.

Nutze die Chance und rede mit diesem Mann!, ermunterte sie sich selbst.

Doro füllte beide Gläser nach und überlegte dabei, wie sie das anfangen sollte. In emotionalen Belangen war sie noch nie gut gewesen. Das war ihr schon in der Schule so gegangen, und selbst unter guten Freunden hatte sie Schwierigkeiten, sich mitzuteilen. Sie ließ das einfach nicht zu und lenkte Gespräche sofort zurück auf festen Boden, wenn sie in so eine Richtung zu driften schienen. Oder sie zog es mit flapsigen Bemerkungen ins Lächerliche.

Schroeder drängte sie nicht, aber seine Haltung signalisierte, dass er bereit war zuzuhören. „Weißt du“, begann sie schließlich, „dieser Fall hat bei mir einfach viele Erinnerungen hochgebracht. An Dinge und Menschen, an die ich seit Jahren nicht gedacht habe. An meine Kindheit, meine Großeltern, Eltern. Und er hat Fragen aufgeworfen: Wo komme ich her? Wie bin ich die Frau geworden, die ich heute bin? Warum verhalte ich mich manchmal so und dann so? Woher kommt meine innere Unruhe? Kann das tatsächlich irgendwie mit dem Krieg …" Plötzlich kamen ihr wieder Zweifel, sie hielt abrupt inne und wischte ihre eigenen Gedanken vom Tisch: „Ach was, wahrscheinlich ist das nur sentimentaler Quatsch!"

Schroeder betrachtete sie freundlich. „Ich denke nicht, dass das Quatsch ist", widersprach er. „Im Gegenteil: Ich kann das sogar gut nachvollziehen."

„Als Seelenklempner", spottete sie.

„Auch das, aber nicht nur." Schroeder blieb ruhig. „Manchmal sind es äußere Begebenheiten, die so was auslösen und uns plötzlich und überraschend auf uns selbst zurückwerfen. Manchmal kommt das auch von innen, ohne dass wir wüssten, warum oder woher. Das war bei mir so vor ein paar Jahren. Da habe ich plötzlich alles in Zweifel gezogen."

Jetzt horchte sie interessiert auf. Offensichtlich hatte sie sich nicht in ihm getäuscht. „Und wie bist du da rausgekommen?"

„Gar nicht. Erst mal hat es mich immer weiter in den Abgrund gezogen, weil ich es nicht begriffen habe. Oder nicht begreifen wollte. Irgendwann habe ich den großen Vorschlaghammer geschwungen:

Scheidung, Aufgabe meiner Pfarrstelle, Wechsel hier an die Küste als Polizeiseelsorger."

„Du meinst, ich sollte sicherheitshalber kündigen und irgendwo anders eine Kneipe aufmachen?", versuchte sie zu scherzen. Allerdings klang sie dabei eher bitter.

„Nein. Das wird nicht helfen, glaube mir. Am Ende hast du nur dein Leben radikal verändert, aber musst feststellen, dass die Probleme gar nicht äußerlich sind, sondern tief in dir selbst verborgen. Und immer bei dir, egal wo du bist. So war es jedenfalls bei mir. Und du hast selbst so was in der Art gesagt, weißt du noch? Als wir gemeinsam von der KPI in den Hafen gegangen sind."

„Stimmt", erinnerte sie sich, „wie eigenartig. Aber wenn nicht einmal die Radikalkur hilft, was hilft denn dann?"

„Arbeiten und Saufen!", sagte er ironisch. „Nein, im Ernst: Wenn du aufhörst, solche Fragen zu verdrängen, bist du schon auf einem guten Weg. Setz dich damit auseinander, aber in Ruhe, nicht so nebenbei zwischen Teamberatung und Feierabenddöner."

Doro nahm einen großen Schluck und dachte nach. „In Ruhe?", sagte sie dann. „Manchmal denke ich, wenn ich zur Ruhe käme, würde ich durchdrehen."

Schroeder blickte ihr tief in die Augen. „Dann wird es aber wirklich höchste Zeit!"

„Ich glaube, ich habe Angst davor."

„Das kann ich gut nachvollziehen. Aber könnte deine Angst vielleicht auch die Ursache sein?“, fragte er einfühlsam.

Doro verstand nicht. „Wie meinst du das?“

„Angst“, hob Schroeder behutsam an, „ist ja nicht immer eine konkrete Angst vor irgendetwas. Wir tragen Angst auch in uns, die einen mehr, die anderen weniger. Für manche ist das so was wie ein Grundgefühl, andere kennen es nicht einmal. Angst kann einen ganz einnehmen. Wie Wut und Traurigkeit übrigens auch. Aber Angst ist auch eine starke Triebkraft. Damit kann man steile Karrieren machen, auch bei der Kripo oder in der Seelsorge“, schob er augenzwinkernd ein, „und damit kann man auch ungeheuer kreativ sein oder ganze Staaten wiederaufbauen nach einem Krieg. Aber sie kann einen auch innerlich zerfressen. *Angst essen Seele auf*“, zitierte er einen Filmtitel.

Doro schwieg, sie war damit erst einmal überfordert.

„Mir hat übrigens auch das Segeln geholfen“, schloss Schroeder und wechselte damit wieder aus dem ernsthaften in einen eher heiteren Ton. „Ich habe mir ein eigenes Boot gekauft. Vielleicht hast du auch was, das du früher gern gemacht hast oder immer schon mal machen wolltest?“

„Laufen“, sagte sie fast tonlos, „den New York Marathon.“

„Okay, dann solltest du dafür trainieren. Allerdings“, fügte Schroeder vorsichtig an, „erscheint mir persönlich so ein Marathon eher wie ein Kampf gegen den eigenen Körper, also gegen sich selbst, irgendwie. Fällt dir nichts Schöneres ein? Vielleicht … Segelfliegen? Ich kenne auch eine Kollegin von dir in Schwerin, die ganz passioniert zur Jagd geht und daraus ihre Energie und innere Ruhe schöpft.“

Doro fiel nichts Schönes ein, was sie hätte tun wollen. Und diese Erkenntnis schnürte ihr den Hals zu. Aus Verlegenheit schenkte sie sich schnell ein Glas nach, sie musste von diesem Thema wegkommen. „Und hilft dir nicht auch dein Glaube?“, fragte sie deswegen. „Von wegen: *Eine feste Burg ist unser Gott?*“

Schroeder schaute sie überrascht an. „Jaaa“, sagte er langsam und gedehnt, „mein Glaube, ‚der sollte mir auch helfen‘.“

Eine Stille entstand, die beide trinkend zu überbrücken versuchten. Doro wusste diese Antwort nicht zu deuten. Der sollte mir auch helfen, wiederholte sie in Gedanken. Was hatte Schroeder damit sagen wollen? Hieß das so viel wie: „Ich vertraue darauf, dass mein Glaube mir helfen wird?“ Oder hieß es: „Mein Glaube sollte eigentlich helfen, tut es aber nicht“? Echte Zuversicht hörte sich anders an, fand sie, aber genau die hätte sie von einem Pastor und Seelsorger erwartet. Zuversicht, Mut machen, Sorgen zerstreuen. Viel hatte sie von den Gottesdienstbesuchen mit ihren Großeltern nicht behalten, aber *Glaube, Hoffnung, Liebe,* diese drei, daran erinnerte sie sich. Deswegen war sie von seiner Antwort enttäuscht. Aber auch ein wenig erleichtert: Dieser Tom Schroeder schwebte nicht irgendwo zwischen Bibelweisheiten und Lutherzitaten, sondern stand mitten im Leben. Auf beiden Beinen, wenn auch ein wenig wackelig, genau wie sie selbst. Ganz kurz dachte Doro daran, ihn jetzt einfach zu küssen und mit ihm ins Bett zu gehen.

Aber es blieb beim Gedanken. Sie fürchtete sich vor der Zurückweisung, vor dem Gefühl, nicht gut genug zu sein, nicht zu genügen. Vielleicht hoffte sie insgeheim darauf, dass er die Initiative ergreifen oder wenigstens deutliche Signale aussenden würde. Sie hätte nicht sagen können, wie sie reagieren würde, wenn er sich jetzt zu ihr herüberbeugte, um sie zu küssen. Und ob sie den Mut fände, diese Nacht mit ihm zu verbringen. Oder vielleicht auch viele Nächte, alle Nächte.

Als die Flasche leer war, erhob sich Schroeder mühsam vom engen Sitz, streckte sich und sagte: „Ich geh dann mal."

Doro nickte nur. Bitte bleib doch noch, dachte sie. Aber sie sagte: „Ist ja auch schon spät, wir müssen morgen wieder früh raus." Wie idiotisch war das denn jetzt, ärgerte sie sich sofort.

An der Tür schauten sie sich noch für einen kurzen Moment verlegen an. Dann nahm Schroeder Doro in den Arm, drückte sie kurz und hauchte ihr im Loslassen einen Kuss auf die Wange. Bevor sie darauf irgendwie reagieren konnte, hatte er seine Jacke geschnappt und die Wohnung verlassen. Sie hörte noch, wie er die Treppen hinunterging und die Haustür hinter ihm ins Schloss fiel. „Du bist so bescheuert!“, sagte sie halblaut zu sich selbst.

Sie öffnete eine zweite Flasche und ging damit zurück auf den Balkon. Für einen Moment kam es ihr so vor, als stünde Schroeder gegenüber im Schatten einer Einfahrt und schaute zu ihr hoch. Die Stadt unter ihr fiel langsam in den Schlaf, aber Doro brauchte noch ein Glas, bis sie die nötige Bettschwere erreicht hatte.

15

Doro schleppte sich müde durchs Treppenhaus der KPI. Ihre Beine fühlten sich schwer an, sie hatte Mühe, die Stufen zu nehmen und zog sich mit der rechten Hand am Treppengeländer aufwärts. Sie war aus einem bleiernen Schlaf mit starkem Herzklopfen aufgewacht, obwohl es draußen noch dunkel war, jedenfalls so dunkel, wie Augustnächte in einer Großstadt werden können, und hatte sich grübelnd hin und her gewälzt. Hatte sie sich nicht komplett lächerlich gemacht? Warum hatte sie so viel von sich preisgegeben? Und hatte Schroeder am Ende gemerkt, dass sie mit dem Gedanken gespielt hatte, mit ihm ins Bett zu gehen? War er deswegen so abrupt aufgebrochen? Aus Angst vor ihren Annäherungsversuchen?

Sie fühlte sich elend. Außerdem beschäftigte sie weiterhin der Fall. Während die *Hanse Sail* ihrem Höhepunkt am heutigen Abend zusteuerte, während tausende Menschen auf den Markt und die Schiffe strömten und sich auf das Feuerwerk am Abend freuten, lag die *Sansibar* immer noch auf Grund, mit unklarer Zukunft. Ob Baumgartners Tombola viel Geld gebracht hatte? Dabei fielen ihr die Lose ein, sie griff in die Tasche ihrer Kapuzenjacke und zog sie hervor. Bis jetzt war sie noch nicht dazu gekommen, die zu überprüfen. Sie riss einem der Lose beide Enden ab und rollte es aus. *Nur wenn das Meer still wird, kann es den Himmel spiegeln,* las sie. Was für eine Glückskeksweisheit! Sie öffnete ein zweites Los und las den gleichen Spruch, genau wie in Nummer drei und vier. Nur das fünfte war ein Gewinn: eine Kiste Bier und eine Fan-Mütze von Hansa Rostock. Na super, dachte sie und nahm die letzte Stufe.

Mit Clemens Kasten hatte sie bis jetzt nicht wieder gesprochen. Zwar hatten sie die Fahndung sofort aufgehoben, nachdem sein Vater gestanden hatte, aber aus ihrer Sicht waren zu viele Fragen unbeantwortet. Sie verstand noch nicht ganz, wie die Dinge zusammenhingen, und das ließ ihr keine Ruhe. Vor allem fehlte ein Beweis oder wenigstens ein starkes Indiz dafür, dass es wirklich Waschow war, der das Schiff versenkt hat. Und solange sie das nicht liefern konnte, würde Terberger darauf bestehen, weiter in Richtung Windkraft zu ermitteln.

In Gedanken wäre sie beinahe mit Schmitt zusammengestoßen. „Du, hier?“, fragte sie überrascht. „Am Samstag?“

„Bereitschaft“, gab er schulterzuckend zurück.

„Und wo ist Ritschler?“

„Der hat frei.“

Doro wunderte sich kurz. Hatten die jemals getrennt voneinander Dienst? Sie konnte sich nicht daran erinnern. „Dann ist Kowalek wieder gesund?“, fragte sie.

„Theoretisch ja. Praktisch ist er heute früh nicht erschienen, und telefonisch erreiche ich ihn nicht. Und du? Was machst du hier?“

„Ich muss nur schnell was überprüfen“, antwortete sie ausweichend. Den wahren Grund musste sie ihm ja nicht auf die Nase binden. Tatsächlich war sie gekommen, um das Bild im Safe der Inspektion einschließen zu lassen, bevor es am Montag der richtigen Stelle übergeben werden konnte. Welche das war, musste sie erst noch recherchieren. Vielleicht würde sie diesen Anwalt noch einmal anrufen.

Als sie schon ein paar Meter weiter war, rief Schmitt ihr nach: „Ach Doro, übrigens, da war gestern Nachmittag noch eine Frau da, die hat nach dir gefragt.“

Doro wandte sich um und ging zu ihm zurück. „Was für eine Frau?"

„Keine Ahnung. Ich kannte die nicht. Hab sie in dein Büro geschickt, ich war mir nicht sicher, ob du noch da warst."

„Und den Namen hast du nicht notiert?"

Schmitt schaute schuldbewusst auf den Boden.

„Wie sah die Frau denn aus?"

„Eher klein", versuchte er sich zu erinnern, „zierlich, ziemlich wilde Frisur, so hochgesteckt." Schmitt bewegte zugleich beide Hände um seinen Kopf und deutete damit an, was er unter einer wilden Frisur verstand.

Die Beschreibung passt auf Dr. Andres, dachte Doro. „Hat sie gesagt, worum es ging?"

„Nein."

„Hm", machte Doro nur. Verwundert ging sie in Richtung ihres Büros. Was wollte Dr. Andres hier? Gestern Nachmittag. Da lief die Fahndung nach Clemens Kasten noch. Und sie dürfte nicht gewusst haben, dass dessen Vater die Tat gestanden hatte. Wahrscheinlich hatte sie ihren Clemens entlasten wollen, das Alibi noch mal bekräftigen oder so. Warum sonst hätte sie … Plötzlich durchschlug es sie wie ein Stromstoß: Das Bild! Der Liebermann! Schmitt hatte Andres in ihr Büro geschickt!

Alle Müdigkeit war sofort verflogen. Sie ging schneller, rannte fast die letzten Meter, die Tür des Büros war wie immer offen, und schon von Weitem sah Doro, dass das Bild nicht mehr auf dem Aktenschrank stand, wo sie es hingestellt und zuletzt gesehen hatte. Das kann nicht wahr sein, dachte sie nur. Obwohl sie um die Sinnlosigkeit wusste, riss sie hektisch eine Schranktür nach der anderen auf und schaute sogar in Kastens Koffer nach, der noch immer auf dem Boden stand. Aber das Bild war weg.

Doro ließ sich auf ihren Bürostuhl fallen und war erst einmal völlig handlungsunfähig. Jetzt hatte sie es endgültig verpatzt. Da hatte sie ein Millionen Euro teures Gemälde sichergestellt – und anschließend einfach so herumstehen lassen. In ihrem Büro, mit offener Tür. Gerold wird mich zwangsbeurlauben, dachte sie, oder in den Innendienst versetzen. Oder gleich ganz suspendieren. Ihr war zum Heulen, am liebsten wäre sie zurück in ihre Wohnung gerannt, um sich unter der Bettdecke zu verkriechen und nie wieder hervorzukommen.

Aber dann sprang ihr innerer Motor wieder an. Du musst die Andres finden, sagte sie sich, und zwar schnell, mitsamt dem Bild, bevor es irgendjemand mitkriegt. Also denk nach: wo kann sie jetzt sein?

Mehrere Gedanken schwirrten gleichzeitig durch ihren Kopf. Die Frau war intelligent und besonnen, sagte sich Doro, sie hat das Bild nicht unüberlegt mitgenommen. Wenn sie so weit ging, das Bild zu stehlen, dann hatte sie mit Sicherheit schon vorher geplant, was sie damit machen wollte. Sie dürfte allerdings ziemlich überrascht gewesen sein, den Liebermann hier im Büro zu finden, und hatte einfach die Gelegenheit beim Schopfe gefasst. Wahrscheinlich war sie davon ausgegangen, dass Kasten es ihr irgendwann bringen würde, frei Haus liefern sozusagen. Als seine Therapeutin dürfte sie immer genau gewusst haben, was er gerade tat.

So könnte es gewesen sein. Die Frage war also im Moment die, was Andres jetzt vorhatte. Ganz sicher wollte sie das Bild nicht den Erben zurückgeben, denn das hätte sie auch der Polizei überlassen können, ohne sich strafbar zu machen. Wollte sie es schlicht und ergreifend irgendwo unter der Hand verkaufen? War so was kurzfristig möglich? Und was dann? Wollte sie als Ärztin in Gehlsdorf weitermachen, als sei nichts geschehen? Das war unwahrscheinlich. Sie konnte schließlich nicht erwarten, damit durchzukommen, nicht seit sie das Bild aus der KPI gestohlen hatte. Oder wollte sie sich mit dem Geld absetzen? Vielleicht zusammen mit Kasten? Aber was würde dieses Bild überhaupt auf dem Schwarzmarkt bringen? Sicher nur einen Bruchteil des Schätzwertes. Würde es für ein gutes Leben in der Südsee reichen? Eher nicht, sagte sich Doro.

Alles Spekulieren half nicht weiter, sie musste Andres und Kasten finden. Selbst wenn die beiden tatsächlich geplant haben sollten, sich abzusetzen, hatten sie nicht ahnen können, dass ihnen der Zufall oder vielmehr Doros Blödheit gestern das Bild vor die Füße legen würde. Also hatten sie auch noch keine konkreten Vorbereitungen treffen und Tickets kaufen können. Nein, die beiden mussten noch im Land sein, und da Doro keinen richtigen Anhaltspunkt hatte, blieb ihr keine andere Wahl, als einfach irgendwo mit der Suche anzufangen. Zum Beispiel in der Klinik.

Sie fischte ihren Autoschlüssel aus der Schreibtischschublade und lief los. Diesmal nahm sie drei Stufen auf einmal. Im Laufen kam ihr plötzlich der Gedanke, dass sie ihren Wagen schon länger nicht mehr bewegt hatte, und zuletzt waren auf dem Parkplatz der Inspektion immer wieder Reifen zerstochen oder Scheiben eingeschlagen worden. Aber ihr Golf schien den Randalierern nicht teuer genug gewesen zu sein, jedenfalls war er zwar von einer Schmutzschicht überzogen, aber nicht beschädigt. Und er sprang auf Anhieb an.

Doro trat aufs Gaspedal, verließ mit quietschenden Reifen den Parkplatz und reihte sich gewagt in eine Lücke zwischen zwei vorbeifahrenden Autos ein. Die erste Ampel nahm sie noch bei Orange, aber dann ging nichts mehr. Sie stand mitten im Anreiseverkehr zur *Hanse Sail*. „Scheiße!“, rief sie laut und schlug mit beiden Händen aufs Lenkrad. Sie griff ins Handschuhfach und holte das mobile Blaulicht hervor, stöpselte hektisch den Stecker in die dafür vorgesehene Buchse und presste den Saugnapf aufs Dach. Dann fädelte sie sich aus der Reihe und steuerte durch die eigens für sie gebildete Gasse. Dennoch brauchte sie viel Zeit, bis sie Hafenviertel und Altstadt hinter sich gelassen hatte und endlich Richtung Gehlsdorf abbiegen konnte. Hier schaltete sie das Blaulicht aus, um sich nicht weithin anzukündigen. Am Klinikum fuhr sie über die für Autos gesperrte Zufahrt bis direkt vor den Haupteingang, lies den Golf dort stehen und rannte durch die Gänge, bis sie vor der Tür zu Andres' Büro stand. Im Laufen hatte sie ihre Waffe gezogen und durchgeladen, dann aber gesichert zurück ins Holster gesteckt. Schließlich jagte sie hier keine gefährliche Killerin. Doro atmete noch einmal tief ein und drückte beherzt die Klinke.

Die Tür war verschlossen. Sie drückte die Klinke noch ein paarmal nieder und horchte an der Tür. Hier waren Andres und Kasten nicht. Jetzt erst bemerkte sie, dass sie völlig außer Atem war. Sie lehnte sich mit dem Rücken an die Tür und rutschte dann in die Hocke. Wo können die sonst sein?, fragte sie sich. Denk nach!

Eine Krankenschwester kam über den Gang und schaute sie prüfend an. Sie schien sich nicht sicher zu sein, ob die dort an der Tür kauernde Frau eine Patientin war. Und wenn ja, von welcher Station. Doro richtete sich auf und zog ihren Dienstausweis. „Können Sie mir sagen, wo ich Dr. Andres finde?"

Die Schwester las den Ausweis und schien ihn für echt zu befinden. „Ich habe die Oberärztin heute noch nicht gesehen", antwortete sie dann, „aber bestimmt ist sie zu Hause, sie hat heute keinen Dienst."

„Zu Hause, wo ist das?“

„Gleich um die Ecke.“

Doro ließ sich die Adresse geben und den Weg beschreiben. Als die Schwester außer Sicht war, zog sie ihre Pistole, nahm die Patrone aus dem Patronenlager, steckte sie zurück ins Magazin und die Waffe wieder ins Holster. Dann lief sie zu ihrem Auto, das schon die Aufmerksamkeit des Pförtners erregt hatte. Jedenfalls schaute er mit beiden Händen an der Scheibe ins Wageninnere. Sie hielt sich nicht mit einer Erklärung auf, stieg in den Golf und ließ den Mann einfach stehen.

Nur wenige Minuten später parkte sie vor einem schmucken, zwar älteren, aber offensichtlich aufwändig sanierten Einfamilienhaus. Sie stieg aus und schaute vorsichtig über eine gepflegte Hecke. In der Einfahrt stand kein Auto, und auch die offene Garage war leer. Im Obergeschoss war ein Fenster geöffnet. Doro fragte sich kurz, ob es sinnvoll wäre, Verstärkung anzufordern. Ach was, sagte sie sich dann, ich müsste den Kollegen viel zu viel erklären. Und Andres und Kasten waren sicher nicht bewaffnet, wenn sie überhaupt da drin waren.

Dennoch war sie etwas unsicher. Sollte sie einfach klingeln? Dann konnten die beiden nach hinten raus entwischen. Ohne noch lange darüber nachzudenken, schlich sie seitlich am Haus vorbei in den Garten. Am einzigen Fenster auf dieser Seite tauchte sie kurz ab und lugte dann vorsichtig hinein, sah aber niemanden. Am Ende der Hauswand schaute sie um die Ecke. Dort waren große Glastüren, die den Blick in den Garten freigaben. Eine davon war einen Spalt weit geöffnet. Doro schob sie zur Seite und betrat den Raum. Im Zweifel würde sie schon irgendwie erklären können, dass hier Gefahr im Verzug war. Dann bemerkte sie einen Mann auf dem Sofa. Das war Clemens Kasten. Der ist tot!, war ihr erster Gedanke.

Aber Kasten lag nur reglos da und stierte an die Decke. Seine Augen waren wässrig, er musste geweint haben. In diesem Moment war Doro klar, dass sie die Ärztin hier nicht mehr antreffen würde. Kasten war allein. Sie suchte die Küche, füllte ein Glas mit Leitungswasser, ging damit zurück ins Wohnzimmer und reichte es ihm. Er richtete sich mühsam auf und trank erst vorsichtig, dann mit tiefen Schlucken.

„Was ist passiert?“, fragte sie.

Er wirkte angeschlagen und blickte ziellos in den Raum.

„Wo ist Dr. Andres?“

Kasten schien innerlich zu prüfen, ob er Doro vertrauen konnte, schüttelte dann langsam und resigniert den Kopf. „Irgendwie habe ich das die ganze Zeit geahnt.“

„Sie ist ohne Sie weg, oder?“

„Wir haben uns gestritten“, sagte er, ohne auf die Frage einzugehen.

„Wegen des Bilds? Hat sie es bei sich?“

„Dieses scheiß Bild!“

„Was hat sie vor? Will sie sich damit absetzen?“

„Absetzen? Nein. Eine Privatklinik will sie aufmachen“, sagte er mit bitterem Unterton, „für Menschen wie mich, hat sie gesagt. Das müsse gerade ich doch verstehen!“

„Für Menschen wie Sie, aber anscheinend ohne Sie.“ Doro hatte sich die Bemerkung nicht verkneifen können, ärgerte sich aber sofort darüber. Wenn sie den Mann zum Reden bringen wollte, musste sie ihn ganz auf ihre Seite ziehen. Mit stichelnden Bemerkungen wie dieser würde das sicher nicht gelingen.

„Sie war wie verrückt hinter dem Bild her“, sagte Kasten. Er schien ihr die Stichelei nicht übel genommen zu haben. „Seit ich ihr davon erzählt habe, und gestern hat sie es endlich gekriegt. Einfach so, unglaublich.“

Doro sagte dazu lieber nichts. „Sie will das Bild also verkaufen?“

„Nein, nicht verkaufen. Sie hat irgendwas anderes damit vor, genau weiß ich es nicht.“ Kasten sank in sich zusammen.

„Ich wollte das nicht“, erklärte er nach einigen Sekunden leise, „ich wollte nicht von diesem Bild profitieren! Die *Düne mit Kind* hat doch allen nur Unglück gebracht, über Jahre und Generationen. Alle, die diesen Liebermann jemals hatten, haben deswegen unsägliches Leid erfahren. Der ursprüngliche Besitzer, ein jüdischer Sammler, wurde in Auschwitz ermordet, der Mann, der damit über die Ostsee fliehen wollte, ist sicher standrechtlich erschossen worden, und mein Großvater wurde gefoltert und hat sein Leben lang darunter gelitten. Mit dem alten Waschow wollte nach dem Krieg niemand mehr etwas zu tun haben. Und jetzt hat es auch noch seinen Sohn erwischt, hat Martina gesagt, diesen Reichsbürger." Er hielt inne. „Wissen Sie eigentlich schon, wer es war?"

„Nein", log Doro. Sie fragte sich, woher Andres diese Information hatte. Irgendwie musste sie das gestern in der KPI mitbekommen haben. Dass sein Vater in Untersuchungshaft saß, weil er das Vorhaben des Sohnes zu Ende gebracht hatte, wussten Andres und er aber offensichtlich noch nicht. Und es erschien Doro wenig hilfreich, Kasten in seiner jetzigen Verfassung davon zu berichten.

„Und Sie selbst", fragte sie stattdessen so einfühlsam, wie sie es in dieser Situation vermochte, „Sie haben auch unter diesem Bild gelitten?"

„Ja. Das Trauma meines Großvaters ist wohl zu meinem Trauma geworden." Kastens Stimme klang brüchig.

„Ist das Dr. Andres' Diagnose? Ich meine, hat sie Sie darauf gebracht?"

„Sie war die erste Ärztin, die mir zugehört hat. Und die versucht hat, mich zu verstehen, mir zu helfen, als ich ganz tief unten im schwarzen Loch saß. Bis dahin hatte ich schon einige durch. Ärzte, Therapeuten, Heilpraktiker. Sogar bei einem Schamanen bin ich gewesen. Und ja: Martina hat mich darauf gebracht, mich damit zu beschäftigen, also mit mir selbst und der Geschichte meiner Familie. Meine Mutter war schon tot, ich bin dann zu meinem Vater nach Hamburg gefahren. Aber der wusste nicht viel. Oder wollte es nicht wissen. Dann habe ich irgendwann die Aufzeichnungen meines Großvaters gefunden, in dem Koffer. Das schwarze Heft, das Sie ja gelesen haben." Doro nickte, es war ihr ein wenig peinlich.

„Und dabei sind Sie auf die Fluchtgeschichte von 1943 und das Bild gestoßen", kombinierte Doro, „und auf den alten Waschow."

„Genau. Und dann auch schnell auf seinen Sohn."

„Wie haben Sie den eigentlich aufgespürt?"

„Das war nicht schwer: Der Typ ist nie aus Warnemünde weg gewesen, außer beim Militär. Und hat sich auch noch unter seinem vollen Namen in dubiosen rechten Chatgruppen getummelt. Ich habe ihm erst eine Mail geschickt und ihn direkt und offen darauf angesprochen, war ziemlich naiv von mir. Er hat natürlich so getan, als wüsste er von nichts. Aber eines Tages ist er an Bord der *Sansibar* aufgetaucht, hat kein Wort mit mir gesprochen, mich nur beobachtet. Und dann lungerten mehrfach so komische Typen vor dem Schiff rum, ich denke, es waren seine braunen Kumpels. Ich habe das als Bedrohung empfunden, und genau das sollte es wohl auch sein."

„Sie glauben, Waschow hat die *Sansibar* versenkt, oder?"

„Ganz sicher! Wer sonst?"

Doro zuckte mit den Schultern. „Windkraftgegner?"

„So'n Quatsch!"

Sie musste innerlich schmunzeln. Wenn das Gerold hören könnte! „Und warum sind Sie letzte Woche vor seiner Wohnung gewesen?", fragte sie dann. „Eine Zeugin hat Sie dort beobachtet."

„Ach, eine Zeugin, wirklich? Ich hatte das Gefühl, dass ich es jetzt zu Ende bringen musste. Um ehrlich zu sein: Ich wollte bei ihm einbrechen, wenn er nicht da war, um irgendeine Spur zum Bild zu finden. Hab mich dann aber nicht getraut.

„Und mit Dr. Andres haben Sie darüber regelmäßig in den Therapiestunden gesprochen, richtig? So war sie immer auf dem Laufenden."

„Ja", antwortete er kleinlaut, „das war vielleicht nicht besonders schlau von mir. Aber ich habe ihr vertraut. Sie hat sich scheinbar für mich interessiert und mich immer ermuntert weiterzumachen. Hatte mir übrigens auch Informationen über das Bild besorgt, diese Zeitschriftenartikel im Koffer stammen von ihr. Ich glaube heute, die Idee, aus dem Bild Kapital zu schlagen, ist ihr erst nach und nach in unseren Sitzungen gekommen. Aber wir hätten beide nie gedacht, dass der Liebermann einfach so bei Waschow an der Wand hing!"

Doro sah ihn erstaunt an. „Woher wissen Sie das?“, fragte sie. Diese Information sollte eigentlich noch nicht öffentlich bekannt sein.

„Das hat gestern einer Ihrer Kollegen Martina erzählt.“

Kann das stimmen, dachte Doro? Welcher Kollege könnte das gewesen sein? Da kam eigentlich nur Ritschler in Frage, obwohl sie den nicht für so dämlich hielt. Schmitt hätte sich vorhin verplappert, und Fabio würde so ein Fehler nicht unterlaufen. Außer denen wusste niemand von dem Bild.

„Was wollte sie denn eigentlich bei mir?“, fragte sie.

„Sie hatte sich irgendeinen Vorwand überlegt“, antwortete Kasten, „aber tatsächlich hat sie gehofft, Sie über den Stand der Ermittlungen aushorchen zu können. Dann hat sie plötzlich das Bild gefunden, war total überrascht, und beim Rausgehen ist ihr dieser Kollege über den Weg gelaufen. Den hat sie irgendwie bequatscht, sowas kann sie ja, und am Ende ist sie mit dem Bild unterm Arm einfach zur Tür raus spaziert.“

Doro stellte sich das bildlich vor. Egal, sagte sie sich dann, das ist im Moment nebensächlich, passiert ist passiert. Es war jetzt wichtiger, hier weiterzukommen.

Doro überlegte, welche Information ihr jetzt noch fehlte. „Dr. Andres braucht das Bild also irgendwie für ihre Klinik, wie auch immer“, sagte sie, „aber was hätten denn Sie, Herr Kasten, eigentlich mit dem Bild gemacht, wenn Sie es selbst gefunden hätten?"

„Ich wollte es den Erben dieses Sammlers zurückgeben, egal, was die damit anstellen würden. Für alle, die wegen dieses Bildes gelitten haben. Für meinen Großvater. Und nicht zuletzt auch für mich selbst. Damit wir endlich Frieden finden, innere Ruhe, vielleicht die Angst überwinden. Das war der letzte Grund, nur deswegen habe ich das Bild gesucht. Kurz habe ich übrigens daran gedacht, es zu verbrennen, damit es nie wieder Menschen quälen kann."

„Nicht das Bild quält die Menschen, Herr Kasten", sagte Doro, während sie sich erhob, „das tun die schon selbst! Das Bild kann nichts dafür." Sie war es langsam leid, dass alle ein Bild für das geschehene Unrecht verantwortlich machen wollten.

Und jetzt?, fragte sie sich. Wie weiter? „Wo ist Dr. Andres jetzt?"

Er schwieg.

„Wissen Sie es nicht, oder wollen Sie es nicht sagen?"

Er schien unschlüssig zu sein. Doro schaute sich im Raum um, auf der Suche nach irgendwas, das ihr weiterhelfen würde. Nach einem Wink, einem Hinweis, einer Spur. Ihr Blick fiel auf ein Mobilé im Fenster. Sie trat näher heran und erkannte lauter kleine Flugzeuge. Es dauerte eine Sekunde, aber dann schalteten sich ungezählte Synapsen zugleich in ihrem Kopf zusammen. Die Fotos in Andres' Büro!

Andres vor der Maschine. Andres auf dem Pilotensitz.

„Hat sie einen Flugschein?“, wandte sie sich an Kasten.

Er schaute sie nur an, sein Blick war kaum zu deuten.

„Kommen Sie, Herr Kasten!“

„Ja.“ Er schien eingesehen zu haben, dass es keinen Sinn hatte, Andres weiter zu schützen.

„Und ein Flugzeug?“

„Kein eigenes. Sie fliegt eines von ihrem Verein.“

„Und wo?“, rief Doro energisch. „Von welchem Flughafen?“

„Barth.“

„Das ist dieser kleine Regionalflughafen Richtung Stralsund, richtig?“

„Ja.“

Das sind über 50 Kilometer bis dahin, dachte Doro. „Wann ist sie von hier weg?“

„Vor ’ner halben Stunde oder so, Sie werden sie noch kriegen.“

Doro sprang auf. „Sie bleiben hier, ruhen sich aus“, rief sie ihm noch zu, während sie zur Tür hastete, „ich schicke Ihnen einen Arzt.“

Sie rannte zu ihrem Golf und schaltete das Blaulicht wieder ein. Dann raste sie los. Auf der Landstraße staute sich der Verkehr in Richtung Innenstadt, aber ihre Seite war relativ frei. Sie gab Vollgas und wählte zugleich an ihrem Smartphone die Nummer von Schmitt. „Ruf sofort am Flughafen Barth an“, befahl sie ihm, „es kann sein, dass Dr. Andres sich mit einer Sportmaschine absetzen will. Die sollen sie festhalten, egal wie! Ich bin unterwegs. Und schick einen Notarzt nach Gehlsdorf in Andres’ Haus, da sitzt Clemens Kasten, er muss versorgt werden. Ich habe Sorge, dass er sich sonst was antut.“ Sie nannte ihm die Adresse, trat das Gaspedal bis zum Anschlag durch und war selbst ein wenig verwundert, dass sich die Tachonadel erst auf 150, dann sogar auf 160 Stundenkilometer hochzitterte. Das hätte sie dem alten Wagen gar nicht zugetraut.

Nach kurzer Zeit rief Schmitt zurück, und obwohl sie bei dieser Geschwindigkeit eigentlich gern beide Hände am Lenkrad gehalten hätte, nahm sie das Gespräch an. Er war bei dem Gerappel im Auto kaum zu verstehen, aber die wesentlichen Fakten hörte Doro heraus: Andres war tatsächlich in Barth, sie hatte schon auf dem Rollfeld gestanden, eine rote Cessna, aber der Fluglotse hatte sie jetzt zurück zum Hangar beordert. „Ich brauche noch ’ne halbe Stunde, sag denen das!“, rief Doro. „Und ruf die Kollegen vor Ort an, ich brauche vielleicht Verstärkung.“

Einige Regelverstöße und Überholmanöver später fuhr sie mit maximaler Geschwindigkeit direkt auf das Rollfeld des Regionalflughafens. Schon von Weitem sah sie das kleine rote Flugzeug mit drehendem Propeller und fuhr direkt darauf zu. Ganz kurz befürchtete sie einen Showdown wie in einem

James Bond-Film, aber die Maschine bewegte sich nicht. Die Reifen des Golfs hinterließen deutliche Bremsspuren auf dem Asphalt. Doro sprang aus dem Wagen und legte eine Hand an ihre Waffe, zog sie aber nicht. Im Cockpit erkannte sie Andres.

„Kommen Sie raus!", rief sie.

Andres schaute sie reglos an.

„Raus da!"

Der Motor der Cessna erstarb stotternd, der Propeller kam zum Stillstand. Andres öffnete langsam die blecherne Tür und stieg aus. Sie wirkte enttäuscht und resigniert, Doro war sofort klar, dass sie nicht mit Gegenwehr rechnen musste. „Wo ist das Bild?", fragte sie.

Andres wies mit einer Kopfbewegung auf das Flugzeug. „Das war's dann wohl", sagte sie leise. Aber fast im selben Moment richtete sie sich deutlich auf und fügte mit festerer Stimme hinzu: „Und, Frau Kommissarin, fühlt es sich für Sie gut an, mich zur Strecke gebracht zu haben? Die Kunstdiebin Dr. Martina Andres? Sind Sie jetzt stolz auf sich?"

„Um mich geht es hier nicht", erwiderte Doro.

„Ach nein? Da täuschen Sie sich aber. Es geht hier durchaus auch um Sie." Andres schien mit jedem Wort mehr von ihrer gewohnten Selbstsicherheit wiederzufinden. Vielleicht glaubte sie auch, das Blatt noch einmal wenden zu können, wenn es ihr gelingen würde, Doro in die Enge zu treiben. „Sie wollen perfekt sein, Frau Kommissarin, es allen recht machen, sich keine Fehler erlauben. Deswegen spielen Sie hier sonnabends *Polizeiruf*, statt irgendwo in der Sonne zu liegen. Oder mit Ihrer Familie über die *Hanse Sail* zu schlendern."

Dieser Stich saß, und Andres schien das ganz genau zu wissen. „Ach", setzte sie mit einem spöttischen Lachen nach, „oder haben Sie vielleicht gar keine Familie mehr? Ist der Mann längst über alle Berge, weil Sie mehr mit Ihrem Job verheiratet waren als mit ihm? Und lassen Sie mich raten: Sie haben keine Kinder. Oder nein: Sie haben Kinder, aber die melden sich nur noch sporadisch, vor allem wenn sie Geld brauchen. Richtig? Wahrscheinlich …"

Doro war kurz versucht, die Waffe doch noch zu ziehen. Aber sie ermahnte sich zur Ruhe. Nur nicht provozieren lassen. „Wo wollten Sie eigentlich hin?", unterbrach sie die Ärztin in einem Tonfall, der die Rollen in dieser Situation klarstellte.

Andres brach ihre Tirade ab, verschränkte aber die Arme vor der Brust. „Erst mal nach Frankfurt", antwortete sie, und bevor Doro nachfragen konnte, fuhr sie fort: „Von dort weiter nach München, da bin ich mit jemandem verabredet."

„Mit einem Käufer für das Bild?"

Andres verneinte. „Kein Käufer."

„Was heißt das? Was hatten Sie denn mit dem Bild vor?"

„Ich wollte es einem Sammler – sagen wir – übereignen."

„Ganz selbstlos, vermute ich. Und Kasten? Den haben Sie für sich instrumentalisiert? Sollte der Ihnen das Bild frei Haus liefern, obwohl er selbst ganz andere Pläne damit hatte?“

„Ach was!“, erwiderte Andres zornig. „Ich habe mit Engelszungen auf ihn eingeredet. Der wollte den Liebermann partout den Erben geben, um seine Seele zu retten. Aber warum sollen denn irgendwelche Erben das Bild bekommen? Können Sie mir das sagen? Haben die vielleicht eine emotionale Verbindung dazu? Nein! Die würden es einfach nur versilbern und wer weiß was mit dem Geld anfangen. Aber das wollte Clemens nicht hören.“

„Seine Krankheit war Ihnen ganz gleichgültig?“

„Was wissen Sie denn von seiner Krankheit? Clemens ist mir alles andere als gleichgültig.“ Sie hielt kurz inne. „Außerdem hätte er ja mitkommen können, wenn er nur nicht so verdammt stur wäre.“

„In Ihre Privatklinik.“

Andres stutzte. „Hat Clemens Ihnen das erzählt?“ Sie schien nachzudenken „Ja, es stimmt“, erklärte sie dann selbstbewusst, „ich will eine Spezialklinik für Menschen mit Angsterkrankungen aufbauen. Dafür habe ich schon vor Jahren ein Gutshaus auf Rügen gekauft. Aber es ist bis jetzt an der Finanzierung gescheitert. Dieser Sammler ist der Mann einer Patientin, und ganz nebenbei ein erfolgreicher Investor. Er will die Sanierung übernehmen, und er hat das nötige Geld dafür. Der Liebermann ist nur so was wie eine kleine Gefälligkeit meinerseits. Bargeld hätte ich dafür nicht bekommen." Sie lächelte kurz verschmitzt, wirkte aber sofort eher wütend. „So wäre dieses Bild doch endlich mal für was gut, finden Sie nicht, Frau Kommissarin? Das wäre doch eine gerechte Entschädigung für alles, was unsere Generation erleiden musste und noch erleidet!"

„Nein, finde ich nicht", sagte Doro schroff, „ich glaube eher, es ging Ihnen einfach nur um das Geld. Oder wenn nicht um das Geld, dann ums Prestige. Chefin einer Privatklinik auf Rügen, das klingt doch viel besser als Oberärztin in Gehlsdorf."

„Sie haben ja keine Ahnung", winkte Andres ab. Kurz sah es so aus, als hielte sie jede weitere Erklärung für Zeitverschwendung. Aber dann setzte sie doch noch mal an: „Mir geht es um die Therapiemöglichkeiten. Ich bin Ärztin und Therapeutin, ich will Menschen nach ihren Bedürfnissen behandeln und nicht nach den Bedürfnissen von Krankenkassen und Rentenversicherungsträgern. Ist das so unverständlich?"

„Vielleicht glaube ich Ihnen das sogar", räumte Doro ein, „aber ich bin nicht Ihr Strafrichter, und schon gar nicht Ihre moralische Richterin."

„Schon klar", sagte Andres enttäuscht, „jetzt kommt diese Nummer: ‚Ich mache hier nur meinen Job'. Aber in Ihrem Fall stimmt das nicht! Sie wollen funktionieren, Frau Weskamp, die Beste sein, unangreifbar, immer im Einsatz für die gerechte Sache.

Wollen Ihrem Chef nachher stolz dieses beschissene kleine Bild unter die Nase halten, ‚sieh her, Chef, wie gut ich wieder war!'" Doro kam nicht dazu, etwas zu erwidern. „Dabei wirken Sie auf mich perfektionistisch und getrieben, nervös und unruhig. Und alles andere als glücklich und zufrieden. Aber das gehört ja zur deutschen Ethik, dieses protestantische Du-darfst-es-nicht-gut-haben. Schlafen Sie gut, Frau Weskamp? Was machen Sie an freien Tagen, halten Sie die überhaupt aus?"

„Das reicht jetzt!", fuhr Doro ihr über den Mund. Von Weitem hörte sie ein Martinshorn.

Doch Andres ließ sich nicht beirren. „Sie sollten sich Ihrer Angst stellen, bevor die das Ruder übernimmt. Wissen Sie was? Ich mache Ihnen ein Angebot: Sie lassen mich jetzt in diese Maschine steigen, mitsamt dem Bild, und ich werde Sie in meiner Klinik behandeln, kostenlos, so oft und so lange Sie wollen."

„Netter Versuch, Frau Doktor." Das Martinshorn kam näher.

„Denken Sie doch mal nach, Frau Weskamp. Wann sind Sie geboren?"

„1966." Doro wusste selbst nicht, warum sie antwortete.

„Und wo?"

„In Kiel."

„Stammt Ihre Familie daher?"

„Ja."

„Und wo waren Ihre Großeltern während der Bombennächte?“

Doro schaute sie perplex an. Großmutter im Bunker, gab sie sich in Gedanken die Antwort, mit Mutter, und Großvater irgendwo in Russland oder im Lazarett.

Andres rechnete ohnehin nicht mit einer Antwort. Getrieben vom Martinshorn sagte sie in immer schnellerem Stakkato: „Ihr Vater hat zu Hause das Geld verdient, richtig? Gehobener Mittelstand? Und Ihre Mutter war bestimmt Hausfrau. Und, hat die Sie gern mal schreien lassen, von wegen: ‚Das Kind muss lernen, dass es nicht immer alles bekommt‘? Und mussten Sie auch früh lernen, allein zu sein? Und immer brav den Teller leer essen?“

Entweder für schönes Wetter oder für die Kinder in Afrika, dachte Doro nur.

„Sehen Sie“, fuhr Andres ungebremst fort, als hätte sie Doros Gedanken gelesen. „Das meine ich. Diese ganze kalte Erziehung hat auch Sie kaputt gemacht. Wie oft trinken Sie? Jeden Tag? Eine Flasche, oder schon zwei? Alkohol ist ein prima Angstlöser, stimmt's? Aber glauben Sie mir, er hilft nicht auf Dauer. So viel können Sie gar nicht trinken. Auf Dauer werden Sie nicht umhinkommen, sich Ihren Ängsten zu stellen. Und zwar je früher, desto besser. Denn was war und was ist, Frau Weskamp, das ist untrennbar verbunden, da kommen auch Sie nicht raus. Damit müssen Sie leben lernen.“

Während dieser Worte war ein Streifenwagen auf das Rollfeld gefahren, zwei uniformierte Polizisten waren ausgestiegen und zügig zu ihnen gekommen. Doro war plötzlich verunsichert, innerlich aufgewühlt, von einer starken Unruhe erfasst. Aber sie wollte sich nichts anmerken lassen und versuchte, ungerührt und überlegen zu wirken.

„Sie werden noch mal an mein Angebot denken", sagte Andres mit einem Grinsen, das Doro nicht zu deuten wusste. War das mitleidsvoll? Oder überheblich?

Doro schaute ihr tief in die Augen. Gefühlt dauerte das viele Sekunden. Andres hielt dem Blick stand. „Vielen Dank für Ihren Einsatz", wandte sich Doro dann an die beiden Kollegen, „aber ich brauche Sie hier nicht mehr. Ich werde Dr. Andres mit nach Rostock nehmen."

Die beiden zogen enttäuscht ab. Als ihr Wagen den Flughafen verlassen hatte, holte Doro den Liebermann aus der Cessna. Andres folgte ihr dabei stumm mit den Augen. Sie wartete ab. Während Doro das Bild vorsichtig zu ihrem Golf trug und auf den Beifahrersitz legte, fragte sie sich, was sie jetzt tun sollte. Das Bild war wieder da, mit allem anderen hatte die Andres nichts zu tun, oder jedenfalls nicht unmittelbar. Nur ein einfacher Diebstahl, aus einer überraschenden Gelegenheit heraus, mehr hatte sie sich nicht zuschulden kommen lassen, jedenfalls juristisch gesehen. Wahrscheinlich würde sie mit einer Geldstrafe davonkommen. Aber alle Welt würde erfahren, wie blöd Doro sich angestellt hatte. War es das wert?

Sie trat der Ärztin einen Schritt entgegen und blickte ihr tief in die Augen. „Fahren Sie nach Hause“, hörte sie sich selbst sagen, „und kümmern Sie sich um Clemens Kasten. Der braucht Sie.“

Andres war zuerst erstaunt, dann nickte sie ihr dankend zu. Doro war sich zwar nicht sicher, ob das die richtige Entscheidung war, aber sie fühlte sich gut an.

Sie ließ sich erschöpft auf den Fahrersitz fallen, nahm das Blaulicht vom Dach und legte es zurück ins Handschuhfach. Dann betrachtete sie das Bild. Die Landschaft, die Farben, das Kind im Vordergrund. Sie atmete tief ein und aus. Vielleicht hat Dr. Andres recht, dachte sie, ich muss mich wirklich damit auseinandersetzen. Sie schloss die Augen und spürte für einen Moment ihr Herz schlagen.

Aber dann klingelte ihr Telefon. *Gerold ruft an,* las sie auf dem Display. „Bist du fertig in Barth?“, fragte er. „Dann fahr sofort in den Hafen, Liegeplatz 90, da ist ein Schiff gesunken. Und zwar eins von denen, die zu den Windparks rausfahren.“

„Ich bin schon unterwegs“, sagte Doro und startete den Motor.

Pendragon Verlag
gegründet 1981
www.pendragon.de

Originalausgabe
Veröffentlicht im Pendragon Verlag
Günther Butkus, Bielefeld 2021

Lektorat: Günther Butkus
Herstellung und Umschlag: Uta Zeißler, Bielefeld
Umschlagfoto: blindguard / Photocase
Satz: Pendragon Verlag auf Macintosh
Gesetzt aus der Adobe Garamond
ISBN 978-3-86532-748-2
Gedruckt in Polen